JN072207

フェルメール・コネクション

宇賀神修
UGAJIN Osamu

文芸社文庫

目次

主な登場人物

森本豊	新日本新聞の記者
恭子	森本の妻　数年前に病死
今村由紀	東京の女子学生　長崎の古い商家出身
今村敏郎	由紀の父親
今村武郎	由紀の曽祖父　第二次世界大戦中ベルリンの日本大使館外交官
クララ・ブリンクマン	オランダ・ハーグのマウリッツハイス美術館の主任学芸員
アレクサンデル・ヘイデン	ハーグ・スピノザ協会の理事長
エマニュエル・デ・マン	スピノザ協会の理事
マダム・エレーヌ	オランダ・ロスチャイルド家の当主
バルフ	ロスチャイルド家で哲学を研究する青年
ゲオルグ・ゼークハルト	オランダ・ライデン大学の歴史学教授
ヨアヒム・リッチェル	オーストリア・ウィーンの美術史美術館の科学分析専門家
メステール老人	ベルギー・アントワープの聖ヤコブ教会の守衛
ヨハン	メステール老人の孫

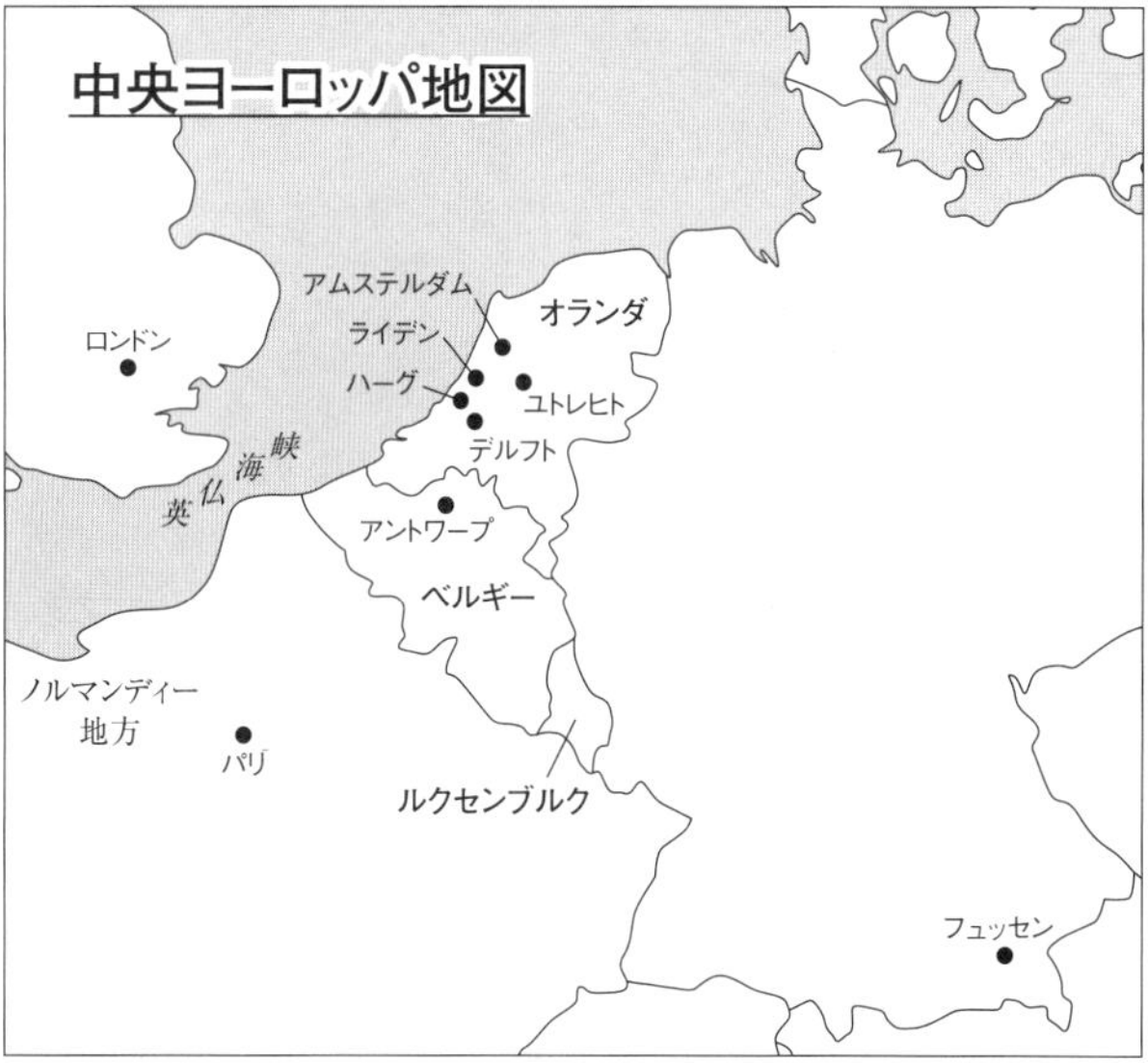

中央ヨーロッパ地図
アムステルダム
オランダ
ライデン
ロンドン
ハーグ
ユトレヒト
デルフト
英仏海峡
アントワープ
ベルギー
ノルマンディー地方
パリ
ルクセンブルク
フュッセン

フェルメール・コネクション

プロローグ

二〇一三年の三月中旬、東京の国立博物館で「フェルメール展」が華やかに始まった。

ヨハネス・フェルメールは一七世紀のネーデルラントに生きた画家である。オランダのハーグに近い小都市デルフトで生まれ、生涯そこを離れることがなかった。寡作で、現在彼の作品として残されているのは、わずか三十数点に過ぎない。

一七世紀はバロックの時代である。フランスでは太陽王ルイ一四世が絶対王政を敷き、壮麗なヴェルサイユ宮殿を築いた。絵画の世界でも劇的な効果が追求され、バロックを代表する画家ルーベンスは同じネーデルラントで活躍し、壮大な美と活力に満ちた二〇〇〇点を超える作品を生み出した。ベルギーのアントワープに現存する彼の工房はまるで工場のようである。躍動するバロックの絵画は、まさに移ろいゆく相の下に世界を捉えようとしている。

フェルメールだけが際立って異なる。その絵は繊細であり、対象が永遠の相の下に捉えられている。描かれているのは手紙を読む婦人、楽器を弾く若い女性、台所で働くメイドなど、ありふれた日常の一シーンか、あるいはデルフトの街並みである。時間の流れから切り取られた一瞬の情景に過ぎない。しかし、たとえば室内のひっそりとした静けさと窓から差す柔らかな光に包まれて、それらは不思議な永遠性を感じさせる。真珠の輝きのような一瞬が、永遠の静謐《せいひつ》の中に封じ込められているのである。

オランダが最も繁栄した黄金の一七世紀を過ぎてからは、デルフトの町は歴史の中にひっそりと息づいて存在していた。それにならうようにフェルメールもまた、長く歴史の片隅に忘れ去られていた。彼についての記録はあまりに少なく、その人物像は今でもほとんど知られていない――隠れた美しい謎のように。

森本豊《もりもとゆたか》は、上野駅の不忍口《しのばずぐち》の改札を出て国立博物館へと向かった。「フェルメール展」が幕を開けて、ちょうど一ヶ月になる。展覧会は森本が勤める新日本新聞社と国立博物館の共催で、それをオランダ大使館とオーストリア大使館、そして日本の外務省と文化庁が後援していた。展覧会の中心となる作品は、ハーグのマウリッツハイス美術館から来た『真珠の耳飾りの少女』と、ウィーンの美術史美術館から来た『絵画芸術』。どちらも以前に日本に来たことがある。それでも展覧会が始まると連日の大盛況となった。その謎めいた神秘性と相まってフェルメールは世界中で大人気だが、とりわけ日本では熱気さえ帯びている。

森本自身は特別なファンというわけではない。今回の展覧会を国際政治記者の森本が受け持つことになったのも、その役の文化部の同僚が春スキーで大怪我をしたからだ。政治部で仕事を干されていたので代役に起用しても困らない、という簡単な理由だった。森本が以前パリのヨーロッパ総局に数年間赴任し、英語が堪能で、オランダにも何度も足を運んだことがある、というのがもう一つの理由だった。当時は社内で将来を嘱目《しょくもく》されていたのだ。

しかし、それだけなら森本も反発して断っただろう。受ける気持ちになったのは、若くして死んだ妻の恭子《きょうこ》のことがあったからだ。セミプロの画家だった恭子は生前、フェルメールの熱烈な崇拝者だった。二〇代の終わりに急性の骨髄性白血病を発病し、もともと虚弱な体質の上に病気の進行が速く、発見が遅れたこともあって三年前に死んだ。まだ三〇歳だった。

五、六年ほど前に、フェルメールの『牛乳を注ぐ女』という作品が日本で出展されたことがある。アムステルダム国立美術館が門外不出にしていたものを、館の長期の増改築があって奇跡的にやって来たのだ。まだ外出が可能だった恭子の強い希望で、六本木で開かれていた展覧会へ寄り添うようにして連れて行った。しかしあまりの人出で、長時間並んで待つことに恭子の体力が耐えられそうになかった。結局、二人は引き返し、恭子は帰路悲しそうにずっと押し黙っていた。

二人の出会いはありふれたものだった。京都の同じ大学の学生で、新学期の講義が始まってからキャンパス近くの書店に森本が遅れて教科書を買いに行くと、恭子が画集を探していた。棚の高い位置にあるのを取ってやり、それがフェルメールの画集だった。受け取ろうと差し出された相手の細い腕と透き通ってしまいそうな掌を見つめたとき、守ってあげたいという突き動かされる気持ちに、森本は襲われた。最終学年の森本に対して恭子は新入生で、歳の差もあったのかもしれない。

恭子は俗世間と距離を置き、あまり人に心を開くタイプではなかった。逆に森本は現実の世界に関心があり、目の前の不公正や不公平に我慢がならない性格だった。似ていないのに二人の仲は良かった。

つき合いを始めてからも、恭子は森本に自分の気持ちをほとんど口にしなかった。森本もあえて聞こうとはせず、傍目《はため》には恋人同士というより兄と妹のように見えただろう。

やがて、恭子の絵画への純粋な想いを知るにつれ、守ってあげたい気持ちが森本の中でいっそう強まった。言葉にしなくてもそれを感じ取ってくれたのか、「私はずっとフェルメールに恋していたの……でも今は、あなたが心から好きよ」――恭子は一度だけそう口にして、森本をじっと見つめた。

恭子の闘病生活の最後の二年間を、森本は仕事を休職して支えた。社内の複雑な人間関係もあって、それがキャリアに決定的な影響を与えることになったが、少しも悔いはなかった。二人の間に子供は無く、恭子が死ぬと、森本は世の中のすべてに物憂さを覚えるようになった。

右手に噴水のある広場が現れ、その先に国立博物館の本館の建物が見えた。西洋風の建築だが屋根は巨大な伽藍《がらん》を連想させる。「フェルメール展」が開かれているのはその先にある新館だ。森本が今日やって来たのは、新日本新聞の日曜版で「フェルメール展」に合わせて画家の生涯と作品をたどる特集を連載するので、その打ち合わせが目的だった。もちろん解説を書くのは博物館の学芸員で、森本の実際の役目は準備の段取りや日程を決めるといったことだった。

四月の半ばにしては空気が冷たく、透明な光が全身を刺すように感じる。心のどこかで恭子がせがんでいる気がして、閉館後に許しを得て展示を見せてもらおうと、森本は考えた。

大勢の見学客が潮の引くように出口へ向かって流れていった。館内が急にひっそりとなり、森本はスタッフ用の控室を出て、一人で見学を始めた。鑑賞ルートを逆にたどることになるが気にしなかった。

展示されているフェルメールの作品は四点だった。目玉の『真珠の耳飾りの少女』と『絵画芸術』のほかに、ニューヨークのメトロポリタン美術館から少女を描いた別の作品、ワシントンのナショナル・ギャラリーから赤い帽子を被った女性を描いた作品が来ていた。どちらも小品で、後者はフェルメールの真作かどうか疑問もあるらしい。

作品が四点だけでは少な過ぎて展覧会にならない。今回のもう一つの見所は、最新のデジタル技術を使って忠実に再現した他の作品の複製画も一堂に並べて、現存するフェルメールの全「作品」を年代順に展示していることだった。その順路に沿って実作品の四点も並んでいる。『真珠の耳飾りの少女』（一六六六年頃）と『絵画芸術』（一六六七年頃）は制作年がほぼ同じなので、隣り合う専用の部屋にそれぞれ単独で展示されていた。絵のほかにも、フェルメールのアトリエを再現した部屋や、画中に描かれているデルフト製の陶器やタイル、当時のさまざまな日常の品物、絵の道具、制作に役立てたというカメラ・オブスキュラと呼ばれる暗箱《あんばこ》のような光学装置、そしてデルフトの町全体の大きな復元模型が展示され、見学客の人気を呼んでいた。複製画は極めて精巧で、むしろそちらのほうが森本の興味を惹いた。デジタル特有の無機質なタッチを除けば、フェルメールの作品が持つ雰囲気は十分に感じられた。室内の婦人や若い女性を描いたものが多く、人物が手にする小道具は多くが手紙や楽器だ。壁に掛けられた地図や絵、テーブル上の器や本、女性の装飾品、ほかにもさまざまな物が描かれている。「フェルメールが作品の中に決して描かなかったものがあるの。花よ。どの絵を見ても一輪の花も描かれていないの」――不意に恭子の声が耳に蘇った。いつだったか病室のベッドで画集を眺めながら教えてくれた。確かに、どの絵にも花が描かれていない。森本は思い出しながら人気《ひとけ》の無い会場を逆に進んだ。

『真珠の耳飾りの少女』が展示されている部屋の入口まで来て、森本は驚いた。誰かが一人で作品の前に立っている。後ろ姿は明らかに若い女性で、服装から見て博物館のスタッフではない。閉館時間の後までどうやって残ることができたのだろう？

「閉館時間をもう過ぎていますよ」

森本は背後から近づいて声をかけた。

相手は驚いた反応も見せず、ゆっくりと振り返った。

その瞬間、逆に森本が強い驚きに打たれた。

絵の中の少女が額縁から抜け出てきたのだ。描かれた表情そのままに問うような視線をこちらに向けている。耳にも確かに丸い大きな真珠の飾りをつけている。魔法にかけられたのかと思った。

森本は呆然とたたずんで、ようやくわれに返った。絵の中の少女のはずがなかった。

画中の少女はそのままで、今度はからかうように軽い笑みを浮かべている。その前で、生身の若い女性が申し訳なさそうに立っていた。

「ごめんなさい。奥の階段の踊り場にあるベンチでぼんやりしている間に、閉館のアナウンスを聞き逃したのだわ。この部屋に戻ったところで、この絵にまた見入ってしまって」

年齢は二〇歳ぐらいだろう。身なりはきちんとしているが学生だと思えた。錯覚だったとわかっても、絵の中の少女にやはり良く似ている。両方の耳にも確かに同じ大きな真珠の飾りをつけている。

「これはミュージアム・ショップで買いました」

森本があまり真剣に耳飾りを見つめているので、彼女が説明した。

「一緒に行こう。出口の扉が閉められているかもしれない」

「美術展の方?」

彼女が少し不審そうに聞いた。博物館の学芸員にはとても見えないからだろう。

「そう。いや、正確には展覧会を共催している新聞社の者だよ」

森本はそう答えた。

1

「フェルメール展」の開催中に、驚くべきニュースが伝えられた。

タイミングを見計らったかのように、フェルメールの真作と思われる新たな絵が、こともあろうに日本の長崎で発見されたというのだ。それも大作で、アトリエに立つ画家自身の肖像と、運命の女神のいたずらか画中画として『絵画芸術』が描かれているという。

地方局から本社にＦＡＸされてきた記事は、開催中の展覧会を宣伝する絶好のニュースになり、翌日の新日本新聞朝刊の一面で大々的に報じられた。大ニュースは日本だけでなく世界を駆けめぐり、専門家もファンも巻き込んだ大興奮が湧き起こった。

絵が発見されたのは、長崎で代々商家を営む今村《いまむら》家の古い石蔵の中だった。解体して建て直す前に数十年ぶりで所蔵品の調査が行われ、最上階にある屋根裏部屋の奥の棚から絵は見つかった。真鍮製の薄いケースに収められ、そこに絵が入っているとは誰も想像しなかったらしい。真鍮のケース自体は昭和初期のもので、その絵を保管するため特別に作られたものらしかった。蔵の中で最初に絵を見つけた今村家の誰かが、何か理由があってそうしたのだと推測された。しかし当時の日本でフェルメールはまだ無名に等しく、その後の戦争と戦後の混乱の中で、いつの間にか忘れ去られてしまったらしい。

長崎県美術館の学芸員によって現地で調査がされたあと、さらに詳しい調査と分析をするために絵は東京の国立博物館に運び込まれることになった。同時に、オランダのハーグにあるマウリッツハイス美術館からフェルメールの専門家が急遽やって来ることになった。森本豊の周囲がにわかに慌ただしくなり、世の中のすべてが物憂いなどと言っている場合ではなくなった。文化部の部長に命じられ、ハーグから来る専門家の滞日中の面倒を見ることになった。クララ・ブリンクマンという名前の女性だという。パリの総局時代にオランダ女性と何度か仕事を一緒にしたが、みな体格が立派で、仕事熱心で理屈好きだった。日本で待っていた恭子のような寡黙なタイプが好きだった森本には正直苦手だった。気持ちが少し重くなるのを感じた。

約束した朝の一〇時に、森本は相手が滞在するホテルのロビーに出向いた。皇居のお濠端《ほりばた》に面したホテルは新日本新聞社の本社にも近い。クララ・ブリンクマンは前日の午後に成田に到着したが、日曜日なので空港に迎えに来る必要はないと前もって連絡が入っていた。今日はこれから一緒に上野の国立博物館へ向かい、長崎で発見された絵が搬入されるのを待つ予定だった。人出を避けて休館日に合わせたのだ。

ロビーは混んでいなかった。ソファーで英字雑誌を読んでいた女性が視線をこちらに向けたが、森本のイメージにあるオランダ女性ではない。金髪と青い眼がきれい過ぎて、体つきも小柄なほうだった。体格を無視すれば顔はむしろドイツ人のように見える。

まだロビーに出てきていないのだろう、森本が向かいのソファーに腰を下ろして待とうとしたとき、その女性が「モリモト」と名前を出して声をかけた。

相手がクララ・ブリンクマンであることを確かめて、森本は自己紹介をした。不躾にならない程度に彼女がこちらを見定める。深く青い宝石のような瞳をしている――根っからのオランダ人ではないのだろうか？　しかし人種的に世界で最も寛容なオランダでは、そんな問い自体がもはや意味をなさないのかもしれない。

彼女が今度は微笑を浮かべてあいさつを返した。年齢は三〇を少し超えたぐらいだろうか、マウリッツハイス美術館の主任学芸員という肩書きから想像していたよりもずっと若く見える。

「日本は初めて？」

タクシーに乗ってから、初対面の相手に森本はぞんざいな調子で聞いた。新聞記者の悪い癖だ。

「ええ。とても不思議な国だわ」

窓の外に見える皇居を興味深そうに眺めて、クララ・ブリンクマンが考えるように口にした。

「あれはエンペラーの宮殿だよ。オランダも王国だから王宮があるだろう。日本の皇室とも親しいはずだ」

「ええ、ハーグにあるハウステンボスよ。女王が住んでいるわ。でも不思議だと感じた理由は違うの。住んでいるのが日本人ばかりだからよ。こんなふうにして国がやっていけるのかしら？」

「――――」

森本は返事をしなかったが、意外に深いところを突いていると思った。

「新聞社で美術を担当しているのね？」

彼女が話を変えて質問した。

「いや、実は国際政治の記者さ。本来の担当者が大怪我をしてピンチヒッターだよ」

森本はうっかりと内実を洩らしてしまった。クララ・ブリンクマンが落胆した表情を浮かべる。

「でもフェルメールには関心がある。妻が画家で熱烈なファンだったから――」

相手の気持ちを戻そうと、森本は思わず口に出した。

「――?」

クララ・ブリンクマンが、今度は怪訝《けげん》な表情を見せた。森本の話し方が過去形だったからだ。

「妻は死んだのさ、三年前にね」

会った早々に、そんなことを言う羽目になった。


絵は正午少し過ぎに到着した。関係者全員が待ち構える中を、美術品専門の運送業者によって所定の部屋に運び込まれた。クララ・ブリンクマンは博物館の主席学芸員と列の中央にいる。森本は少し離れて様子を眺めることにした。

慎重に梱包が解かれ、膝の高さの大きな台の上に細心の注意を込めて絵が置かれた。全員が固唾《かたず》を呑んで見守っている。天窓からの自然光が人為的に反射され、適度な光度で落ちている。穏やかな光とは逆に、場の空気はピンと張り詰めていた。

最後に特別製のビニールの覆いが外され、目の前に絵が現れると、驚きと感嘆の声が一斉に上がった。クララ・ブリンクマンも食い入るように見つめている。

まず寸法が測られ、縦一〇〇センチメートル、横一二〇センチメートルと記録された。

「『絵画芸術』と縦横が正確に逆になっています」

クララ・ブリンクマンが即座に言った。全作品のサイズを記憶しているらしい。フェルメールの絵は比較的小品が多い。実作の四点と、原寸大に作られた複製画で全「作品」を見ていたので、森本にもそれが大きなほうの絵だとわかった。

アトリエらしい室内の手前左に、フェルメール自身と思われる画家が右手に絵筆を持って立っている。両袖にスリット状の切り込みがある黒服を着て、頭にも黒のベレー帽を被っている。『絵画芸術』に後ろ姿で描かれている画家と同じ服装だ。表情はアトリエを訪れた誰かに語りかける様子で、笑っているのかどうか微妙だ。訪問者は描かれていないが、絵の鑑賞者と見事に重なる。室内には多くの物が描かれているが、背後の壁に掛けられた『絵画芸術』が何といっても一番に眼を惹く。絵の中の画家もパレットを持つ左手でそれを示して、訪問者に作品を紹介しているように見える。

「フェルメールが死んで約二〇年後の一六九六年に、アムステルダムで二〇点以上の彼の作品が一挙に競売に出されました。その目録の三番目に、〈さまざまな品物に囲まれた室内のフェルメールの肖像、同人作の類例の無い美しい作品〉とあります。現存しないと考えられていましたが、この絵がその作品である可能性があります」

クララ・ブリンクマンが意見を述べた。すべて英語だったが森本が通訳する必要はなく、博物館側で美術専門の通訳者を用意していた。

「その絵は四五ギルダーと安い値段で売れたので、小さな作品だと考えられていましたが?」

博物館の学芸員の一人が質問をした。細かいところまで良く勉強している。

「ええ、その通りです。この絵がそれであれば、こんなに大きな作品だったのはまったくの予想外です。おそらく注文を受けて描いたものではなく、画家自身の肖像画だからでしょう。逆にフェルメールの研究者にとっては測り知れない価値があります」

クララ・ブリンクマンが淀みなく答えた。

「それと大変興味深いのは、この絵が画中の『絵画芸術』を紹介するために描かれたように思えることです。というのは、フェルメールのほかの多くの作品にも画中画が描かれていますが、それらはみな曖昧にぼかされて、注意しないと何の絵かわからないのです。それに対してこの『絵画芸術』は、実に精密に描かれています。不思議なのは、部屋の一番奥の壁に掛けられた絵なので精密に描けば遠近感が狂ってしまうはずなのに、少しも不自然に感じられないことです。驚くべき技巧です」

なるほど、彼女の言う通りだった。その場の全員があらためて絵を眺めて感心した。

「『絵画芸術』はフェルメール自身にとって特別な作品でしたね」

さっきの学芸員が再び発言した。

「おっしゃる通りよ。フェルメールは『絵画芸術』を最後まで手放さず、ずっと自分のもとに置いていました」

クララ・ブリンクマンが微笑して答えた。場に慣れてきたのか口調が和らいでいる。

「この絵が真作であれば、当然、『絵画芸術』より後の作品ということになるわ」

今度は独り言のように言って、彼女は大きな虫眼鏡を手に取った。絵の上にかがみ込む姿勢になって表面を丹念に調べ始める。気になる部分があると、オペラグラスに似た専用の器具でさらに細部を調べた。絵の傷み具合を確認しているらしい。

「保存状態は極めて良好です。真鍮のケースに収められる以前も、ずっと大切に保管されていたのでしょう」

絵の調査は午後いっぱいかけて行われた。クララ・ブリンクマンと博物館の二名の学芸員に数名のスタッフが携わった。森本も最後まで立ち会ったが、少しも退屈しなかった。

夕方の五時に作業に区切りをつけ、結果を記録にまとめて、初日の調査が終わった。

た。

「フェルメールの真作よ。間違いないわ」

　ホテルに戻るタクシーの中で、クララ・ブリンクマンが興奮冷めやらぬ口調で言った。

「たった半日の調査で結論が出せるのかい？」

　森本は半信半疑で質問した。

「私の個人的な直感よ。分析しなければならないことはもちろんまだたくさんあるわ。この調査の後で、絵をハーグのマウリッツハイスに送る必要があると思うの。フェルメールの全作品について膨大なデータが蓄積されているのよ。科学分析の専門家がいて、装置も完備しているわ。その結果を見なければ最終結論は下せないけれど、でも間違いなく、あの絵は本物よ。どんな精確な分析よりも、それを超える人間の直感というものがあるの」

　彼女が挑戦するような表情を見せた。青い眼に熱情が浮かんでいる。

　それでも森本は、どこか冷めている自分を感じた。本来担当するはずだった文化部の同僚なら、一大スクープに激しく興奮したことだろう。

「ずいぶんと冷静ね。何だか冷ややかなくらい」

　森本の心中を見抜いたように、クララ・ブリンクマンが口に出した。

「美術史上で一〇〇年に一度あるかないかの大発見よ。でも――」

青い眼が大きく開いて、探るように森本を見る。

「――きっと画家だったあなたのワイフのことが忘れられなくて、気持ちがそちらに行ってしまうのね」

不意を突かれて、森本はすぐに言葉が返せなかった。

「ミズ・ブリンクマン、いや、そんなことは――」

ようやく返した言葉にかすかな怒りが混じったのを、自分でも感じた。

「怒らせてしまったかしら？　許してね。でも、大スクープを手にしながらまったく他人事《ひとごと》のようだわ。それからブリンクマンは止めて、クララと呼んでくれない？　あなたのこともユタカと呼ばせてね。日本語の名前にはみな意味があると聞いたわ。あなたの場合は？」

「リッチ（Rich）という意味さ」

森本が英語で教えた。

「素敵な名前ね」

「別に金持ちじゃない」

森本が言うと、クララが笑い声を上げた。

「それはいいのよ。お金だけじゃない、いろいろな豊かさがあるわ」

金銭にうるさいオランダ人にしてはいいことを言う女だ。死んだ恭子は金というものを軽蔑さえしていた。

「クララ（Clara）の意味は?」

「オランダ語の名前に意味はないの、響きだけよ」

知らなかったが、響きだけでもいい名前だと森本は思った。

2

国立博物館での絵の調査は順調に進んだ。一週間をかけた調査で、フェルメールの真作であることを否定する証拠は何も見つからなかった。日本での調査を終えて、絵をやはりハーグにあるマウリッツハイス美術館へ送り、さらに徹底した調査と分析を行うことになった。それに先立つ一週間、絵は開催中の「フェルメール展」に参考作品として特別展示されることになった。「参考」となったのは、オランダでの調査結果が出るまで真贋判定の結論が保留にされたからだ。ちょうどゴールデンウィークに入ったところで、展覧会の人気はさらに高まり、会場は連日多くの見学客であふれた。

その間に、森本豊とクララ・ブリンクマンは一緒に長崎へ行くことになった。新日本新聞日曜版に連載予定の「フェルメール展」特集に、今回の発見の経緯と今後の展開も加えることが決まったのだ。なぜ長崎で絵が出てきたのか、ほかに未発見の資料が無いか、まずそれを調べるのが目的だった。ようやく松葉杖が取れた文化部の同僚はこれから自分で担当することを望んだが、英会話が不得意で、何よりクララ本人が森本と続けることを強く希望したので、幸いに交代されずにすんだ。森本自身も、今さら譲る気など毛頭なかった。

朝早く、森本がクララのホテルに出向き二人で羽田空港へ向かった。長崎空港へは頻繁に便が出ていて約二時間の飛行だ。予定外で長崎に行ける幸運をクララは喜んだ。

「長崎はオランダと縁の深い都市ね？」

機中で、森本は彼女の質問にうなずいたが、歴史を知らずほとんど説明できなかった。

長崎県美術館は港に面した公園に隣接した場所にあり、ガラス張りの開放的な建物だった。再現された出島のオランダ商館も近くにある。

約束をしていた館の担当者に二人は面会した。発見された絵を最初に調査した人物だ。洋画担当の学芸員ということだが、森本と近い年齢に見える。隣のもう一人の男性はずっと年配で、長崎歴史文化博物館の館員だと紹介された。一階にある研究資料室で絵の発見にまつわる話を聞くことになった。

「ここは西洋美術ではスペイン絵画のコレクションが充実しています。担当が私なので、発見された絵の調査に当たりました。正確には再発見と言うべきだと思いますが」

「誰かが以前に発見して真鍮のケースに入れておいたからですね？」

森本が確認のために聞いた。

「そうです。絵を東京に送り出してから、今村家の記録を調べました。ケースは昭和一二年に――そう言ってもこちらの方にわかりませんね。西暦ですと一九三七年に注文して作られたものと判明しました」

相手がクララに視線を投げて、気を利かして言い換えた。

「今村家は商家なので、そうした記録が実に良く残されています。作らせたのは今村武郎《たけお》という、現在の当主の祖父に当たる人物です。ほぼ間違いなく、絵を発見した本人でしょう。しかしケースを注文したすぐ後にドイツに赴任しています」

「ドイツに赴任ですか？」

森本は聞き返し、そこまでの内容をクララに英語で伝えた。

「ええ。今村武郎は外交官でした。ベルリンにあった日本大使館に赴任したのです。長男でしたが、家業を弟に譲っていました。ただ息子がいたので、次の代は武郎の息子が家業を継ぐ約束でした。家族を弟に託して日本に残し、単身でドイツに赴いたのです。ヒトラーがポーランドに侵攻して第二次世界大戦が始まる前で、情勢が不穏だったからでしょう」

森本がまた通訳した。本筋の絵の話から離れたが、クララは興味を示した。

「当時の日本でフェルメールは一般には無名でしたし、武郎も知らなかったのでしょう。赴任前の慌ただしい状況で詳しく調べることもできず、帰国するまで保管しておこうと考えたのだと思います。ほかの誰にも話さなかったので、そのままになってしまったのです」

「今村武郎本人はどうしたのです?」

「ドイツで行方不明になりました。今でも消息が判明していないらしい」

「――――」

森本は驚いた。通訳して伝えると、クララも驚きの色を浮かべた。

「もし良ければ、この後で今村家を紹介します。電話で連絡が取れるので、訪ねて詳しい話を聞かせてもらうといいでしょう。絵が発見された石蔵を見ることもできます」

それはまさに願ってもないことだった。

「あの古い石蔵の屋根裏部屋は絵の保存に最適でした。本格的な調査で真作と確認されれば、現存するフェルメール作品の中で最も良い状態にある一つではないでしょうか」

森本が伝えると、クララが大きくうなずいた。

「日本の長崎になぜ、フェルメールの作品があったのかわかりますか?」

森本が一番の疑問を口にした。

「――それは、可能性としては考えられるのですよ」

さっきから横で話を聞いていた年配の男が、待っていたとばかりに口を開いた。

「フェルメールが生まれたのは一六三二年です。一七世紀の前半で、ちょうどオランダの東インド会社による日蘭貿易の歴史と重なるのです。平戸にオランダの商館が置かれて日本との貿易が始まったのが一六〇九年、日本暦では慶長一四年です。この年にオラニエ（オレンジ）公マウリッツが徳川家康に書簡を出して朱印状を得ています」

マウリッツハイス（「マウリッツの館」の意味）美術館の名前はそこから来たのだろうか、と森本は連想した。話が専門的になり英語に訳すのが難しくなったが、年配の男は自分の知識を開陳《かいちん》したいのか熱心にしゃべり続けた。

「やがて幕府の鎖国政策が厳しくなり、一六三九年にポルトガル人の来航が禁じられて、ヨーロッパの国で貿易を許されたのはオランダだけになります。一六四一年にはオランダ人も長崎の出島に移して、鎖国体制が完成するのです」

「つまり、オランダとの貿易を通して今回の絵が日本にやって来た可能性があるのです」

若いほうの学芸員が割って入り、話を戻した。

「それに、今村家は商家として代々オランダ貿易に携わっていました」

年配の男は反省したのか、こちらも話を戻した。

「今回発見された絵は、そうした経緯で今村家の手に入ったと考えられます。商売だけでなく、今村家からは何人ものオランダ通詞《つうじ》が出ています」

通訳者のことだ、と森本は英語でクララに教えた。

「幕府の正式の役人ではありませんが、下役のような形で通詞になった者が今村家には何人もいるのです。ドイツに赴任した今村武郎のような外交官が出たのも、いわばその血筋ですよ。ドイツ語が実に達者だったそうだ」

「この人は今村家の歴史も詳しく調べています。蔵の所蔵品の調査にも加わりました」

若いほうの学芸員が補足した。

「今村武郎がドイツで行方不明になったあと、日本で家業を継いだ弟も死ぬと、約束通りに今度は武郎の息子の尚郎が商家の当主になりました。さらにその長男である今村益郎《ますお》が現在の当主です。家業のほかに長崎の県会議員もしていて、われわれ美術館や博物館の者は大変お世話になっています」

森本とクララはさらに話を聞いたが、絵そのものに関しては東京で調査した以上のことは出なかった。しかし歴史的な背景や周囲の事情がわかってきた。

学芸員に電話で約束を取ってもらい、二人は次に今村家を訪ねることにした。場所は長崎市内の西山地区と呼ばれる山側にあり、日本三大祭の一つ「くんち」で有名な諏訪神社の近くだという。タクシーで向かうことにした。

坂が多く傾斜地に家々が密集した周囲の景観の中で、今村家の広さは別格だった。広い敷地を白い土塀が囲み、中へ続く大きな門をタクシーはそのまま通過して入ると、いかにも旧家然とした古い和風建築の母屋とは別の離れに着いた。その建物だけが洋館だった。その先の奥まった場所には、くすんだ灰色の石壁と黒い鉄の扉を持つ大きな蔵が見える。絵はそこで発見されたのだろう。

洋館の正面の扉が開いて、若い女性が現れた。森本は思わず声を上げた。

「君は、あの時の――」

呆気《あっけ》に取られて、それ以上言葉にならなかった。「フェルメール展」の会場で閉館時間が過ぎても『真珠の耳飾りの少女』に見入っていた、あの若い女性だった。

何事が起きたのかと、クララが二人の顔を見比べた。

「――そうなの。県美術館からの電話で美術展を主催している新聞社の人が来るというので、あの時の人だろうと想像していたんです。またお会いできて嬉しいわ。私は今村由紀《ゆき》です」

「森本豊だ。こちらは絵の調査でオランダからやって来たクララ・ブリンクマンさん」

森本が紹介し、クララが英語であいさつすると、今村由紀は同じく英語で返した。

森本よりもずっと発音がきれいで、しかも流暢《りゅうちょう》だった。

「君は今村家の人だったのか、実に奇遇だな」

森本があらためて言うと、由紀がいたずらっぽい笑みを返した。森本はクララに事情を説明し、それから三人の会話は英語になった。

「でも、今村の本家じゃないんです。本家の当主は私の伯父で、父の兄です。私は今は東京で学生生活を送っているけれど、敷地内のこの離れに父と二人で住んでいたんです。今村家の蔵からフェルメールの絵が出たというので、長崎に帰ってきました。今日は私が案内します。どうぞ中に入って」

由紀が先に立って、入口から応接室へと森本とクララを導いた。二人は勧められて応接テーブルを囲む椅子に座った。

「紅茶でいいかしら?」

森本もクララもうなずいた。由紀は応接室を出ると、しばらくして香りのいい紅茶を入れたティーセットを運んできた。遠慮のない話し方だが、振る舞いに育ちの良さが出ている。

三人は紅茶を飲みながら話を交わした。

「絵が発見された蔵の内部を見てもらう前に、少し事情を話しておくのがいいと思うの」

由紀が考える表情になった。何かわけがありそうだった。

「絵の発見者が私の曽祖父だったことは知っているかしら？」

彼女が確かめるように尋ねた。

「美術館で絵の調査を担当した学芸員から聞いたよ」

森本が答える。

「曽祖父の名は今村武郎といって外交官でした。ドイツで赴任中に行方不明になって、日本に残った長男、つまり私の祖父が懸命に捜しても見つからず、諦めきれずに捜索を自分の息子たちに託したんです。長男が今村益郎で現在の本家の当主です。家業が忙しいので、弟である私の父に捜索を頼んでいました。父の名前は今村敏郎《としお》です。商売が嫌いで、高校の教師になって地理を教えていました。春休みや夏休みを使ってドイツやほかの国を訪れては武郎の消息を調べていたの。最後に訪れたのがオランダのハーグよ」

偶然の一致に、森本は驚いた。それと、彼女の父親についての話し方が過去形なのが気になった。森本が妻の恭子について話す時と同じだ。

「最後というのは？」

「父はそこで死んだんです。運河から落ちて事故死でした。二〇〇二年の夏のことです」

そこまで明るかった由紀が、さすがに沈痛な色を見せた。

「ちょうど一一年前の、私が一〇歳の時だったわ。事情が良くわからないまま伯父に連れられてハーグに行きました。母は私の出産直後に死んでいたので、家業の忙しい伯父が無理して連れて行ってくれたんです。警察の地階にある安置室のような場所で父の遺体と対面したのを覚えています」

「………」

短い沈黙があった。今村由紀は単に明るいだけの娘ではなかった。

「絵に無関係なことばかり話していると思うでしょう？　でも私には関係ある気がしてならないの。曽祖父の武郎が発見したフェルメールの絵が蔵の中にあることも、父はきっと知っていたのだわ」

由紀が断定するように言った。

「それならどうして、事実を世間に公表しなかったのだろう？　フェルメールの真作なら、美術史上で一〇〇年に一度あるかないかの大発見だよ」

森本は思わず、クララの言い方を真似ていた。

「父は自分で何かを調べようとしていたんです。それが解明できるまで絵のことは公表しないようにしていたのだと思うの。公表すれば真相が隠されてしまうと、そう考えていたのじゃないかしら」

思わぬ話の展開に、森本は意表を突かれた。

「お二人に、見せたい物があるの――」

由紀が立ち上がって、壁際の洋ダンスの引き出しから何かを取り出してきた。森本とクララの来訪を聞いて用意していたらしい。色あせた古い封筒で、表に手書きで「重要」と朱書され、その文字だけが少し新しく見えた。

「これは、父が滞在していたハーグのホテルのフロントの金庫に預けられていたものよ。部屋にも金庫があったのに、わざわざフロントに預けていたんです。表に赤で『重要』と後から書いたのは父よ。もとはドイツで行方不明中の今村武郎から、ある日突然に長崎の実家に郵便で届いたのだと、そう聞きました。その時は武郎がまだ生きていると大騒ぎになって、でも日本もドイツも戦争中で、それ以上どうしようもなかったそうです。私の父は現地で調査に必要なので持って行ったのだわ」

「中に入っている物は？」

「曽祖父の武郎がドイツで使っていた手帳と、とても古い外国語の手紙らしいものが二通です。私がずっと大切に保管していたけれど、父自身の形見の物ではないので、良く調べなかったの。お二人に見てもらえると嬉しいわ」

森本は促されて、中の物を取り出した。なるほど古い手帳と、外国語の手書きの二通の書簡だった。書簡は手帳よりさらにずっと古いものだと直ちに見て取れた。当初から注意して蔵の中に保管されていたのだろう――紙はくすみ文字も色あせているが判別はできる。ひどく貴重なものだという気がした。

「ユタカ、慎重に扱うのよ」

クララが注意を与えたが、森本は言われる前にそうしていた。

「蔵の所蔵品の調査に来た歴史文化博物館の人に見せようかと考えたけれど、でも止めたんです。新聞記者の方なら、背後の事情もいろいろ調べてもらえると思って――」

頼めることがもう決まったように、由紀が不安の無い表情で森本を見た。

手帳は紙もインクも色あせていたが、中に書かれた日本語は判読できた。今村武郎が赴任先のドイツで買い求めて使っていたらしい。ダイアリー欄にその日の出来事や旅の予定、滞在場所などが書き留められていた。これらの記録を頼りに、由紀の父親は武郎の行跡を追ったに違いない。ページをさらに開いていくと、ダイアリーに続く自由ページに折々の感想や備忘の書き込みが残されている。最後のページに少し震えるような文字で、次のように書かれていた。

『Cの手記』は奪われた

それに続いて、次の文字と数字が記されていた。

E１０７５４７５６

さらに、〈E１０７５４７５６〉全体が赤丸で囲まれ、数字中央の５と４の間にも赤くコンマが付けられていた。封筒の「重要」と同じ赤いボールペンらしいことから、由紀の父親が後から書き加えたのだろう。急いだのか少し乱暴な筆跡だった。

二通の古い書簡のうち、一通は手紙というより短信だった。

「オランダ語よ」

クララが声を上げて教えた。

「何て書いてあるかわかるかい？」

森本が聞くと、彼女が読んで内容を教えた。

偉大なる画家にして卓越の士、親愛なる友よ、
私の無理な依頼を快く引き受けてくれてありがとう。
あなたが絵の中に秘密の鍵言葉を見出す手がかりをどう巧みに描き入れたのか、

それを示唆するのが――女神クリオと王冠の小さな枝が指し示す――なのですね。
それを忘れずに、次に私があなたのあの至高の作品を観る機会がある時に、
自らの知力を試してみることにしましょう。

親愛なる友よ、それまでどうかお元気で。

１６７５年　５月

署名は無く、バラの花の小枝の下に〈ＣＡＵＴＥ〉の文字がある印章が押されている。上に〈Ｂ、Ｄ、Ｓ（鏡文字になっている）〉とあるのは名前のイニシャルだろうか。
「これはラテン語ね。これくらいなら意味がわかるわ。〈用心せよ〉という意味ね」
クララが教えた。
「これは大発見かもしれないわ。今回の絵と合わせて考えると、この短信の宛先の〈偉大なる画家〉はフェルメールだと推測されるわ。これまでフェルメールが書いた手紙はもちろん、彼宛の手紙も一通も発見されていないのよ。それに一六七五年は、

ちょうどフェルメールが死んだ年よ。その年の一二月に彼はデルフトの自宅で生涯を閉じたの」

クララは興奮を抑えきれない様子だった。

もう一通は少し長い手紙だった。美しい筆跡から女性ではないかと思えた。その手紙もラテン語だとクララが言ったが、内容までは読み取れないようだった。

次に、二人は古い石蔵の内部を見せてもらった。建て替えは延期され、多数の所蔵品もそのままだった。屋根裏部屋は建てられた当時は秘密の保管庫だったらしい。今は木の階段で上がれるようになっている。空気の状態が安定して涼しく、確かに絵の保存に最適の条件だったとわかった。

訪問の最後に森本は許しを得て、手帳と古い二通の手紙を預かることにした。東京に持ち帰って調べるつもりだった。事情がわかるまで公表しないようにと、由紀が念を押した。父親と同じく、公表すれば誰かに真相が隠されてしまうと恐れているのだ。たとえ古い記録でも〈『Cの手記』は奪われた〉とあるのは、確かに穏やかではない。

森本は、二通の手紙を固く薄い透明のホルダーケースに収めた。取材でどんな調査品に遭遇するかわからないので、いつも何種類か持ち歩いている。それを大切にアタッシュケースの中に入れた。

3

森本は、東京に戻るとまず、ラテン語で書かれた手紙を日本語に翻訳することにした。文化部のつてを使い、外国語大学のラテン語研究者を見つけて依頼をした。安全を考えて手紙を一度写真に取り、そのコピーを渡すようにした。日本語訳を今度は別の翻訳者に英訳させた。自分でしなかったのは正確を期すためだ。文化部長にはまだ事情を隠しておくことにした。

手紙の内容は次のようなものだった。

敬愛するお父様

お父様からの久しぶりのお手紙を受け取りました。バタヴィアからロッテルダムに帰港した船の乗員から、VOC経由で私のもとに無事届いたのです。

それを手にした時の喜びを、言葉で書き表すことができません。遠い日本でお父様がお変わりなく暮らしていることを知って、心が安心と喜びで満たされました。私とbも元気にしています。私の気持ちを書きたい思いはいっぱいですが、お父様がいつも言っていたように、まず用件をお伝えすることにします。言葉を連ねなくても、お父様の健康を私が常に祈っていることは、お父様こそが一番良くご存じですから。いつものようにオランダ語を避けてラテン語で書き、名前もすべてイニシャルを使うことにします。

最初に、半年ほど前のことですが、アムステルダムでVの作品が競売に出されたのです。それも一度に多数でした。デルフトでVの後援者だったR様のことは、お父様もご記憶にあると思います。私にもとても親切にしてくださった方です。R様の遺産を最後に相続した義理の息子が昨年亡くなり、相続品に含まれていたVの絵がまとめて売りに出されたのです。私はハーグからbと二人で出向きました。家の中を絵で飾る贅沢などしないのですが、あの青いターバンの少女の絵だけは買い求めたいと思ったのです。お金は五〇ギルダーを用意しました。お父様のVOCの年金を代わって受け取れる権利のおかげで、つつましい暮らしを守っていれば、その程度は準備できるのです。

寡作だったVの作品が二〇点以上も並んだのですから、実に見事なものでした。Bが生前に強く感銘を受けた、永遠のデルフトとでもいうべき街の眺望を描いた大きな絵もありました。値段は二〇〇ギルダーと最高額が付きました。私の目的の青いターバンの少女の絵は四二ギルダーでしたが、でもそこで、この手紙と一緒に送ることにした絵を見つけたのです。Vと親しかった私にも未見の作品でした。V自身の肖像が描かれ、自宅のアトリエに立ってこちらを見ています。そして奥の壁に掛けられた一枚の絵を手で示しています。驚いたことに、そこに画中画として描かれているのがあの絵でした。それもとても精密にです。当然ながら、私はその絵にまつわる秘密に思いを馳せました。もとの絵は細部まで頭に焼きついています。眼を凝らして画中の絵をじっと眺めたとき、まるで天啓に打たれたように、私にも謎が解けたのです。秘密の鍵言葉への手がかりがどう描き込まれたのか――Vの葬儀の後で、Bがその絵を見て瞬時に解いた謎です。

私は予定を変えて、こちらの絵を買うことにしました。迷いはありません。Vの作品としては大きな絵でしたが、自画像のためか高値は付かず、用意したより少ない四五ギルダーで競り落とすことができました。bに絵を持たせハーグへの帰途、必然が二〇年の歳月を隔てて私を導いたのだと、心はその思いで満ちていました。

それが契機となって、私はこれまでの事を書いておかねばと思うようになりました。というのも、その秘密の経緯を書き残せるのはこの世にもはや私しかいない、と知っているからです。Bが強く言い残したように、秘密を解いて得られる一切は未来の自由なオランダ共和国に帰すべきものです。書き残さねばそれも不可能になってしまいます。でもその一方で、お父様もご承知のように、今の世では決して公表できない秘密ですから、ほかの誰にも渡ってはなりません。

どうすべきか考えをめぐらしている間に数ヶ月が経ち、私は五〇歳の誕生日を迎えました。スポイの新教会の時を告げる鐘の音がいつになく胸の奥にまで染み入ってきました。心静かにこれまでを振り返ると、私の人生がいかに類まれな方々との、それも通常なら望み得ない親しいつながりで成り立っていたことに、あらためて驚きと感謝を深くしたのです。BやV、お父様の恩人であるFとその家族、高邁にして寛大だったH様、そうした方々と過ごした天恵とも言うべき大切な時間を、私は心で十分に咀嚼《そしゃく》していただろうかと、後悔と不安さえ覚えました。そのためにも、これまでの事を書いておくべきと心に決めたのです。その日私はペンを取り、書き終えるのに三ヶ月ほどかかりました。

書き上げた手記を読み返してみると、お父様の生涯の記録ともなるものです。ですから入手したVの絵と、謎の手がかりについて示唆したBの短い手紙と合わせて、日本のお父様に送ることにします。それが一番安全だと思えるからです。その後の運命はまた必然の導きに委ねれば良いのです。

いつものようにVOCの信頼できる人物に託して、バタヴィア経由で日本に向かう船で運んでもらいます。無事に到着すれば、お兄様（一度もお会いしていませんのに！）がうまく手配をして、お父様に届けてくださるでしょう。

それでは、お父様の変わらぬご健康をお祈りして、

お父様を心から敬愛するCより

クララは読み終えると、しばらく呆然としていた。次に熱を帯びた眼で森本を見た。

「大発見ね。これは、今回の絵がフェルメールの真作であることの何よりの証拠だわ。あの絵はやはりアムステルダムの競売目録の三番目にあった作品よ。四五ギルダーという値段までピタリと一致している。絵が日本に来た事情がこれでわかったわね。競売があった年とすると、この手紙が書かれたのは一六九六年よ」

「このCというのは——たぶん女性だろうが、一体誰だろう？」

「ラテン語ができたからには、日本にいる父親も合わせてかなりの教養があったはずよ」

「手紙の中のＶＯＣというのは？」

森本はわからずに聞いた。

「オランダの東インド会社のことよ。海外との貿易で実質的にオランダ政府を代表していたの。ということは、Ｃの父親は長崎の出島のオランダ商館にいた西洋人かしら？」

「兄もいたと書いてある。父親と一緒に日本に来たのだろうか？」

「一度も会っていないということは、何かの理由でオランダと日本に別れたのね」

二人はそこで、今村武郎の手帳に残されていた走り書きを思い出した。

「手帳にあった『Ｃの手記』がこれなのよ。この女性が書いたものに違いないわ」

クララの言葉に森本もうなずいた。

「オランダ語を避けてラテン語で書いたのは、もし日本で誰かの手に渡った場合を恐れたのね。もう一つの短信と絵にこの手紙と手記を添えて、日本の父親へ送ったのだわ」

「それが何かの事情で、オランダ貿易に携わっていた今村家のものとなった。蔵の奥に保管されたまま忘れ去られていたのを、ずっと時代が後の一九三七年（昭和一二年）になって今村武郎が見つけたのだな」

森本がそう推測した。

「きっとそうね。オランダ語とラテン語なので内容が理解できず、ちょうどドイツへの赴任を目前に控えていたので、現地に持参して調べようとしたのではないかしら」

「そして『Cの手記』が誰かに奪われた、ということか。手紙と短信だけは無事で、行方不明となった今村武郎が手帳と一緒にどうにか日本の実家に郵送した」

森本は政治記者の勘で、背後に何か謀略めいたものを感じた。

「もし『Cの手記』が出てきたら、それこそ世紀の大発見よ。手紙の中のVがフェルメールであるのは確かだから、その克明な証言記録になるのよ」

クララが興奮をあらわにした。

「それにしても、この手紙は謎だらけだな。なぜ名前を隠してイニシャルにしなければならなかったのだろう？　Vはフェルメールとして、ほかのBやbにFにHという人物は一体誰だろうか？　秘密の鍵言葉の手がかりをフェルメールが絵に描き入れたとは、一体何のことなのか——」

森本が疑問を連発した。

「それが、もう一通のオランダ語の短信に書かれていることね」

二人は、それをまた目の前に置いた。

「この短信を出した人物がフェルメールに依頼した、ということだろうか？」

「きっと、Cの手紙にある大文字のBという人物よ。フェルメールの葬儀の後でBは実際に絵を見て、手がかりがどう描き込まれたか見抜いたことになるわ。そのヒントが〈女神クリオと王冠の小さな枝が指し示す〉ということね」

「絵というのは長崎で発見された？」

「いいえ、Cの手紙からするとそうではないわ。もとの『絵画芸術』のほうよ。現存する記録から、フェルメールが亡くなった時に自宅にあったことがはっきりしているの。Cはその二〇年後に、今回長崎で発見された絵の画中画として描かれた『絵画芸術』を見て、同じことを理解したのだわ」

「でもなぜ、それを手紙の中で明かしていないのだろう？」

「何か私たちのまだ知らない、そうできない理由があるのね」

少しずつ関係が明らかになってきたが、森本は途方に暮れた気持ちになった。まったく予想もしていなかった別の謎が、目の前に現れてきたからだ。

今、東京の国立博物館に展示されている『絵画芸術』に、何かの秘密への手がかりをフェルメール自身が描き込んでいる――。

森本はとりあえず、手紙の内容を長崎の今村由紀に伝えることにした。日本語の翻訳をＦＡＸで送り、その後で電話をした。

「Cという人物――おそらく女性だろうが、彼女が自ら記したと手紙にあるのが、君の曽祖父の今村武郎の手帳にあった『Cの手記』に違いないよ。見つかれば今回のフェルメールの絵に負けない大発見だと、クララが太鼓判を押していた。あとはCが一体何者で、出島のオランダ商館にいたらしい父親が誰なのか、それを明らかにできれば――」

「森本さん、Cの父親は出島のオランダ商館にいた人物なの？」

由紀が確かめるように聞いた。

「ラテン語がこれほどできたのだから、親娘《おやこ》とも西洋人と考えるのが自然だろう」

「父親は西洋から帰国した日本人という可能性は無いかしら？」

「まさか。日本は鎖国をしていたじゃないか」

「実は先祖にそうした人物がいると、今村家に代々伝わる話があるの」

「何だって！」

またもや、驚く話が飛び出した。

「私も父から聞いたことがあるわ。ＦＡＸを受け取って伯父に確かめてみたら、やはりそうだったの。鎖国していた江戸時代はずっと密かに言い伝えられてきたのだと――」

「何か確かめる手だてがあるかい？」

「本家に伝わる今村家の家系図があるわ。代々の当主の責任で書き継がれてきたものよ。蔵の調査がされた時に、歴史文化博物館の担当者が記録として完璧だと感心していたわ」

長崎県美術館で会った年配の男だろう、と森本は推測した。

「君は東京に戻らないのかい？」

「ゴールデンウィークが終わったら戻るつもりよ」

「その家系図を持って来られるだろうか？　こちらで国立博物館の専門家に詳しく見てもらおう」

「何巻もの巻物になっているの。たくさん過ぎるわ」

「Cの手紙が書かれたのは一六九六年だから、その時代のものだけでいいと思う」

今村由紀が長崎から家系図を持参して東京に戻ると、森本の手配で国立博物館の学芸員に調べてもらうことにした。しかし背景の事情はまだ伏せておいた。

結果を聞くために、クララ・ブリンクマンも加えた三人で博物館の資料館に出向いた。

「――実に興味津々たる家系図ですね。何より得難いのは、単に人名に生年と没年が添えられているだけでなく、職業と特別な事跡も合わせて記録されていることです」

巻物用の長いテーブルの上に広げられた家系図に、三人も揃って見入った。日本語がわからないクララも好奇心いっぱいの表情をしている。

「それにしても、外国語に特別な縁のある家系ですね。外国貿易に携わっていた商家だからか、オランダ通詞を多く輩出しています。数は少ないがポルトガル通詞もいる」

なるほど、そうした家系ならラテン語を学んだ人物が出ても不思議はない、と森本は想像した。由紀が驚くほど英語が達者なのも同じ血を引いているからだろう。学芸員の説明を苦もなく英語に通訳して横のクララに伝えている。

「日本を出て外国に渡り、また戻ってきたと思える人物の記録があるかしら？」

由紀が踏み込んだ質問をした。学芸員は難しい顔になって首を傾け、事跡の記述を順に追い始めた。同じことを最初から繰り返すと、ある箇所を何度か読み直した。

「外国ではないですが、このオランダ通詞をしていた人物が家を出た後に、長い期間を経て戻ってきたと書かれています」

学芸員が指で示した名前を、三人は見た。

〈今村藤八郎《とうはちろう》　元和元年生　元禄十二年没　享年八十五　阿蘭陀通詞〉

「元和元年は一六一五年、大阪夏の陣で豊臣氏が滅んだ年ですね。死んだのは元禄一二年だから一六九九年です。すると満八四歳まで生きて、当時としてはかなり長命です」

「一六九六年にはまだ生きていたということね」

クララがCの手紙が書かれた年を意識して言った。

「ほかに書いてあることは？」

森本が質問した。

「二二歳のとき、寛永一四年つまり一六三七年ですが、出奔《しゅっぽん》して出家し、四六年間も僧として日本各地を放浪した末に、長崎の実家に戻って還俗《げんぞく》したと書かれています」

「四六年間も！」

由紀が叫び、三人は驚いて顔を見合わせた。

「子供がいるだろうか？」

森本が聞いた。

「ええ。妻がいて名前は八重《やえ》と出ています。二人の間に男子が一人いて、名前は今村準之進《じゅんのしん》です。出奔の年に生まれて、長じてやはりオランダ通詞になっていますよ」

「──」

森本もクララも由紀も、Cの手紙にあった内容を思い出していた。〈お兄様（一度もお会いしていませんのに！〉〉。

「当時はもう鎖国がされていたのかしら？」

今度は、由紀が質問した。この藤八郎という人物が本当はオランダに渡っていたののではないかと、そう考えたのだろう。

「一六三五年に、まず日本人の海外渡航と帰国が全面的に禁止されています。ヨーロッパの国でオランダだけに通商を許したのが一六三九年で、それが鎖国の完成とされています。一六四一年にはオランダ人を平戸から長崎の出島に移しました」

今村藤八郎が日本を出たのが出奔した一六三七年だとすれば、国禁を犯したことになる。

三人は次に、今村武郎の古い手帳のダイアリーにある記録をていねいに追った。ベルリンに赴任して約半年後に、ベルリン大学のラテン語科教授に『Cの手記』を預けた、という記述が見つかった。翻訳と調査を依頼したのだろう。記録をさらに追っていくと、失踪するまでの約一年半の間に、ドイツ国内や周辺の国々を頻繁に旅していたことがわかった。オランダのアムステルダムやハーグも訪れている。

長崎で発見された絵が、いよいよハーグのマウリッツハイス美術館に送られて、現地でさらに専門的な調査を受けることになった。その任に当たるためクララがオランダに帰国することになり、森本も取材で現地に行くことになった。驚いたのは、今村由紀が大学を一時休んで森本に同行すると自分で決め、ひどく嬉しそうに旅支度を始めたことだった。

4

オランダの政治の中心であるハーグは緑に包まれた、街全体が公園と言ってもいい都市だ。森本はパリ総局時代に何度か訪れたことがあり、見知らぬ町というわけではなかった。雰囲気は当時と少しも変わっていない。五月から六月が一年で最も美しい季節だった。

森本と今村由紀が滞在するホテルは中心街にごく近い場所にあった。国会議事堂や政府の建物があるビネンホフと呼ばれる一画にも近く、その端にマウリッツハイス美術館がある。

チェックインを済まし、それぞれの部屋で荷物を解くと、二人は早速ロビーで明日からの行動を相談した。手がかりは由紀の曽祖父の古い手帳に残された記録だ。

今村武郎は一九三七年の二月にベルリンの日本大使館に赴任すると、その年の一〇月にハーグを訪れていた。ベルリン大学のラテン語科教授に『Cの手記』を預けたという記述のある日から一ヶ月後のことだ。ドイツ軍がポーランドに侵攻して第二次世界大戦が始まるのが一九三九年の九月で、その約二年前になる。

ハーグで哲学者スピノザの旧居を訪れたとある。翌日は近くの都市ライデンに行き、そこの大学を訪れていた。

「何を調べていたのかしら？」

「オランダに来たのだから『Cの手記』に関することなのだろう。君はスピノザという哲学者を知っているかい？」

森本は自分が良く知らないので尋ねた。

「いいえ、名前を聞いたこともないわ」

由紀はオランダの旅行ガイドブックを持参していたが、ハーグの案内のどこにもスピノザという哲学者の記述は載っていなかった。

「部屋からインターネットにアクセスができる。それで調べてみよう」

森本はノート型のPCを日本から持って来ていた。ハーグ市の案内で検索してみると、確かに「哲学者スピノザの旧居」とあり、現在は「スピノザ協会」という民間団体が管理しているらしい。表示された地図からするとホテルからも遠くはない。スピノザに関する次のような説明があった。

ベネディクトゥス・デ・スピノザ。オランダが生んだ最大の哲学者。ユダヤ系商人の子としてアムステルダムに生まれ（一六三二年）、後にハーグに移住してそこで死んだ（一六七七年）。哲学の研究に生涯を捧げ、結婚をしなかった。また、自らレンズ磨きをして生活の資を得たという逸話が有名である。

その哲学は代表的な汎神論として知られる。彼によれば、物質界も精神界も神から発する因果の必然に支配されていて個別に自由はないが、万物を神との必然関係において（永遠の相の下に）直感することに、人間の幸福と道徳の最高境地がある。主著に『エチカ（倫理学）』。

欧州共通通貨ユーロが導入される以前の一九七〇年代には、スピノザの肖像はオランダの最高額面一〇〇〇ギルダー紙幣に描かれていた。

「哲学のことは難しくてわからないわ。でも一番大きいお札に肖像があったなんて、時代は違うけれど日本でいえば福沢諭吉のような人かしら」

「フェルメールと同時代の一七世紀の人物だ」

森本が気づいて口にした。

「それどころか、二人は同年生まれだわ。死んだのが一六七七年だとすると、フェルメールより二歳だけ長生きしている」

由紀は正確に記憶していた。

どうやら、今村武郎がスピノザの旧居を訪ねた目的が『Cの手記』に関係しているのは、間違いない。

「近くのスポイという場所にある新教会にお墓があるらしいわ」

由紀が付け加えた。

二人は明日、まずそこを訪れることにした。


次の日の朝は、小雨がパラつく空模様だった。歩ける距離だが、探すのに時間をかけたくないので二人はタクシーを使った。本当はクララ・ブリンクマンにも同行してほしかったが、日本から届いた絵の調査が今日から始まるので無理だった。新教会まではほんの数分で、トラムと呼ばれる路面電車が走る大きな通りに面していた。着いてみれば間違えようのない場所だ。「新」といっても大きなドームを持つ古い教会だった。運良くちょうど小雨が上がり、灰色の雲の間から光が薄く差し始めた。

平日の午前なのに、教会は閉まっていた。広い敷地の中にも人影は無い。森本と由紀は期待が外れ、建物を迂回して裏庭へ向かった。反対側から出て、歩いてスピノザの旧宅へ向かうつもりだった。

「あれは何かしら？」

由紀が声を出したと同時に、森本も気づいていた。手入れのあまり行き届いていない裏庭の低草の間に建つ白い墓石のようなものが、二人の眼を惹いた。

近づくと、顔の浮き彫りがあり、何かの言葉と、１６３２と１６７７の二つの年号が刻まれている。足元の地面にも石の平板が横に置かれ、濡れて張りついた木の葉の間から「SPINOZA」と刻まれた名前が判別できた。

「ここだったのね。でも新しくて、お墓というより記念碑のようだわ」

森本もそう思った。腰をかがめて木の葉を手で除き、もっと良く見ようとした。名前と一緒に何か彫られている。雨水が浅く溜まって見えにくいので手で払った。

「これは――」

森本が思わず声を上げ、確かめようと表面を指先でなぞった。楕円の中にバラの花の小枝と、上半分を囲む〈B　D　S〉の三文字、そして下には〈CAUTE（用心せよ）〉と彫られている。森本はアタッシュケースから透明のホルダーケースの一つを出して、中のオランダ語の短信と見比べた。間違いなく、そこにある印章と同じものだった。

「この短い手紙をフェルメールに書いたのは、スピノザだったのね」

由紀がつぶやくように言った。

そこからスピノザの旧居まで、歩いて五分もかからなかった。ひどく閑散とした広い通りの先にT字型の交差点があり、左に曲がって数軒目の家だった。家の前の通りを分ける中央分離帯のマロニエの木の下に黒ずんだスピノザのブロンズ像があり、それが無ければ気づかずに通り過ぎてしまっただろう。ごく普通の家だった。壁にスピノザの旧居を示す銘板があり、それでようやくわかったのだ。

小さな木製のドアをノックすると、中から大柄の男が現れた。森本と視線が合うと、あからさまに不審の色を浮かべた。それでも隣にいる由紀を見て、警戒の色を薄めた。電話で連絡もせずに来たのは手落ちだったと、森本は今になって気づいた。

「何か用か？」

男のほうから英語で尋ねた。スピノザに関する調査で日本から来たと伝えると、今日は誰もいないと素っ気無い返事が返った。男は「スピノザ協会」の者だと言ったが、ただの留守番のように見えた。由紀が間に入り、曽祖父が遠い昔に訪れた場所なので短時間でも見学させてほしいと頼むと、男は少し考える様子を見せた。なぜか家の周囲を用心するように一度見渡した後で、無言のまま中に入れと手で合図をした。あまりの愛想の無さに、森本は呆れた。

内部に簡単なパンフレットが用意されていた。しかし一般には公開していないらしく、スピノザ協会の事務所として使っているということだった。男は訪問者記録に記入するようにと言い、確かめるためパスポートの提示を求めた。記帳よりも管理のためのようで、なぜそんなに厳重なのか不思議だった。

　パンフレットの英語の説明によれば、この家自体がスピノザのものだったのではないらしい。哲学者は下宿人として屋根裏部屋に住んでいた。男に案内されて階段を上がり、その部屋に入った。窓のある壁側に木製の机と椅子、横の壁に書架があるだけの実に簡素な室内だった。

　壁にスピノザの肖像画が掛けられていた。黒い大きな瞳の眼と、ゆるくカーブを描く太い眉をしている。哲学者としての知性は隠しようがないが、顔全体はむしろ穏やかな印象だ。ユダヤ人だからか、髪も黒々として少し縮れている。

　森本は窓から外を眺めた。家の前の通りが少し先で運河と交差しているのが見える。対岸にも似た造りの家が隙間なく軒を連ねて並び、その中で別格のように大きい一棟の古い邸宅が眼を惹いた。

「ここは一年前まで普通の一家が住んでいた。この部屋もベビールームで赤ん坊が這いずり回っていたのさ。それをスピノザ協会が買い取り、スピノザが生きていた当時と近い状態に復元したのだ。人手に渡る以前のずっと昔にもスピノザ協会が長く使っていたので、お前さんの曽祖父が訪れたというのは、その時代のことだろう」

　由紀の様子に多少は心を動かされたのか、男が二人に説明した。

「実は、見てほしいものがある」

森本は思い切って切り出した。あの短信が本当にスピノザのものか調べてもらおうと思ったのだ。無愛想な男だが、今の由紀への態度でどこか信頼できるものを感じた。アタッシュケースから透明のケースを出して手紙を見せた。

「本人の署名は無いが、この印章からスピノザが書いたものだと考えている。調べてもらえないだろうか？」

男がしばらく眺めてから、戸惑う表情を浮かべた。

「スピノザの専門家じゃないので、俺には答えられない。協会の理事長か理事なら意見が言えるだろうが、あいにく今日は二人とも用事でユトレヒトに出向いている。悪いが、明日また来てもらえるか？　時間は午後の三時がいいだろう。そう伝えておく」

森本は仕方なくうなずき、明日はクララに都合をつけてもらい一緒に来ようと考えた。

由紀が質問をした。

「ここに昔の訪問者の記録があるかしら？」

「いつの頃だ？」

「二〇〇二年の夏よ。もう一一年も前になるけれど」

「さっき言ったように、その頃は個人の所有だった。だが訪問者はあったらしく、家の主人から記帳用のノートを譲り受けている。見るかね？」

由紀がうなずくと、男は二人を奥の部屋に案内した。資料棚に並べられたたくさんのファイルの間に普通の大学ノートが何冊か挟まれていた。開くと、実にさまざまな国からの訪問者がいる。スピノザという哲学者がそれほど有名とは驚きだった。

「あったわ！」

由紀が声を上げた。見るとそこに、〈Toshio Imamura 今村敏郎 2002．8．24〉と確かに名前と日付があった。今村武郎の古い手帳の記録を追って、由紀の父親もここに来ていたのだ。

「森本さん。父が事故で死ぬ二日前だわ」

由紀が沈痛な色を浮かべ、しばらく黙ってノートを眺めた。

二人は男に礼を述べて、スピノザの家を出た。これからマウリッツハイス美術館に行ってクララに会い、今日のことを報告するつもりだった。

「その前に、途中のどこかで食事をしよう。ちょうど昼食の時間だ」

森本がそう声をかけると、由紀が涙ぐんでいる。

「どうしたんだ？」

「ごめんなさい。父が実際に来た場所を自分もたどっているのだと思うと、何だかとても嬉しくて」

森本は立ち止まったまま、しばらく由紀をそのままにした。

マウリッツハイス美術館があるビネンホフの端まで、ゆっくり歩いても二〇分ほどの距離だった。北側がホフ池と呼ばれる大きな人工の池に面していて、それ越しに眺めるのがいちばん見栄えがする。クララと約束した時間まで余裕があるので、少し遠回りでも池を回って行くことにした。対岸に由緒ある重厚な建物が並び、その端にあるマウリッツハイス美術館だけは瀟洒《しょうしゃ》な趣の美しい姿を見せている。

「小さな貴婦人のような美術館ね」

由紀が感嘆したように声を上げた。

森本は一度も訪れたことがなかった。フェルメールの至宝の作品があることも知らなかった。ヨーロッパ赴任を終えて日本に帰ると、それで恭子にすっかり呆れ返られてしまった。

受付で用件を伝えると、クララが姿を現した。

「ようこそマウリッツハイスへ！」

館内の地階の奥にある研究室に入ってから、彼女が嬉しそうに声を上げた。

「絵は無事に届いて、今日から調査を始めたわ。今は科学分析の専門家が調べているところよ」

　森本が午前中の経緯を伝えた。

「あの短信が哲学者スピノザからフェルメールへのものなら、間違いなく世紀の大発見よ。私の知る限り、そうした説も証拠となる事実もまったく聞いた覚えがないわ」

　クララが興奮した口調で言った。

「明日もう一度訪ねて、スピノザ協会の理事長と理事に面会することになっている。この手紙を実際に見てもらうつもりだよ。クララ、君にも同行してもらえるだろうか？」

「ちょうど都合がいいわね。明日もまる一日ほかの専門家の科学調査が行われるので、私がどうしてもここにいる必要はないの。それに、そんな話を聞いたら、フェルメールの専門家である私自身がじっとしてなどいられないわ」

　三人はさらに相談して、明日の午前中に先にライデン大学を訪ねることにした。由紀の曽祖父の今村武郎がスピノザの家の後に訪ねているので、何か『Cの手記』に関係していると思える。オランダ最古の由緒ある大学だとクララが教えてくれた。マウリッツハイス美術館とも関係が深く、彼女がその場で電話をして訪問の約束を取った。

「ユタカもユキも、せっかくだからフェルメールの絵を見ていったらどう？　この美術館に三点所蔵されているの。『真珠の耳飾りの少女』は日本に、もう一点もアムステルダムの国立美術館に出ているけれど、門外不出の一点を見られるわ」

そう促すと、クララが先になって案内をした。

フェルメールの絵は、三階の一部屋にまとめて展示されていた。日本の展覧会で見慣れた混雑はまったくない。こぢんまりした部屋の中央に円形のソファーがあり、いつもなら『真珠の耳飾りの少女』がある場所に、〈他館で出展中〉と断りがある。その反対側の壁に、フェルメールの故郷デルフトの街を描いた絵が掛けられていた。東京の国立博物館でデジタルの複製画で見たものだ。しかし、あの無機質なタッチとはまったくの別物だった。長い年月を経ても色彩に輝きと艶があり、永遠の光が絵に宿っているように見える。

ふと森本は、自分の内でほかの誰かがその絵を見ている感覚に襲われた――「故郷の街の姿を忠実に再現した風景画に見えるでしょう？　でも違うのよ。フェルメールは実は巧妙に操作を施して、いわば永遠に存在するデルフトの光景を描いているの」

――そう教えてくれた時の、恭子の声だった。

「また、亡くなったワイフのことを考えているのね？」

気がつくと、クララが横でじっと森本を見ていた。少し恨むような眼をしている。

「――とても愛していたのね」

彼女は一瞬、確かめるような眼差しを投げて寄こすと、すぐに視線を目の前の絵に戻した。

「死はとても無慈悲よ。でも人は――、過去の思い出だけで生きてはいけないわ」

今度は森本が、彼女の横顔を見つめた。

5

翌日、森本と由紀のホテルにクララが来て合流し、三人はハーグの中央駅へ向かった。ライデンはハーグから近い。電車に乗り、ほんの一〇分で駅のホームに降り立った。昨日とは一転して朝から快晴だった。家並みの向こうに黒い巨大な風車が見える。

歩いても行ける距離だとクララが教え、三人は駅前から続くゆるい坂道を下った。二つの大きな運河が交わる賑やかな場所を過ぎると、大学町らしい落ち着いた街区に入った。運河の幅が狭くなり、両側の石の舗道に並ぶ街路樹の新緑が陽射しを受けてまぶしく輝いている。

前方に、運河に架かる小さな橋が見えた。

「長崎にある眼鏡橋に形がそっくりよ！」

由紀が軽く叫んだ。でも本家はこちらだろう。

目指す大学本部の建物はその先にあった。創建当時の古いものだという。

あらかじめ約束を取っておいたので、すぐに担当の研究員を紹介された。まだ若い女性で、森本はつい外見で判断し、手がかりになる話が聞けるか内心で危ぶんだ。

「こんにちは。ようこそライデン大学へ」

彼女はきれいな日本語であいさつをした。日本学科の研究員だという。

「日本学科があるのですか？」

森本は思わずていねいな口調になって、聞き返した。

「ええ。ライデン大学は日本とのつながりが深いのです。大学の中に植物園があって、その一部が日本庭園になっています」

彼女が横目でクララを見て、途中から英語に変えた。

「日本庭園に？」

「そうです。シーボルトをご存じね？　彼を記念して造られた庭園で、シーボルトが日本から持ち帰った植物が植えられています」

森本はシーボルトという名前は知っていたが、どのような人物で何をしたのか、正確な知識を持ち合わせていなかった。

「長崎で日本人に西洋医学を教えたシーボルトね。どうりでライデンという名前を聞いた覚えがあると思ったの。長崎の鳴滝にシーボルトの記念館と銅像があるわ」

由紀が森本を助ける形になった。

「ここの日本庭園にもシーボルトの像があります。後でご覧になるといいでしょう」

研究員の女性が笑顔で勧めた。それから用件を聞こうという表情になった。

「日本でフェルメール作と思われる絵が発見されたニュースはご存じかしら？」

クララがそう切り出した。

「ええ。とても興奮するニュースだわ」

「絵が発見されたのが、こちらの女性の長崎にある実家なの」

そう言って由紀を紹介すると、研究員の女性は眼を大きくして好奇の色を浮かべた。

「実は、絵と一緒に当時の手紙が出てきて、私たちはそれに関して調べているの――」

フェルメールやスピノザの名前を出すことを、クララは慎重に避けた。

「――あの時代に、日本からオランダに渡って来た人物がいる可能性があるかしら？何かそのような資料をご存じなら教えてほしいの」

「あの時代というと一七世紀ですね。日本人ということかしら？　オランダ人との混血なら幾つか例があります」

「えっ？」

当たり前のように言われて、三人が同時に声を上げた。

「このライデン大学の入学者にもいます。創立以来の『入学者名簿』があって、その中に何人か名前があります」

早速の手応えに、森本は興奮した。クララが続けて質問する。

「それは一体、どのような人たちかしら?」

「平戸や長崎のオランダ商館にいた西洋人と日本人女性との間に生まれた混血児です」

日本学科の研究員だけあって、彼女の口から日本の地名がスラスラと出てきた。

「当時の日本政府(江戸幕府)が、鎖国令に先立ってそうした日本人妻や混血児をすべて国外に追放したのです。その多くが東インド会社の本庁があったオランダ領のバタヴィア(現在のジャカルタ)に移り、子供たちの中には養育のためさらにオランダに来た者がいました。その中の何名かが長じてライデン大学に入学したのです」

「その名簿を見ることができるだろうか?」

森本がすかさず聞いた。由紀の曽祖父の今村武郎が来た目的はその調査のためだったのではないか、と推測した。

「ええ。この上の大学歴史博物館に保管されています」

彼女が軽い笑みを浮かべて、天井を指差した。上の階が博物館になっていて、創立以来の歴史や学生の生活ぶりを伝える資料が展示されているという。

「八〇年間にわたるスペインとの独立戦争の中で、ライデンでの戦いがオランダ勝利への転機になりました。ヨーロッパ最強のスペイン軍の包囲に耐えて、ライデン市民は一年間も籠城を続け、最後は自らの手で堤防を決壊させて町を守り抜いたのです。独立戦争を指導したオラニエ（オレンジ）公ウィレム一世がその褒章に税金を免除しようとしたのに対し、ライデン市民はむしろ大学を望んだのです。それでオランダ最初の大学がここに創設されました」

博物館への階段を上りながら、研究員の女性は誇らしそうに説明した。

「ここにまず、一人の名前があります」

彼女が、何百ページもある分厚い『入学者名簿』の一つのページを示した。一六五四年の記録になっている。そこに次のように記されていた。

Sept. 4. FRANCISCUS CARRON Japonensis. 20, P.

確かに〈Japonensis〉とあり、日本を示しているのは明らかだった。名前が日本名でないのは混血児だからだろう。

「ラテン語で書かれています。九月四日の入学で、名前はフランソワ・カロン――フランシスクスはラテン名です。日本生まれで、二〇歳という意味です。最後のPはPhilosophia の頭文字で、哲学専攻だったことがわかります」

日本で鎖国が始まった江戸時代の初めに、日本人の血を引く人物がはるかヨーロッパのオランダの大学に入学していた――想像もしていなかった事実だった。

「その六日前に、もう一名います」

研究員の女性が続けて教え、その箇所を示した。

Aug.
29. PETRUS HARTSING Japonensis. 20, P.

「こちらは八月二九日付の入学で、名前はピーテル・ハルティンク。カロンと同じく日本生まれで、二〇歳で入学し、やはり哲学を専攻しています」

三人はますます驚くしかなかった。

「彼らがどのような人物か、もう少し教えてもらえるかしら？」

クララも強い興味を覚えたらしく、少し早口に質問した。

「どちらも父親が日本のオランダ商館に勤務していました。フランソワ・カロンの同姓同名の父は日本に二三年間も滞在し、最後は平戸のオランダ商館の館長になりました。フランソワ・カロンはその三男です」

　研究員の女性がクララの顔を見て、ていねいに答えた。

「ピーテル・ハルティンクの父は、東インド会社の職員としてやはり平戸のオランダ商館に数年間滞在していました。日本人女性との間に二男をもうけて、その一人がピーテル・ハルティンクです。彼は後に今度は医学生として再入学しています」

「どうしてそんなに詳しくわかっているのかしら？」

　クララがさらに尋ねた。

「彼らの父親はかなりの地位にあった人物ですし、ピーテル・ハルティンクは本人も優れた業績を残して、記録が多くあるのです。ここの日本学科では周知の事実です」

「ほかに、日本人の入学者がいるだろうか？」

　今度は森本が質問した。この若い女性の研究員にすっかり感心していた。

「後の明治の新政府の時代になると、日本から多くの留学生が入学しています。すべてを網羅して調べてはいません。カロンやハルティンクの場合は、当時の記録から逆に『入学者名簿』の年代をたどることができるのです」

「クララ、一六三七年当時の入学者を調べてみよう」

　森本が促すように言った。今村家の系図に今村藤八郎が出奔したと記録されていた年だ。

求めに応じて、研究員の女性が該当するページを開いた。当時から実に多くの入学者がいる。それにオランダでは一年中いつでも入学できるらしく、一日ごとに記録を追っていかなければならなかった。

一六三七年には、それらしき名前が無かった。続く三八年も三九年も同じだった。半ば諦めかけて、次の一六四〇年に進んだ。

「あったぞ！　これだ」

見つけたのは森本自身だった。思わず日本語で声を上げた。

Jun. 7. PETRUS IMAMURA Japonensis. 25, P.

名前がさっきのハルティンクと同じラテン名のPETRUSになっているので、うっかり見逃すところだった。森本はメモしていた数字を確かめた。家系図に今村藤八郎は二二歳で出奔と記録されていた。それが一六三七年なら、年齢もピタリと一致している。

森本もクララも由紀も言葉を失った。三人が同時に大きな感動を覚えていた。やはり今村藤八郎は出家ではなく、オランダに渡っていたのだ。

「そんな昔に……私の先祖がこの大学に入学していたなんて、何だかとても不思議な気がするわ」

由紀がため息とともに、ゆっくりと言葉を洩らした。

「日本名のままでは不便なので、ピーテルという名前を使ったのね」

クララがそう解釈した。

「君の曽祖父の今村武郎がここに来たのは、これを確かめるためだったに違いない」

森本が由紀に向かって言った。期待以上の大収穫だった。

「ここの日本学科にとっても貴重な発見です。調査の結果をお待ちしていますわ」

研究員の女性も興味津々の様子で言った。


「この後は、歴史学のゼークハルト教授の研究室にお連れします」

「ゼークハルト教授？」

クララが聞き返した。

「ええ。昨日電話で依頼を受けた時に、一七世紀当時のオランダについて知りたいとのことでしたので、大学の事務側が手配したようです。近世ヨーロッパ史の専門家です」

ドイツ系の名前だと、クララが森本に囁《ささや》いた。

研究員の女性の案内で、三人は大学本部の古い建物を出ると、少し歩いて隣接する新しい建物に入った。こちらでは学生の姿を多く見かけたが、それも最上階に上がると静かになり、そこに教授の研究室があった。

ノックして中に入ると、奥の机のひじ掛け椅子に座っている人物がこちらを向いた。研究員の女性が進み出て、森本たち来訪者を紹介した。

「ゲオルグ・ゼークハルトです」

最初に教授が英語で名乗り、それからの会話も英語になった。

ゼークハルト教授の年齢は五〇代の後半に見えた。知的な職業にしてはがっしりとした体格をしている。それでも度の強そうな眼鏡が学者らしいといえば言えた。

「お時間を取ってもらい感謝します」

クララが礼を述べたところで、研究員の女性は役目を終えて去った。

「いや、私のほうから申し出たのだ。マウリッツハイス美術館の主任学芸員であるあなたのことはよく存じていますよ。フェルメールの研究者として評判ですからな」

教授があらためてクララを見た。

「日本で発見された絵が到着したとニュースで知りました。調査の中心にいるあなたが忙しい中を、それも日本からの訪問者と一緒に来るのは、きっと何かあるのだと考えましたよ。あの絵に関係したことですな?」

教授の眼鏡の奥の眼が鋭くなる。

「ええ。実はそうなのです」

クララが意を決したように応じた。

「理由があってまだ公表できないのですが、絵と一緒に当時の手紙が出てきました。フェルメールと、それから哲学者スピノザに関係していると思われます」

「スピノザですと？」

教授が聞き返した。歴史学の教授にとって大ニュースのはずだが、あまり驚いた様子に見えない。疑っているのだろうかと森本は思った。

「ええ。内容が本当であれば、学術上でも大発見に違いありません。でも今はまだ、公表を控えたいのです――」

クララが少し苦しそうな言い方になった。

「その手紙は、ここにいる日本人の彼女の個人的な所有物です。手紙の内容の調査と公開に関して、本人が日本の新聞社と独占的な契約をすでに結んでいる」

とっさの機転を利かせて、森本が口を挟んだ。この場を言い繕《つくろ》うためのでっち上げだが、まんざら嘘でもない。由紀に視線を向けると、彼女が笑ってうなずいた。

「その点は承知したので、具体的な話を聞かせてもらいたい」

ゼークハルト教授があっさりと納得し、それよりも内容を求めた。

森本が手紙を収めた二つのホルダーケースを取り出して見せた。

ゼークハルト教授がまず、Cの手紙に眼を通した。さすがにラテン語は苦もなく読めるらしい。

「手紙の中で言及されている、この女性が書いたという手記はどうしたのかね？　絵と一緒に日本に送ったとあるが」

教授が顔を上げ、質《ただ》すように聞いた。

森本は視線をまた由紀に向けた。眼で同意を確かめて、今度は今村武郎の古い手帳を取り出した。

「この手帳は、彼女の曽祖父が使っていたものです。今回の絵と二通の手紙、そしてCという女性が書いた手記を最初に発見した人物だと考えています。外交官で、第二次世界大戦が始まる少し前にベルリンの日本大使館に赴任していました。手帳がドイツ製なのはそのためです。手帳の記録によれば、手記をドイツに持参してベルリン大学のラテン語科の教授に渡したとなっています。相手の名前はわかりません。そして――」

森本は手帳のそのページを開き、ゼークハルト教授に見せた。

「日本語ですが、ここに〈『Cの手記』は奪われた〉と書いてあるのです。本当なのか、そうであるなら誰が奪ったのか、その行方をまず調査したいので、それが公開できない理由です」

「こちらの英数字は、それと何か関係があるのかね？」

ゼークハルト教授が、同じページに書かれた〈E10754756〉を指差した。

「わかりません」

森本は正直に答えるしかなかった。

教授が次に、もう一通の短信へと眼を移した。

「名前が記されていないが、これは確かに哲学者スピノザが使っていた印章だ」

ゼークハルト教授にとっては自明らしく、説明の必要もなかった。

「スピノザの研究者なら常識だよ。彼の手紙の封蝋にも使われている」

拍子抜けした森本の顔を見て、教授が少し憐れむように言った。手紙の存在を秘密にしておくために、日本で専門家に見せることをしなかったのだ。

「もし本当に哲学者スピノザがフェルメールに宛てたものなら、これは確かに大発見だ。二人の間に交流があったという事実や証拠はこれまで何も発見されていない」

冷静さを保っていたゼークハルト教授も、さすがに声を上げて認めた。

「実に興味深い内容だが、Cの手紙で触れられている秘密の鍵言葉が何か、君たちにはわかったのかね？」

「いえ、まったく見当がつきません。逆に聞きたいくらいですよ」

森本が今度も正直に答えると、教授が素早く考える様子を見せた。

「手帳にある〈E10754756〉ではないのかね？　手帳の持ち主が解明したのかもしれない」

「その可能性はほとんどないと思います。スピノザが書いたと思われる短信にある〈女神クリオと王冠の小さな枝が指し示す〉というヒントと結びつきませんから」

今度はクララが答えた。

「意味のある言葉を暗号化したのかもしれない」

ゼークハルト教授がさらに言った。森本もその可能性はあり得ると思った。

「ヒントの言葉については、どう考えているのかね？」

「絵はフェルメールが描いた『絵画芸術』だろうと考えています。絵の中の女性が女神クリオであることは定説になっていますから。手紙にあるように、日本で発見された絵に画中画として実に精密に描かれているのです。Cという女性はそれを見て、鍵言葉への手がかりがどう描き込まれたのかわかったのです」

クララが答えられたのは、そこまでだった。

「Cの手紙にイニシャルで出てくる人物が誰なのか、教授に推測がつくでしょうか？」

彼女が逆に問いかけた。

「短信と合わせると、Bはスピノザのファーストネームであるバルフ（Baruch）だろう」

「バルフというのは？」

森本が聞き返した。新教会の墓碑にはベネディクトゥス（Benedictus）とあったからだ。

「ベネディクトゥスはラテン語で、バルフはそのヘブライ語名よ。彼はユダヤ人だから」

クララが横から教えてくれた。

「その通りだ。この手紙の書きぶりから、Cという女性はスピノザとかなり親しかったと推測される。それで姓ではなく名前のイニシャルを使っているのだろう。Vはフェルメールとして――」

「小文字のbは？」

森本が先回りして質問した。

「イニシャルが同じBなので、たぶん区別するために小文字のbにしたのだろう。これだけではわからない。あとはFにHという人物だが――」

ゼークハルト教授が椅子から立ち上がり、部屋の中央のテーブルにあるPCの電源を入れた。大学の教授や学生が使うシステムの画面が現れ、ユーザー名とパスワードを入れるよう促した。

森本は背後から見ていたが、指の太い教授は急ぐと二つのキーを一緒に叩いてしまいそうで、一本の指で一文字一文字ゆっくりとパスワードを入れていった。資料を検索する画面に変わると、教授がFで始まる人物名を検索した。

思うような結果が得られなかったのか、教授が振り返った。

「後で、少し時間をかけて調べてみよう。手紙を貸してもらえるかね？」

「今日、これからハーグのスピノザ協会に行って調べてもらおうと思っているのです。貸すことはできないので、写真に取ってもらえますか？」

スピノザ協会と聞いて教授が表情を変えたが、何も口にしなかった。

「ところで、さっき会話の最中に思い出したのだが――」

写真を取り終えて、ゼークハルト教授が口にした。

「ずっと以前に、今回の君たちと同じような依頼を受けたことがあったのだ。ラテン語の古い手紙の内容について教えてほしいと連絡があって、やはり日本人だった」

由紀の顔色がサッと変わった。

「それは――、いつのことでしょう？」

「もう一〇年以上も前になる」

「名前がわかるでしょうか？」

由紀は必死だ。

「記録を見ればわかるだろう。私は毎日の面会者を記入しているのでね」

ゼークハルト教授が立ち上がって、壁のスチール棚に並んでいる資料の中から古い一冊のダイアリーを取り出した。

「確か、この人物だ」

由紀と森本の二人で、教授が示したページに同時に視線を凝らした。手書きで〈Toshio Imamura〉とローマ字名が記されている。

「私の父親です。どんな様子だったでしょう?」

由紀が泣きそうな表情になった。

「いや、実際に会ってはいないのだ」

「——?」

由紀が浮かべた怪訝な色に、ゼークハルト教授が説明した。

「面会の約束をしてダイアリーに名前を書いたが、当の相手がその前夜に死亡してしまったのだよ。日本人が運河に落ちて死んだと、当地の新聞のニュースにも大きく出た。それでさっき記憶が蘇ったのだ」

由紀がダイアリーの日付を確かめた。八月二七日——確かに、由紀の父親が死んだ翌日だ。父親は途中で死んでしまったが、由紀と森本は正確にその足跡を追っていたことになる。

連絡をまた取ることをゼークハルト教授と約束して、三人は研究室を辞した。

まだ時間があるので、三人で大学本部の奥にある植物園に立ち寄ることにした。

園内の一角がなるほど小さな日本庭園になっている。瓦屋根に赤茶色の壁をした築地塀《ついじべい》があり、端に茶室風の小さな休憩所まで建てられている。紫陽花《あじさい》が植えられて、それを背にシーボルトの胸像があった。カタカナで縦書きに「フォン、シーボルト」と刻まれている。軍服姿の精悍な容貌は、日本に行ったのがまだ若い時だったからだろうか。

「もとはドイツ人なのね。日本に強く憧れて、当時日本と唯一国交のあったオランダ人になりすまして長崎に行ったと、そう書いてあるわ」

由紀が説明を読んで教えた。

「私にひとつ、気になっている疑問があるの」

クララがそこで口を開いた。

「今村藤八郎がオランダに来てライデン大学に入ったことは確かめられたわ。でも、それを助けた誰かがきっといたに違いないと思うの。日本から一人でオランダ船に乗り込むことなど無理だし、通訳者としてオランダ語はできたとしても、ラテン語をどうやって学んだのかしら? ラテン語を知らずに当時の大学で学ぶことなど不可能よ」

「大学の授業はオランダ語じゃないのかい？」

森本が良くわからずに聞いた。

「当時の講義はすべてラテン語なのよ。入学者名簿もそうだったでしょう。私たちがこうして英語で話しているように、ラテン語は当時のヨーロッパの国際的な共通語だったの」

「誰かに教えてもらったのだろう」

「そう簡単なことではないわ。ラテン語は知識人の言葉で、普通の庶民の誰もが知っていたわけではないの。知識人や学生が専門知識を得るために特別に学んだ言葉よ。哲学者のスピノザもまずラテン語を学んでから哲学を研究し、著作を書いたはずだわ」

「藤八郎も娘のCも、自在にラテン語の読み書きができたのね」

由紀が少し誇らしそうに言った。

「君と同じ今村家の血に流れる語学の才だな。今村藤八郎は天賦《てんぷ》の才を活かしてオランダに来てラテン語を学んだか、あるいは日本で通詞として働いていた間に誰かそうした人物に出会ったのかもしれない。だとすると、その人物が出国を助けた可能性もある」

森本が推理を口にした。

ちょうど一年の中で最も美しい季節で、手入れ良く植栽された花々が周囲に見事に咲き誇っている。会話が一巡すると、クララと由紀が園内を回り始めた。

森本は二人から離れて一人で歩いた。恭子は花が好きではなかった。フェルメールの絵に花が一つも描かれていないと教えてくれたが、自分でも病室に置くことをしなかった。「私は、花のように華やかにはとても生きられないから、ひっそりと、でも精いっぱい純粋に生きようと思うの」――そう口にしていた。

森本はそのことに思いを馳せた。

病弱だった恭子は情熱をあれこれ使い分けることなどできなかったのだろう。ただ二つのことだけに静かに情熱を注いだのだ。心から好きだった絵と、そして夫の豊へのつつましやかな愛と。感情の扱いが不器用な森本にもそれがわかった。恭子が死んでからはいっそう痛切にわかった気がした。

だからどうあっても守ってあげたかったのだ。恭子を守れるなら腕や足の一本や二本、何なら命だってくれてやる、本気でそう思っていた。

それが病気――それも急性の骨髄性白血病が進行していて助からないと診断された。あまりの不条理に、ぶつけようのない怒りを覚えるばかりだった。

森本は歩き続けて、いつの間にか植物園と周囲を隔てる川のほとりに達した。川向こうのキャンパスに学生の姿が見える。その先は一面の田園風景だった。初夏だというのに空気も光も柔らかだ。

せめて……恭子が好きだったフェルメールの地、このオランダに一度は連れて来てやりたかった。

そのまま立ち尽くしていると、向こうから由紀が急ぎ足にやって来るのが見えた。クララと手分けして森本を捜しているらしい。

スピノザの家で父親の名前を見つけた時の由紀の顔が頭に浮かんだ。彼女はあんなに一生懸命に父親や先祖のことを探り当てようとしている。

それに比べて何と情けない――森本は自分を恥じる気持ちになった。せめて彼女を全力で助けてあげればいい、そう自らを叱咤する。

見上げると、シーボルトが持ち帰ったというイチョウやカエデやフジの木が大きく育って葉を茂らせている。それよりもさらに前に、今村藤八郎という一人の日本人が国禁を犯してまでこの地に来ていたというのだ。

葉群れの先に見える空を、光をはらんだ白い雲がゆっくりと移動していく。

四〇〇年も前の昔に、フェルメールやスピノザとおそらく相交わりながら、藤八郎と娘のCがこの地で一体どのような人生を送ったのか――歴史の闇に埋もれていた謎を解き明かすことができるかもしれない。

6

ライデンから戻ると、三人はハーグ中央駅からタクシーでスピノザの家に直行した。約束していた午後三時に数分の違いで到着した。

森本がドアをノックし、昨日の無愛想な男が現れるかと思っていると、姿を見せたのは別の男性だった。年齢は四〇代の前半だろうか、全体が精悍な印象で、眼の光と引き締まった口元が意志の強さを感じさせる。面会の約束を伝えると、しばらくじっと訪問者全員を見据えてから、軽くうなずいて中に入るように言った。

「私はエマニュエル・デ・マンだ。スピノザ協会の理事をしている」

男が名乗り、代表としてか森本に握手の手を差し出した。握り返すと鋼鉄のように固く引き締まった手だ。その間も鋭敏な眼がこちらを見ている。

「理事長を紹介しよう。こちらに来るように」

デ・マンが先に立って案内した。動作にまったく無駄が感じられない。三人は奥の一番広そうな部屋に通された。そこが来客を迎える応接室らしい。

「ようこそいらっしゃいましたな。理事長のアレクサンデル・ヘイデンです」

部屋で待っていたのは、縁無しの眼鏡をかけた銀髪の年配の紳士だった。上品な濃紺のジャケットに赤い蝶ネクタイをしている。デ・マンとは打って変わって、いかにも温厚な様子だ。中央にある立派な角テーブルの椅子に座るよう一行に勧めると、自分でも腰を下ろした。デ・マンだけは立ったままでいる。

「スピノザの書簡らしきものをお持ちですと？」

理事長のヘイデンが森本に向かって聞いた。あまり本気に見えないのは、似たような手合いの訪問がほかにもあるからだろうか。

森本はクララを見て、眼で促した。彼女に説明してもらうほうが良いと考えたのだ。

「そうなのです。日本でフェルメール作と思われる絵が発見されたことはご存じでしょうか？　こちらの日本人の女性の旧家で見つかりました。私はマウリッツハイス美術館で主任学芸員をしているクララ・ブリンクマンです。その絵の調査を担当しています」

効果はてきめんだった。相手が急に真剣な表情になった。

「書簡というより短信ですが、絵と一緒に発見されたと推測されます。というのは最初の発見はずっと以前で、彼女の曽祖父によると思われるからです。現在の所有者は彼女ですが、個人的な事情でまだ公表していません。フェルメールに宛てたものと思えます」

「スピノザがフェルメールに宛てたものですと！」

理事長のヘイデンが声に出して繰り返し、椅子から立ち上がらんばかりになった。デ・マンも驚きの表情を浮かべ、そしてなぜか急に考え込む様子を見せた。

森本がアタッシュケースから短信を収めたホルダーケースを取り出した。もう一通のCの手紙は出さずにいた。クララがまだ伏せている様子に見えたからだ。

「オランダ語で書かれています。名前はありませんが――」

クララが全員に見えるように、ケースをテーブルの上に置いた。

偉大なる画家にして卓越の士、親愛なる友よ、
私の無理な依頼を快く引き受けてくれてありがとう。
あなたが絵の中に秘密の鍵言葉を見出す手がかりをどう巧みに描き入れたのか、
それを示唆するのが――女神クリオと王冠の小さな枝が指し示す――なのですね。
それを忘れずに、次に私があなたのあの至高の作品を観る機会がある時に、

自らの知力を試してみることにしましょう。

親愛なる友よ、それまでどうかお元気で。

1675年　5月

「実に驚くべきことだ」

机上のケースを手元に引き寄せてじっと眺めた後で、理事長のヘイデンが驚きと感嘆の混じった言葉を洩らした。バラの花の小枝の印章が誰のものか、もちろん承知なのだ。

「本物かどうか、筆跡鑑定をしてもらえるでしょうか？」

クララが依頼をした。

「鑑定はしてみよう。だが、実は私はスピノザの書簡集の専門家でしてな。筆跡はもう眼に焼きついている。どうやら間違いないと思える」

「スピノザもフェルメールも同じ一六三二年の生まれです。二人の間に関係があったという証拠が何かあるでしょうか？」

「いや、それを示すものはこれまで何も出ていませんよ」

ライデン大学のゼークハルト教授と同じことを理事長のヘイデンも答えた。

「――ただ」

そこで、ヘイデンが思い当たる表情を見せた。

「これまでの研究の中で、ひとつ気になっていることがある」

そう言うと一度部屋を出て、一冊の本を手にして戻ってきた。

「これがスピノザの往復書簡集です。これまで明らかになったもので全部で八六通ある。スピノザが出したものが四九通、スピノザ宛のものが三七通です。オランダ語のものもあればラテン語のものもある。特定の相手と何度かやり取りしたものが多いが、このうちの一通だけ、三八番の書簡がヨハネス・ファン・デル・メール宛になっている」

クララの表情に、驚きと喜びが同時に走った。

「それこそまさにフェルメールの名前です！　当時の名前の使用はあまり厳密ではありませんでした。フェルメールの公的な記録でも姓をファン・デル・メールとしているものがあります。日本で発見された絵が出された一六九六年のアムステルダムの競売目録でも、その名前が使われています」

「ただ、手紙の内容は絵画とは何の関係もないのですよ。数学の確率に関するものです」

「数学の確率？　では単に名前の偶然の一致ということでしょうか？」

クララの表情がとたんに落胆へと変わった。

「その可能性もあるが、この三八番の書簡が本当にヨハネス・ファン・デル・メールなる人物に出されたものかどうか、実はそれが疑わしいのですよ——」

理事長のヘイデンはそこで、考えをまとめる表情を見せた。説明するのが少し難しい様子だった。

「スピノザの書簡集は、彼が死んだ年（一六七七年）の一二月にアムステルダムで出版された遺稿集に含まれて公表されたのです。この三八番の書簡がヨハネス・ファン・デル・メール宛とされたのは、スピノザの臨終に立ち会った若い弟子——シュラーという名前の医師ですが、彼がそう書き残しているのが唯一の根拠なのです。当時のアムステルダムに確かにその名前の商人がいた記録があるが、スピノザとは何の関係も無い人物です。従って、シュラーの誤解に基づく可能性が多分にある」

「つまり、そもそもヨハネス・ファン・デル・メール宛ではないのだと？」

森本が割って入り質問した。

「でもそれでは、スピノザとフェルメールとの関係の可能性そのものが消えてしまうわ」

クララが付け加えた。

「そこです。そうではない別の解釈が考えられるのですよ」

理事長のヘイデンが、今度は少し自信あり気な様子で答えた。

「気になると言ったのは、スピノザの書簡集の中で、三八番のこの一通だけが孤立しているのです。相手の人物が実際に誰だったのかわからない。推測するに、当時も宛先の名前が最初は不明だったのでしょう。それを弟子のシュラーがヨハネス・ファン・デル・メール宛と勝手に決めて、そう書き残したと考えられます。では、シュラーがそうしたのはなぜか？　彼の頭の中に、実際の人物が誰か知らないまま、ヨハネス・ファン・デル・メールという名前だけがスピノザの手紙の相手としてあったからに違いない」

森本は事情が良く飲み込めなかった。クララも同じ様子だ。一緒に聞いているデ・マンだけが、さっきから頭の中で何かを照らし合わせている様子だった。

「この家の屋根裏部屋でスピノザの臨終に立ち会ったシュラーは、その場に遺された草稿や手紙をまず知り得る立場にあったわけです。その中にヨハネス・ファン・デル・メール名の手紙があったのだと考えれば説明がつく。その名前が頭に残っていて、後に三八番書簡の宛先が誰か問題になった時に、彼の勝手な判断でその名前にしてしまった。シュラーがどんな経緯でスピノザの弟子になったか不明ですが、彼の書いた手紙には誤記や思い違いが多く、慎重さを欠いた性急な人物だったと推測されます」

「でも、フェルメールとの手紙はなぜ他の書簡と一緒に公表されなかったのでしょう？」

クララが質問をした。もっともな疑問だった。

「それを理解するには、当時の手紙の使われ方を知らなければならない」

理事長のヘイデンが順を追って説明を始めた。

「当時の思想家や学者にとって、手紙は自らの考えを世に公表する一つの手段だったのですよ。今日なら論文のようなものだと考えたほうが近い。手紙の相手だけでなく、それが世の中の人々に広く読まれることを最初から想定して書いたのです。本人が手紙の草稿を記録として手元に残しているのもそのためです。だからこそ他の哲学の草稿と一緒にスピノザの遺稿集に含まれて出版されたのです」

理事長のヘイデンは、理解を確かめるように森本たちを見回した。

「それとは別に、もちろん個人的な内容の手紙もありました。フェルメールの絵にも私的な手紙を主題にしたものが多くあるでしょう。スピノザとフェルメールの間で交わされた手紙もそうした類だったのでしょう。だから最初から除かれた。弟子のシュラーはしかし手紙の内容が何かまでは考えずに、記憶にあった名前を三八番書簡の宛先として使ってしまった」

「遺稿集に入らなくても、手紙そのものが残っていないのでしょうか？　フェルメールが書いた手紙はこれまで一通も発見されていないのです。それも謎です」

　クララがさらに疑問を述べた。

「ほかの相手の場合はわからないが、スピノザとの手紙は処分されたに違いない」

「処分？　どうしてでしょう？」

「スピノザとの関係を記録に残さないためですよ。哲学者スピノザは極めて危険な人物と見なされていましたから」

「そんなに危険な人物だったのですか？」

　森本は思わず声を上げた。屋根裏部屋のスピノザの肖像画を思い出したからだ。あの穏やかに見える人物のどこが危険だというのか？

「スピノザ自身は忍耐強く温厚な人柄でした。しかし彼の思想――とりわけ神についての考えは、当時のキリスト教の教義からすれば、まさに過激思想だったのです」

「汎神論がですか？　神が世界にあまねく存在するという考えのどこが過激なのだろう？」

　森本はインターネットで調べた説明中の言葉を持ち出した。

「良くご存じですな。しかしスピノザの汎神論は、その程度のものではないのですよ。

彼の思想はよく〈神即自然〉と簡潔に言われる。その意味するところは徹底していて、神は自然全体あるいは宇宙そのものだというのです。世界そのものであるから存在する唯一のものであり、現にこうして存在しているからほかの形では存在しようがない。それが神の唯一絶対性だというのです。物質も精神も森羅万象を飲み込んだ無限の海のようなものを想像してもらえばいい。神とはそのような海そのものであり、ただ在るだけの、純粋な存在性のみに帰結してしまうような考えです。そんな思想は、神が世界を創造し、人格神として最後の審判を下すとした当時のキリスト教の教えからすれば、神を否定する無神論以外の何ものでもなかったのです」

「――――」

「彼の思想は当時の宗教界を震撼させ、神学者たちを戦慄させせました。スピノザはヨーロッパ最大の無神論者と指弾され、神を冒涜する者、呪うべき悪魔の化身など、ありとあらゆる非難を浴びたのです。悪評は世間一般にも広まり、彼との交際や手紙のやり取りが表立つと不都合を来すことから、それを望まない者も多くいました。フェルメールとの手紙も同じ運命をたどったと考えられます。この短信は、一度はフェルメールに出されたものが何か事情があって戻され、今に残ったのでしょう」

理事長のヘイデンはそう言って、テーブルの上の短信をもう一度眺めた。

「それにしても、何とも奇妙な文面ですな。何か秘密の鍵言葉への手がかりを絵に描き入れるようにと、スピノザがフェルメールに依頼したというのですかな?」

顔を上げて、理事長のヘイデンが問うような眼を見せた。横でデ・マンも視線をじっとこちらに向けている。

話すべきか、森本は口を開く前にクララの眼を見て確認した。

「実は、この短信と一緒に一通の手紙が発見されています。こちらはラテン語の文面で、書いたのはCというイニシャルのおそらく女性です」

そう言って、森本が手紙の入ったホルダーケースを出し、スピノザの短信と並べてテーブルに置いた。

理事長のヘイデンが身を乗り出して読み始めた。やはりラテン語にはまったく困らないらしい。デ・マンも視線を向けたが、彼は理解できないようだった。

「――これは、手紙の内容がスピノザの短信と見事につながっている。短信が残された理由はこれに違いない。このCというのは誰ですかな?」

「こちらの日本人の彼女の先祖に、その時代にオランダにやって来た人物がいたことがわかりました。ここに来る前にライデン大学で調べて、当時の入学者名簿に確かに名前を発見したのです。その人物がこちらで持った娘だと考えています。父親のほうは四〇年以上もオランダに滞在した後に日本に帰国したようです。当時の日本政府は海外渡航を厳しく禁じていたので、きっと命懸けだったでしょう」

クララがそう説明した。

「日本の父親へこの手紙と一緒に、今回の絵とスピノザの短信を送ったというわけですな」

「そうです」

「Cの手紙の中のイニシャルの人物が誰かわかりますか？」

森本が尋ねた。

「手紙の内容から、Vがフェルメールであるのは明らかですな。Bはスピノザのファーストネームのバルフ（Baruch）でしょう。小文字のb、それにFとHは難しいですな」

ライデン大学のゼークハルト教授と同じ答えだった。

「ところで、手紙の中で触れられている手記はどうしたのですかな？　この女性が書いて、やはり一緒に日本に送ったとある。この手紙以上の世紀の大発見ですぞ」

「まだ見つかっていません」

森本が短く答えた。今村武郎の手帳に盗まれたとあるのを伏せたので、態度に少し不自然さが出た。

「秘密の鍵言葉への手がかりを描き入れた絵というのは、一体どの作品ですかな？」

「それは『絵画芸術』です。Cの手紙にある通り、今回日本で発見された絵の中に画中画として描かれているのです」

　クララが答えたそのとき、デ・マンの表情が明らかな反応を見せた。頭の中で何かがつながった様子だった。

「明日、『絵画芸術』の所蔵元であるウィーンの美術史美術館から科学分析の専門家がマウリッツハイスにやって来ます。実作品は日本に出ていますが、詳細なデータを持参して来るので、日本で発見された絵と照らし合わせることで、何かわかるのではと期待しています」

　クララがそこまで話したとき、部屋のドアが外からノックされた。

デ・マンが開けると、昨日森本たちの相手をした無愛想な男が立っていた。この広くない家の一体どこにいたのかと、森本は不思議に感じた。

　男は緊張した表情でデ・マンの耳に何か囁き、小声で指示を受けると、そのまま素早く立ち去った。やっかいな事態が起きた様子だったが、デ・マンは何も口に出さなかった。

　話を終えると、ここを初めて訪れたクララの希望で、森本と由紀もスピノザの屋根裏部屋をまた見学した。理事長のヘイデンが同行してくれた。

「ありとあらゆる非難を浴びながらも、スピノザの高潔な人格と質素な暮らしを誰も否定できなかったのですよ。批判者からさえ有徳なる無神論者と呼ばれていた」

「ここにある肖像画は、フェルメールの『天文学者』と『地理学者』という作品に描かれた人物に髪型や顔の形が良く似ているわ。単独の男性を描いた作品はその二点だけなの。二人の間に関係があったのなら、哲学者スピノザが絵のモデルかもしれないわ」

クララが感想を述べた。その複製画を東京で森本も見ていた。

「ユタカ、私はこれからマウリッツハイスに行くわ。今日の結果を聞いておかなければならないの。まだ調査の途中なので、二人も一緒にというわけにはいかないのよ。あなたはどうするの？」

森本は、自分もそろそろ日本に報告を送らなければと考えた。

「もう少しここで調べさせてもらって、その後はホテルに戻って仕事をしようと思う」

「わかったわ。明日は何とか二人も一緒に立ち会えるようにするわね。じゃあ、私は行くわ」

森本と由紀が家の出口までクララを見送った。

7

森本と由紀はスピノザの家に残り、理事長のアレクサンデル・ヘイデンが短信の筆跡を確認するのに立ち会った。協会の資料の中にスピノザ自筆の草稿の写真やコピーがあり、その中の筆跡の特徴のある文字と比べた結果、やはり本物だろうという結論になった。歴史的な資料として計りがたいほど重要で貴重なものになるので、明日マウリッツハイス美術館でクララに精確なコピーを取ってもらい、本物は紛失しないように預かってもらおうと、森本は考えた。

ほかの資料や遺稿集の初版本なども見せてもらった後で、二人は辞去することにした。エマニュエル・デ・マンの姿がいつの間にか消えて、理事長のヘイデンだけが見送ってくれた。今後の調査への協力も快く約束してくれた。

「とりあえず、今日はこれでホテルに戻ろう」

森本の言葉に、由紀が素直にうなずいた。

さっきの信号の無いT字の交差点の向こう側の角に、商用車らしい大きなバンが停まっていた。フロントや窓ガラスに特殊加工がしてあるらしく、外からは内部が見えない。二人が交差点を曲がると、そこに今度はベンツの黒い乗用車が駐車していて、こちらも中に人が乗っているのかわからない。森本は変に感じた。ハーグの中心街から歩いて一五分ほどの距離なのに、人も車も通行が無いのは驚くほどだ。通りに面した店や家もみなひっそりとしている。

三〇メートルほど歩いたところで、不意に、背後でアクセルをふかす音がした。森本が振り返ると、さっきの大型バンがいつの間にか交差点を曲がり終えて、猛然と加速を始めたのだ。分離帯の無い通りを斜めに突っ切って二人に向かってくる。

とっさの動物的な勘で、森本は自分たちが狙われていると感じた。由紀の手を取って身を隠そうとしたが、どこにも逃げ場が無く、バンはそのまま突進してくる。するに、背後に駐車していた黒い乗用車が発進して、あらかじめ事態を予期していたように大型バンとの間に割り込んで停止した。大型のバンが慌てて方向を変えながら急停止したが間に合わず、たがいの頭の角が衝突した。すると大型バンは急速で後退し、乱暴に方向転換すると猛スピードでT字路を曲がって消え去った。

森本と由紀が呆然と立っていると、二人を守る盾になった黒い乗用車の後部座席のドアが開いて、中からデ・マンが現れた。車を運転しているのはさっき応接室に来て彼に何かを囁いた、あの無愛想な男だった。

「もう大丈夫だ。私の後について来るように」

デ・マンが通りに面したガレージのような建物の扉を開け、森本と由紀の二人を中に導いた。そのまま奥の反対側にある門を出ると細い路地になっていて、その先に一軒の家の裏手になる高い塀があり、鉄製の門が開いて中に入ると、さっきのスピノザの家の裏庭だった。

物置のような小屋があり、中に入ると地下への階段があった。

「ここからスピノザの家の地下室に続いている。さっきの応接室からも秘密の階段で通じている」

デ・マンが教えた。

地下室に入ると、屈強な男が二人でテレビの画面に向き合っている。家の周囲に設置された監視カメラからの映像を注意して見ているのだった。

「さっきの大型バンだが、君たちが到着したすぐ後にやって来て、交差点の角に駐車し続けているのを監視カメラが捉えていたのだ。ナンバープレートの番号をコンピューターに入力して調べると、まったく別の車の番号を盗用しているとわかった。おそらく君たちを誘拐しようと待ち構えていたのだ」

デ・マンが説明した。さっき応接室で面会中に無愛想な男が報告に来たのはそれだったのだ。

「あいつらはいったい何者なのだ？　なぜ誘拐されなければいけない？」

森本が混乱して声を上げた。隣の由紀も不安な表情を浮かべている。

「話せばひどく長くなる。とりあえずさっきの応接室に戻ろう」

三人が秘密の階段を使って戻ると、理事長のヘイデンが立っていた。

「こんな短時間でまたお会いしようとは思いませんでしたな。だが、あの連中は実に危険です。申し上げておくが、私どもは決してあなた方の敵ではない」

そう言われても、森本には何のことかわからない。

「ここに来ることをあいつらはどうやって知ることができたのだろう？」

頭に浮かんだ疑問を森本がぶつけた。

「この家の周囲をわれわれが監視しているように、逆に、この家を密かに監視している者たちがいるのだ」

デ・マンが答えた。

「理事長と私は不在だったが、君たち二人は昨日もここにやって来た。日本からの訪問者ということで、その時点ですでにマークされていたのだよ」

そう言って、森本と由紀を交互に見た。

「今日はこの家に来る前にライデン大学へ行ったそうだが、日本で発見されたフェルメールの絵を調査しているマウリッツハイス美術館の主任学芸員までが一緒だ。おそらくやつらに尾行されていたのだろう」

森本は信じられない思いで聞いた。由紀も驚いて眼を丸くしている。

「やつらというのは？」

森本がやっとの思いで質問した。

「われわれの間で密かに、Z《ゼット》と呼ばれている組織だ」

「Z？」

「正体がまだ良くわかっていないところもあるが、各国にいる過激な愛国者集団やナチズムを信奉するグループなどがつながったネットワーク組織だ。中核となるグループがドイツに存在して、もともとは第二次世界大戦中の旧ナチスの残党から派生したものだ」

森本はパリのヨーロッパ総局にいた時代に、そのような組織の噂を耳にしたことがあった。しかし実在するとは思っていなかった。

「活動が特に活発なのがドイツとオーストリア、それにベルギーとオランダだ。各国にいるグループ間の連絡を担う複数のメンバーが、このハーグにいると推測している」

「活動というのは非合法の？」

「両方だ。黒幕となっている政治家が背後にいるようで、一般の民衆に交じってデモやプロパガンダや抗議活動といったこともするが、裏では窃盗や脅迫などの犯罪行為を行っている。おそらく殺人にも手を染めているだろう」

由紀が怯えるような顔を見せた。

「お二人が聞いても、すぐには信じがたいことと思うが――」

理事長のヘイデンが声をかけた。

「われわれスピノザ協会は、表向きは世界中のスピノザ研究者の集まりだが、実はZに対抗する国際的な組織なのですよ。このスピノザの家がハーグでの拠点になっている。そのために個人の家だったものを買い取ったのです」

「各国の政府や警察への連絡は？」

森本が当然の質問をした。

「もちろんしていますよ。しかし政府や警察は事件が起きてからでないと動くのが難しい。それでは遅いのですよ。やつらの犯罪行為や偽りの情報活動を未然に防いでいかなければならない。そうしないと手遅れになってしまう。たとえば今回のように――」

「今回のように？」

「そうです。日本でフェルメールの真作と思われる絵が見つかり、それがマウリッツハイス美術館に運ばれて調査されるというニュースが伝えられてから、Zの活動が急に活発になったのです。世界の宝である大切な絵がやつらの手に渡ったり、失われてしまったりするのを、何としても防がねばなりません。昨日エマニュエルと私がユトレヒトに出向いたのも、実はその相談をパトロンとするためだったのですよ」

森本は説明にうまくついていけない。

「それ以上はこの後で、場所を変えて私が説明しよう」

デ・マンがそう話を引き取った。

「いずれにしても、お二人がホテルに戻るのは危険です。敵がまたどこでどう襲ってくるかわからない。エマニュエルに従っていれば安全ですよ」

理事長のヘイデンが二人を安心させるように言った。

デ・マンが先に立って、さっきの地下室へと三人は戻った。今度は別の扉を開くと、人間が二人並んで通れるほどの地下通路が奥に向かって続いている。

森本は振り返って由紀を見た。こうなれば覚悟を決めてついていくしかない。もしこの連中までが二人を害するつもりなら、いくらでもできたはずだ。ふと、先に一人で出たクララは大丈夫だろうかと、そのことも心配になった。

長い地下通路の途中に扉があった。開けて入ると、少し先にまた同じような扉がある。

「この二つの扉の上がちょうど運河になっている。侵入した敵をここに誘い込んで、天井から運河の水を注入して防ぐことができるのだ」

デ・マンが教えた。

さらに進むと、前方に扉がまた現れて、その先は上り階段になっていた。ようやく広い空間に出ると、一転して豪壮な邸宅のサロンのような広間だった。扉が閉まると、室内からは上品な装飾が施された壁としか見えない。

デ・マンの案内で、二人はエレベーターに乗せられた。三階で降ろされて、絨毯《じゅうたん》が敷かれた廊下の向かいの部屋に入った。窓から周囲の景色が見え、運河に面しているのがわかる。ここがスピノザの家の窓から眺めた時に目立った大きな邸宅だと、森本は気づいた。それにしてもほかに人影が見当たらない。

「人はいる。この邸宅の地下にだが」

森本の心を読み取ったように、デ・マンが言った。

「地下に監視用の制御室があって、邸《やしき》の内外の状況を常時把握している。この部屋の両側が君とマドモアゼルの今夜の部屋だ。あらかじめ断っておくが、安全のために行動はカメラでチェックさせてもらう。もちろんプライバシーは尊重するので安心していい」

デ・マンは由紀をフランス風にマドモアゼルと呼んだ。

森本の心配をよそに、由紀は落ち着いて見えた。長崎の豪商である今村家の一員として育ったせいか、こうした古い豪壮な邸宅に少しも圧倒されない様子だった。

「説明をしてくれないか?」

森本があらためて求めた。日本で発見された絵がマウリッツハイス美術館で調査されるのを取材するためオランダに来たのに、とんでもなく状況が変わってきた。

デ・マンがうなずいた。

「まず、本当は私が何者か話しておこう。ロスチャイルド家を知っているだろうか?」

「ユダヤ系の世界的な財閥だということは知っている」

新聞記者の森本に、その程度の知識はあった。

「その通りだ。スピノザ協会の理事は表向きで、ロスチャイルド家の秘密秘書というのが私の本当の顔だ。正確にはオランダ・ロスチャイルド家の現在の当主の秘書をしている。秘密にしているのは公にできない仕事も行うからだ。Zと戦うためにスピノザ協会を背後で援助しているのが、実はロスチャイルド家なのだ。この邸宅も名前は変えているが、ロスチャイルド家が所有している」

「Zが襲ってきた理由は?」

森本はその質問に戻った。

「おそらく、スピノザの家で見せてもらった二つの手紙に絡んでいるのだろう」

デ・マンが今度は逆に、森本と由紀に向かって質すような眼を向けた。この男はやはり何かを知っている。二人がまだ話していないことがあると気づいているのだ。

森本は隣の由紀を見た。彼女がうなずいて同意を示した。

「彼女の曽祖父——今村武郎という人物だが、今回の絵と二つの手紙の最初の発見者であることは、すでに話した通りだ。Cの手紙にある手記も、実はその時に一緒に発見されていた。今村武郎は外交官で、第二次世界大戦が始まる少し前にベルリンの日本大使館に赴任していた。その時に日本から『Cの手記』を持参して、翻訳と調査のためベルリン大学のラテン語科の教授に預けたらしい。その後の経緯は不明だが、彼が残した手帳に〈『Cの手記』は奪われた〉と書かれている。今村武郎自身もドイツ赴任中に行方不明になった。日本に残った武郎の息子や孫に当たる彼女の父親が調べたが、今でも消息はわかっていない。年齢を考えれば、もはや生きている可能性は低いだろうが」

森本は今村武郎の古い手帳を取り出して、デ・マンに見せた。日本語は理解できなくても、彼はそのページを食い入るように見つめた。

「この〈E1075476〉とあるのは?」

「わからない。その部分を後から赤く丸で囲んだのは彼女の父親で、この手帳の記録を頼りに今村武郎の消息を調べていた。ハーグにも来て、スピノザの家も訪れている。不幸なことに、その二日後に運河から落ちて事故死した。今から一一年前の事だ」

デ・マンは表情を変えずに聞いていたが、最後の部分で由紀のほうを向いて哀悼の色を見せた。

窓の外に、夕暮れの気配が漂い始めた。運河の水面が午後の最後の陽光に柔らかく輝いている。遠くに古い教会の尖塔が合掌した手のように見え、平和で美しい光景だった。

「君の話で、ますますいろいろな事がつながり始めた。二つの手紙と未発見の『Cの手記』が理由でZが君たちを誘拐しようとしたのは、もはや間違いない」

「やつらは一体何を狙っているのだろうか？」

森本が最初の疑問を繰り返した。

「短い時間ではとても説明しきれない。今の話を聞いて、新たに調べなければならないことも出てきた。明日、君たちをまた別の場所に連れて行き、そこでできる限り説明しよう。今夜はここに泊まってくれ。君たちが滞在しているホテルもロスチャイルド財閥系の資本が所有している。今夜のうちに荷物を移しておく」

「どこに連れて行くのか教えてくれないか？」

さすがに森本が聞いた。

「オランダ・ロスチャイルド家の当主に会わせよう。私の主人だ」

デ・マンはそう答えると、初めて微笑を浮かべた。

8

次の日の朝、森本豊と今村由紀は黒塗りのリムジンに乗せられ、まずハーグ郊外の大きな農場へと連れて行かれた。エマニュエル・デ・マンによると、オランダ・ロスチャイルド家が所有する農場で、専用の私的なヘリポートがあるという。

到着すると、広々とした牧草地の一部に舗装されたヘリポートがあり、一機のヘリコプターがすでにプロペラを回転させて待っていた。リムジンが近づくにつれ回転音が騒々しく耳に響いてくる。牧草地の向こうで黒い巨大な風車がいかにもオランダらしく悠然と羽を回していた。

三人を乗せたヘリコプターは離陸すると、急激に高度を上げた。眼下にハーグの市街地が見え、近くまで迫っている白い砂浜の海岸線があり、その先に海面を鈍く輝かせている北海が視界いっぱいに広がっている。洋上を多数の貨物船が行き交い、オランダが確かに世界有数の海洋国なのだとわかる。

「どこまで眼を凝らしても平たい土地ばかりで、起伏がまったく無いのね。海と山がすぐ近くまで迫っている長崎育ちの私には、まるで別世界だわ」

真下に広がる地上の風景を眺めて、由紀が驚きを口にした。

「これからユトレヒトに向かう。二〇分ほどで到着する」

プロペラの回転音に抗して、デ・マンが声を上げた。それが合図のように、ヘリコプターは大きく向きを変えて水平飛行に移った。由紀がバッグからガイドブックを出して、地図でユトレヒトの位置を確かめた。

ヘリコプターが向かったのはユトレヒトの郊外だった。高度が下がるにつれ、広大な敷地と庭園を持つ古城がしだいに大きく姿を見せ始めた。そこが目的の場所らしかった。

さらに近づくと、まるで童話の世界から抜け出たような美しい城だった。あずき色のレンガの外壁に包まれた井字形《せいじがた》の建物で、四隅に円錐形の尖塔があり、全体が水を湛えた濠で囲まれている。ヘリコプターが広い中庭に着陸し、森本と由紀が機から降りると、目の前の庭一面に赤いバラが咲き誇っていた。

デ・マンが先に立って、二人を城の中へ案内した。最初に広いホールがあり、手の込んだ装飾が施された豪華な壁と天井に囲まれて、世界中のさまざまな調度品が並べ置かれている。これが個人の邸宅とは信じられなかった。感嘆している森本と由紀をよそに、デ・マンがそのまま進んでいく。連れて行かれたのは大ホールに続く応接間らしい部屋だったが、そこもホールと呼んでおかしくない広さだった。縦型の大きな窓の外に水を湛えたさっきの濠が眺められ、その周囲を樹木と花の庭園が囲んでいる。部屋の中央に優美な楕円形のテーブルがあり、椅子に座って待つようにとデ・マンが告げた。

しばらくして、反対側にある両開きの扉がおもむろに開いた。姿を現したのは車椅子に座った老婦人と、それを押している青年だった。婦人は全身を黒一色のドレスで包んでいる。上品に整えられた銀髪にドレスと揃いの黒い帽子を被り、そこに一輪の鮮やかな赤いバラの花が挿してある。森本はスピノザの印章を連想した。かなりの高齢に違いないが、白い肌にまだ健康的な艶があり、何よりも容姿全体に凛とした気品が漂っている。

背後の青年は、襟飾りのある白シャツにこれも黒いジャケットと揃いのズボンで身を包み、胸にやはり赤いバラの花を挿している。年齢は由紀と同じくらいだろうか、少し褐色の肌に髪も眼も黒く、エキゾチックな容貌は通常のオランダ人に見えない。

森本も由紀も自然に立ち上がり、婦人を迎えた。

「マダム、こちらが日本からの客人です。この若いマドモアゼルの旧家で今回のフェルメールの絵と、昨日報告した二通の手紙が発見されました。こちらのムッシューは日本の新聞社の記者です。マドモアゼルから本件の調査を依頼されています」

森本と由紀に気を使ったのか、デ・マンが英語で紹介した。それを受けてまず由紀が英語で名前を告げ、簡単なあいさつをした。森本もそれにならった。

デ・マンが今度は老婦人を紹介した。

「こちらの婦人はマダム・エレーヌ・ロスチャイルド——オランダ・ロスチャイルド家の現在の当主になる」

「そして最後の当主よ」

老婦人が言葉を引き取って付け加えた。眼と口元に微笑を浮かべている。

「お二人とも、よくいらっしゃったわ。少々乱暴な仕方でお連れしてしまって、心からお詫びしますわ。私のことはマダム・エレーヌと呼んでくださってね。エマニュエルもいつもそう呼んでいますの」

「私も、エマニュエルと呼んでもらってかまわない」

マダム・エレーヌに続いて、デ・マンが言った。

「さあ、どうぞおかけになって」

マダム・エレーヌは微笑を絶やさず、穏やかな口調で勧めた。森本はしかし一度交わした視線で、この老婦人が並大抵の人生を送ってきたのではないと直感した。

「私の背後の青年はバルフと申しますの。この城で哲学を研究するかたわらで、私の日常の相手をしてくれています。とても聡明で心の優しい若者よ」

偶然なのか、哲学者スピノザと同じ名前だった。

マダム・エレーヌからそう紹介されて、バルフは困ったように微笑を浮かべたが、口は開かなかった。バルフと由紀の視線が出合ったとき、たがいの心中で何かが強く反応したように見えた。

「お二人ともお疲れでしょう。この城の薬草園で栽培しているハーブのお茶を用意させますわ。疲れを取るのにとても効果がありますのよ。待つ間に、ここに来ていただいた理由をお話ししますわ」

森本も由紀も望むところだった。

「ヨーロッパで暗躍しているZという組織のことは、エマニュエルからお聞きになったわね？」

マダム・エレーヌが二人を見て確かめた。

「とても危険な組織ですのよ。過激な愛国主義やナチズムの復活をヨーロッパ中に広めようとしています。それに対抗するために、ロスチャイルド家がスピノザ協会を援助しているのです。私のような老女も、最前線に立って戦っていますのよ」

マダム・エレーヌの眼に言葉通り、不屈の闘志が表れていた。

「彼らは政治の舞台で、ナチスを断罪した戦後のニュルンベルク裁判を法的に無効だと主張して、ナチス戦犯の無罪宣言を求めています。それどころか、ホロコースト（ナチスによるユダヤ人大量殺戮）そのものが存在しなかったとさえ主張しているのです」

不意に、マダム・エレーヌの表情が深い哀惜に満ちたものに変わった。まるで世界が一瞬にして深い闇へと暗転したようだった。

「――ホロコーストは、ヒトラーの命令書やナチスの計画書が今に残っていようがいまいが、そんなことには関係なく存在したのです。一九四〇年の五月に、ドイツ軍の西部戦線への総攻撃が始まり、オランダ軍はわずか五日間で降伏しました。結婚してまだ数ヶ月の私の夫は、私の父と一緒に一兵士としてレジスタンスに身を投じました。ロスチャイルド家の力で国外に脱出するのは容易だったのに、あえてそうしなかったのです。お腹に子を宿したばかりの私だけを安全のためイギリスへ送り出しました。やがて二人からの音信が途絶え、その後で戦死したと連絡が入りました。私はショックのあまり、お腹の子供も流産してしまったのです。戦争が終わって、私はあらゆる手段を尽くして二人の行方を調べました。どんなかすかな可能性でも、わずかな情報でも、少しも費用と時間を惜しみませんでした。その結果わかったのは、二人はレジスタンスの闘士として戦死したのではないということです。戦闘で傷を負い、ドイツ軍に捕えられてユダヤ人だとわかると、むしろその場で殺されることを望んだのに叶えられず、幾つかの強制収容所を転々と移された後に、ポーランドのアウシュヴィッツへと送られました。そこで二人がどのような体験をしなければならなかったか、奇跡的に救われたユダヤ人の一人に私は直接聞くことができました。でも、誰かにまたそれを語るなど、私にはとてもできないのです。二度と口にするのもおぞましい内容でした。結局、夫も父も最後は毒ガス室へと送られて殺されたのです――」

視線を真っすぐに保って話していたマダム・エレーヌが、耐えられず下を向いた。

森本は暗澹たる気持ちになり、由紀も眼に涙を滲ませている。

「誰が、ホロコーストは無かったなどと言い張ることができるのでしょうか？　それは確かにあったのです。文字通りに、人間がこの世に現出させた地獄だったのです」

再び顔を起こしたマダム・エレーヌの眼に光るものがあり、さすがに感情を抑えきれない様子だった。森本の頭に、「黒衣の花嫁」という言葉が浮かんだ。

「マダム・エレーヌ、この後は私から説明をしましょう」

エマニュエルがそう申し出た。

「エマニュエル、ありがとう。そうね、そのほうがお客さまにも良いわね」

タイミング良く、メイドがハーブのお茶を運んできた。全員がそこで休憩を取ることにした。マダム・エレーヌが言ったように、一口飲んだだけでも身体から不思議と疲労が抜けていき、高ぶった気持ちを落ち着かせてくれる。

「長くなるので、私も椅子に座らせてもらおう」

頃合を見て、エマニュエルが口を開くと、頭の中で話をまとめる表情を見せた。

「まず、第二次世界大戦でのナチス・ドイツの最後がどのようなものであったか、それを少し詳しく話しておこう。最初は君たちにはとても信じられないだろうが、しかし、ロスチャイルド家が世界中の持てる力をすべて使って調べ上げたものだ」

森本は、たいがいのことにはもう驚かないつもりだった。

「ヨーロッパにおける第二次世界大戦は、一九四五年の五月にソ連軍によって首都ベルリンが陥落したことで終末を迎えた。ナチス・ドイツの最高権力者だったアドルフ・ヒトラーは、ドイツの敗北がもはや不可避であることを悟ると、四月三〇日にベルリンの総統官邸地下にある防空壕内の一室で愛人エヴァ・ブラウンとともにピストル自殺を遂げた——とされている」

それは、森本も新聞記者として記憶にある話だった。

「われわれは、その自殺がまったくの偽装だったと結論している——」

エマニュエルがそこで、森本と由紀の反応を見た。

「ヒトラーの自殺が偽装だったという説は聞いた覚えがある。でも最終的に誤りだとわかったはずだが？」

　森本が記憶を頼りに言葉を返した。

「歴史上の定説はそうなっている。ヒトラーの個人的遺言に従い、ナチ親衛隊の隊員が自殺した二人の遺体を毛布に包んで地上に運び、中庭でガソリンをかけて焼いた。ところが不手際があり、ガソリンが足りずに遺体を完全に灰にできなかった。やむなく焼け残った遺体を近くの砲弾の穴の中に隠して埋葬したが、三日後に、ソ連軍の特別捜索班が炭化した遺体を発見し、鑑定の結果ヒトラーとエヴァであると確認した」

　エマニュエルが目の前の出来事のように詳細に語る。

「――だが、遺体を鑑定したソ連軍の特別捜索班自らが、ヒトラーの頭蓋骨には弾痕も銃弾もなく毒死だったとしている。ソ連が遺体をどこに再埋葬したかもわかっていないのだ。今でも不明のままだ」

　森本は、そこまでは知らなかった。

「ロスチャイルド家があらゆる手段を尽くして調査した結果、真相は次のようなことだった――」

　エマニュエルが一度、車椅子のマダム・エレーヌに視線を向けた。

「ヒトラーは、彼と愛人エヴァの身代わりを秘密裡に用意していた。年齢が近く、体格も良く似ていて、血液型が同じ男女の一組だ。自殺したとされる日に、身代わりの二人は毒殺され、地上に運ばれてガソリンで焼かれた。ソ連軍が発見したのはその二つの遺体だ」

新聞記者の習い性で、森本はそうした話を無条件に受け入れることはない。信じていいのか正直わからなかった。

「ではヒトラーとエヴァは、死なずにどうなったのだろうか？」

森本はそう尋ねた。

「親衛隊員に守られて秘密のトンネルを使い地下壕から逃げると、ベルリンを脱出して、かねてからの計画に従いオーストリアとの国境に近い南ドイツに向かった」

「かねてからの計画だって？」

「そうだ。ヒトラーは実は、戦争に勝つための起死回生の計画を極秘のうちに進めていた。ドイツとポーランドの数ヶ所に秘密の地下基地を建設し、ナチ武装親衛隊八〇万人の中から選りすぐりの隊員を集めて、精鋭部隊として密かに温存していたのだ。その部隊は戦争中、連合国軍との戦闘の表舞台にまったく登場しなかった。ちなみに、通常SSと呼ばれるナチ武装親衛隊は、ドイツ国軍でも警察でもなくナチス党に属している。つまり、ナチスの党首であるヒトラーに絶対の忠誠を誓う軍隊なのだ」

「しかし、どれほど精鋭の部隊だろうと、米英やソ連の連合国軍に敵うわけがない」

森本はそう主張した。

「通常の戦闘ならばそうだ」

「というと？」

「ヒトラーには戦局を一変させる秘密兵器の計画があった。それを使えばドイツが最後には勝利すると確信していたのだ」

「その秘密兵器というのは？」

「原子爆弾だ」

　森本は以前に聞いた話を思い出した。日本でも太平洋戦争の末期に一級の科学者たちが軍部からの指示で原爆の研究を進めていたという。

「ドイツの原子力研究を率いていたのは、量子力学を確立したことで高名な物理学者のハイゼンベルクだった。軍の高官からロンドンを廃墟にするために原子爆弾ならどのくらいの大きさが必要かと聞かれて、彼はパイナップルの大きさだと答えた。ヒトラーはその報告を受けるやいなや、直ちに原爆の開発を命じたのだ」

「………」

　森本も由紀も無言になり、話を聞き続けるだけになった。大きな縦型の窓を通して水濠の向こうに緑の木々の枝や梢、そこに咲く花々が風にゆるやかに揺れている。それが別世界のように眼に映った。

「一九四五年の三月、連合国軍がいよいよドイツ国境を越えて攻め入ると、ヒトラーは温存していたナチ武装親衛隊の精鋭部隊に指令を出した。原爆の開発を進めていた科学者と技術者たちを連れて地下の秘密基地に潜伏するようにと、だ。その上で秘密の露見を防ぐために、いわゆる『ネロ命令』を下してドイツ全土の焦土化を自ら図ろうとした」

エマニュエルが短く間を置いた。

「ここからはロスチャイルド家の調査からの推測になるが、南ドイツに造られた秘密地下基地には原爆の施設もあったと考えられる。陥落直前のベルリンから脱出したヒトラーはそこに潜伏した。その場所がどこかはわかっていない。消息を絶った原爆開発の科学者と技術者たちも同じ基地内に収容されたのだろう」

「原爆の完成を待って反撃する機会を狙っていたのだと？」

「その通りだ。ヒトラーの不運は、アメリカも実は原爆の開発を進めていたのを知らなかったことだ。アインシュタインがナチスによる原爆開発の脅威を大統領のルーズベルトに訴え、一九四二年に有名なマンハッタン計画が始まった。アメリカが総力を挙げた原爆の開発は成功し、一九四五年七月一六日に、ニューメキシコ州アラモゴードで世界初の核実験が行われた」

その経緯は森本も知っている。

「ドイツの敗北を目前にした一九四五年の四月一二日にルーズベルト大統領が死亡し、

トルーマンが次の大統領に就任した。ヒトラーが生存し原爆を開発しているという極秘情報を聞いて、トルーマンは完成した原爆の実戦使用に躊躇しなかった。その年の八月六日に広島に史上初の原爆が投下され、続いて八月九日にはマドモアゼル、あなたの故郷の長崎に落とされた」

由紀が言葉は口にせず見返した。長崎で代々商家を営んできた今村家であれば、縁者に原爆の犠牲者も出たことだろう。今回発見されたフェルメールの絵も、起伏と坂が多い長崎の地形と今村家の石蔵に守られていなければ、原爆で失われていたかもしれない。

「つまり、日本への原爆投下はヒトラーへの警告だったのだと?」

森本はようやく理解したが、信じられない気持ちだった。

「そう考えている。二つの都市への原爆投下は日本を早期に降伏させるためだったと言われているが、それ以上に、原爆を用いて起死回生の反攻を企図しているヒトラーの野望を打ち砕くためだった」

「………」

「そうした間にも、アメリカとソ連はそれぞれの諜報機関の全力を挙げてヒトラーを捜し出し捕えようとしたが、どちらも成功しなかった。ヒトラーへの個人崇拝と忠誠を徹底して叩き込まれた精鋭のナチ親衛部隊が、最後まで守り抜いたのだ」

「それで、その後はどうなったのだろう？」

「原爆がナチス・ドイツ第三帝国勝利への起死回生につながらないことを知って、ヒトラーは大いに失望し、失意のドン底に陥っただろう。おそらく精神にも多少の異常を来して、親衛隊の側近に見守られて地下基地の中で死んだものと推測している。もちろん事実として確かめられたわけではなく、遺体も発見されていない。エヴァも同時に自殺したか、間もなく病死したのだろう。精鋭の親衛部隊は密かに解散され、地下の秘密基地も存在を封印された。隊員たちは過去が知られれば死刑にもなりかねないので、もちろん事実を明かすようなことはしない。何事も無かったように市民の中へと戻っていったのだ」

「その秘密基地の所在は今でも不明なのだろうか？」

「残念ながらそうなのだ。ヒトラーに忠誠を誓った親衛隊員たちは、自分たちを守るためもあるだろうが、見事に秘密を守り通した」

「――――」

「長々と過去のナチスの話を続けたが、ここからが現在のZにつながる」

話を先に進める前に、エマニュエルが一呼吸置いた。

「Zの中核となっているドイツのグループのメンバーはおそらく、解散した精鋭のナチ親衛部隊の流れを汲む者たちだ。封印されていた南ドイツにある旧ナチスの秘密基地を元に戻して、Zの拠点にしていると思える。地下基地には原爆の施設と備蓄された濃縮ウランもたぶん残されているだろう。そうした兆候はまだ無いが、もしテロリストなどの手に渡れば大変なことになる。ロスチャイルド家だけでなく、ドイツとオーストリアの政府も必死で場所を突き止めようとしているが、未だにわからないのだ」

　エマニュエルが憂慮の色を浮かべた。

　森本はようやく、過去からつながる事態を理解した。

「――実は、もう一つ気になっていることがある」

　エマニュエルが再び口を開いた。

「Zの資金が極めて潤沢なことだ。どうやら金塊を大量に持っていると思える」

「金塊？」

「ナチスが大量の金塊を保有しているという噂は戦争当時からあった。それを取引きする闇の国際流通網が現在も働いている確かな証拠がある。おそらくZが旧ナチスの金塊を受け継ぎ、その流通網を使っているのだ」

　エマニュエルがそこで、あらためて森本と由紀を見た。

「ここからようやく、話が君たちに関係してくる。なぜ、ヒトラーのナチスが大量の金塊を保有していたのか？　ヨーロッパの金や資金の動きをくまなく把握しているロスチャイルド家にとっても長い間の謎だったが、それを解き明かす可能性が見えてきた」

「――？」

森本には何のことか見当がつかなかった。

エマニュエルがマダム・エレーヌを見て、それから視線を二人に戻した。

「それをもたらしたのが君たちだ。そしてZが君たちを襲った理由でもある」

9

エマニュエル・デ・マンの話が続いた。

「説明をまた、第二次世界大戦当時のナチス・ドイツ軍の動きへと戻そう。一九四〇年の五月一〇日、ドイツ軍は西部戦線の総攻撃を開始すると、オランダにも電撃的に攻め入ってきた。ロッテルダムが大爆撃を受け、ウィルヘルミナ女王はロンドンに亡命し、オランダ軍はわずか五日間で降伏した。ドイツ軍の速やかな勝利の理由は落下傘部隊を使った降下作戦だった。戦略上重要な地点がたちまちのうちに占領されてしまったからだ」

マダム・エレーヌにとっては辛い記憶を呼び起こす話だろう。その表情が心なしか曇ったように見えた。

「その作戦の最中に、ドイツ空挺部隊に交じってナチ武装親衛隊（ＳＳ）の一小隊が落下傘でデルフトの町に降り立った」

「デルフトに？」

森本は意外に感じて、聞き返した。

「そう、画家フェルメールの町だ。軍事的には何の意味もない古い小都市だよ。降下したナチ親衛隊の一隊は、町の住民に外出禁止令を出すと、旧教会内部の地下にあるフェルメールの墓をあばいて何かを奪い去った。それは直ちにヒトラーのもとへと運び込まれた」

エマニュエルの話がようやくフェルメールとつながり始めた。森本は固唾を呑んで聞いた。

「ピンポイントされた迅速な行動から、ヒトラーは以前からそれを奪うことを企図していて、オランダと開戦するや直ちに実行に移したのだと考えられる」

「一体、何を奪ったのだろう？」

「ロスチャイルド家の全力を挙げた調査でもわからず、長い間の謎だった。そこへ君たちがスピノザの家に来て、古い二つの手紙を見せた。一通はスピノザからフェルメール宛のオランダ語の短信、もう一通はＣというイニシャルの女性が書いたラテン語の手紙だ。それをまた見せてくれないか」

エマニュエルに促され、森本は手紙を収めた二つのホルダーケースをアタッシュケースから出して、テーブルの上に並べて置いた。バルフがマダム・エレーヌにも見えるように車椅子を前に進めた。それから自分で近づいて、透明のケースの中の手紙を読み始めた。哲学を研究しているだけあって、ラテン語のCの手紙を苦もなく読んでいる。明らかに、その表情が変わった。

「哲学者スピノザと画家フェルメールの間に関係があったのですね。しかも二人は、ある重大な秘密を共有していた」

バルフが口に出して言った。イニシャルがBとVの人物が誰か、すでに理解している。

「バルフ、その通りだ。私もそれで初めてつながりがわかってきた」

エマニュエルが応じた。二人の間で了解できることがあるらしい。そういえば、スピノザの家で理事長のヘイデンに手紙を見せて話をしていた時に、エマニュエルはずっと頭の中で何かを照らし合わせている様子だった。

マダム・エレーヌも納得したようにうなずくと、森本と由紀に向かって口を開いた。

「ヒトラーがフェルメールの墓から奪った物が何か、お見せしましょう。バルフ、案内してちょうだい」

バルフがホルダーケースを森本に返し、再びマダム・エレーヌの車椅子を押し始めた。エマニュエルがついて来るようにと、森本と由紀に合図をした。

全員が移動したのは、広い応接間から続く部屋だった。会議か何かに使うらしく、中央に重厚なマホガニー製の長方形の大テーブルがあり、その上に赤い布の覆いが被されて、何かが置かれていた。

「バルフ、覆いを取って、お客さまにお見せしてくれるかしら」

どうやら、二人に見せるために最初から用意されていたようだ。バルフがゆっくりと覆いを取り除いた。

現れた物を見て、森本と由紀は思わず大きく眼を見張った。

それは、宝石箱のような黄金の箱だった。一辺が一五センチほどの立方体で、ちょうど両手に持って運べる大きさをしている。少し暗い部屋の中で金特有の重々しく、まぶしい輝きを放っている。

「純金製ですのよ。でも金の塊ではないから、手に持って運ぶことはできますわ」

森本と由紀の驚いた様子に、マダム・エレーヌが微笑を浮かべて言った。

「宝石箱でしょうか？」

由紀が質問をした。森本は少し違うように感じた。箱の表面の、人間の顔なら額の中央に当たるところに、おそらくダイヤモンドだろう、青みを帯びた大きな宝石が象《ぞう》嵌《がん》されている。そこから一本の筋が下へ伸び、その両側に対になった小さな取っ手が付いている。真ん中から左右に開くようになっているのだろう。奇妙なのは、扉が開くのを防ぐように小さな閂《かんぬき》が横に掛けられ、それと平行に並んで九個の文字盤があることだった。中央の筋上に一文字、その左右にそれぞれ四文字が配されている。左端の最初の文字盤にだけ装飾文字のAがセットされているが、残りの八個の文字盤は空白のままだ。

「これ自体が宝石と黄金の飾り物には違いありませんけれど、目的が違いますのよ。エマニュエル、説明をして差し上げて」

マダム・エレーヌが、今度はエマニュエルに向かって言った。

「また少し長い話になる。椅子に座って聞いてもらえないか」

森本と由紀は、大きなテーブルの周囲に並ぶ椅子に腰を下ろした。

「これは暗号箱だ。金庫とシュレッダーを兼ね合わせたようなもので、中に重要なメッセージや署名、あるいは地図といった紙片を保管する。箱は実は二重になっていて、いま見ている外箱の内部に、やはり九つの文字盤を持つ同じ構造の内箱が入っているはずだ」

「はず？」

森本が疑問を口にした。

「この暗号箱がロスチャイルド家に託されて以来、誰も開いた者がいない」

「開け方がわからないということだろうか？」

九個の文字盤を合わせないと開かないのだろう、と森本は推測した。

「そうなのだ。九個の文字盤のそれぞれにアルファベットの一文字か、または0から9までの数字の一つを、すべて正しくセットしなければならない。最初がAであるのはあらかじめセットされているので間違いないが、残りが不明だ。もっと正確に言えば、どのように文字と数字をセットしても扉は開く、というか開いてしまう。しかし正しくなければ、中の紙片が失われる。小さな門はだから、不用意に開けてしまわないように付いているのだ」

「箱を壊すことになるが、外から慎重に切断して紙を取り出せばいい」

森本が考えを口にした。

「それができない。箱の内部は驚くほど多数の大小の歯車がたがいに連結されていて、歯車どうしの歯と歯の間の、それこそ紙一枚分の隙間に問題の紙片が挟まれている。錆びないように歯車もすべて純金製で、歯の一つひとつが小さく鋭い刃になっている。しかも刃の表面にはダイヤモンドの硬く鋭い粒がまぶされているのだ。文字盤を正しくセットせずに箱を開ければ歯車が一斉に動き、一瞬にして紙片を跡形も無く細かく裁断してしまう。外から無理に力を加えても同じことが起きるようになっている。文字盤を正しくセットした場合にだけ歯車は動かず、挟まれた紙片を取り出すことができる」

「ヒトラーがこの暗号箱をフェルメールの墓から奪ったというなら、それがここにあるのは？」

「まったく同じ暗号箱が二つ作られたのだ。不思議な運命のめぐり合わせで、その一つはこうしてロスチャイルド家に託されることになった。もう一つは何か別の経緯で、フェルメールの墓に収められた。それをヒトラーが知るところになり、ナチ親衛隊によって奪い去られたのだと考えている。そう考えた理由がまさに、君たちの二通の手紙なのだ」

「森本さん。スピノザの依頼を受けてフェルメールが絵に描き込んだのが、この暗号箱を開ける鍵言葉への手がかりなのだわ」

　由紀が気づいて言った。興奮した口調になっている。森本も頭の中でいろいろなことがつながり始めた。

「マドモアゼル、その通りだ。手がかりを描き込んだ絵が『絵画芸術』になる。話がピッタリと符合するのは、ヒトラーが当時ウィーンにあった『絵画芸術』を奪って、自分の山荘があるベルヒテスガーデンへと運び込ませた事実があるのだ。戦争中、『絵画芸術』はヒトラー個人の所有物のようにその山荘に置かれていた。若い時分に画学生としてウィーンで暮らしたヒトラーがひどく気に入った作品だからと言われていたが、別の理由があったわけだ。フェルメールの墓から奪ったもう一つの暗号箱も、同じ山荘に持ち込まれたに違いない」

森本は手紙を収めたホルダーケースを再びテーブルの上に置き、スピノザの短信に眼をやった。

「この〈女神クリオと王冠の小さな枝が指し示す〉という言葉がヒントなのね」

由紀がそう口にした。

「しかし、ヒトラーは絵に描き込まれた手がかりを見つけて、秘密の鍵言葉を知ったのだろうか？　短信にあるこのヒントを知らなかったのだろう？」

森本が疑問を口に出した。

「いや、知っていたのだ。ヒトラーはもっと有利な条件を手にしていた」

エマニュエルが言って、森本もそうかと気づいた。

「君の曽祖父の今村武郎がドイツに持参した『Cの手記』だよ」

由紀に向かってそう言った。

「そう。ヒトラーが金の暗号箱の存在と、それがフェルメールの墓に収められていることを知ったのは、『Cの手記』からに違いない。マドモアゼル、あなたの曽祖父が調査のためベルリン大学のラテン語科教授に『Cの手記』を預けた時に、そこに書かれていた内容の重大さに、その教授か誰かがナチス政府へ通報したのだろう。それがヒトラーに報告されて、彼の知るところになったのだ」

「では、私の曽祖父が行方不明になったのは――」

由紀は最後まで言えなかった。

「気の毒だが、ナチスの仕業だった可能性が高い。残された手帳の記録を使って、ロスチャイルド家の力で調べてみよう」

「彼らはどのような無慈悲な手段を使っても平気な者たちだったのです。必ず真相を明らかにして差し上げるわ」

マダム・エレーヌが慰めるように、由紀に言葉をかけた。


オランダ・ロスチャイルド家の城に来てから、二時間以上が過ぎていた。昨日の午後から予想外の出来事の連続で、森本は疲労を覚えた。それでも気持ちは緊張し、精神はむしろ冴えわたっていた。

「次に、この金の暗号箱にまつわる話をしよう」

エマニュエルがそう言って、話を進めた。

「ここからは歴史上のことになる。一八世紀の末近くのことだが、一人の婦人が息子だという少年を連れて、ドイツのフランクフルトにあるロスチャイルド商会を訪れた。今は世界的財閥にまで発展したロスチャイルド家の始まりは、フランクフルトの商会だったのだ。創始者で初代当主のマイヤー・アムシェル・ロスチャイルドに婦人は面会を求め、オランダから来たと話した。夫に先立たれ、自分も病気で余命が長くはなく、少年を庇護してほしいと頼んだのだ。理由は、少年が哲学者スピノザの直系の子孫だからということだった」

「――――」

森本も由紀も唖然となってたがいの顔を見た。三人が二人をじっと見つめている。

「驚くのも無理はない。スピノザは生涯を哲学の研究に捧げて独身を貫いたとされている。初代当主のマイヤーも最初は信じなかった。しかし婦人が証拠として見せたのが、家に伝わるというこの金の暗号箱だった。婦人はその保管もロスチャイルド家に託した。ユダヤ系の財閥として当時すでに地位を築いていたロスチャイルド家の力で、ユダヤ民族が生んだ最高の知性の一人であるスピノザの血統を守り、彼が遺した金の暗号箱の中の秘密も守ってほしいと頼んだのだ。君たちがスピノザの家でこの短信を見せた時に、スピノザがフェルメールに依頼した秘密の鍵言葉への手がかりと、この金の暗号箱とが、私の頭の中で結びついたのだよ」

何という不思議な運命のめぐり合わせだろうか。

「婦人の話では、スピノザの厳重な遺訓は次のようなものだった。金の暗号箱とその秘密がもたらす一切は自由オランダ共和国の所有に帰すべきものであること、従って生活がどんなに困窮しようとも箱を手放してはならぬこと、然るべき者が現れるまで決して箱を開けてはならぬこと、開ければ中の秘密が永久に失われること――だ。婦人本人も、箱を開ける鍵言葉を知らなかった。婦人は自らの死を目前にして、遺訓を守る最後の手段としてロスチャイルド家に頼ったのだ」

エマニュエルが一度言葉を置いた。

「それが、この暗号箱をロスチャイルドのオランダ分家で保管している理由ですのよ」

マダム・エレーヌが言い添えた。

「それでも当主のマイヤーは、にわかには信じ難い気持ちだった。しかし婦人と一緒にいた少年がいかにも聡明なので、少年が気に入り依頼を受けた。そして直ちに、彼がヨーロッパ中に張りめぐらした情報網を使って調査をした。その結果、金の暗号箱は一七世紀の後半にベルギーのアントワープで制作されたものだと判明した。しかも驚くような経緯を秘めていたのだ」

アントワープはパリの総局時代に森本も訪れたことがある。

「現在もそうだが、アントワープにはヨーロッパ最大のユダヤ人社会があった。そして当時から世界のダイヤモンド取引きの中心地だった。それを担っているのもユダヤ人だ。この金の暗号箱に大きな青いダイヤモンドが嵌め込まれているだろう。これは実は、『呪いの青ダイヤ』として有名なものだ」

森本は思わず口に出し、金の暗号箱の正面に輝くそれを見た。そう言われたせいか、どこか不気味な輝きをしている。

「『呪いの青ダイヤ』だって?」

「正確には、その失われたといわれるもう半分からカットされたものだ。『呪いの青ダイヤ』自体は、現在はアメリカのスミソニアン博物館に展示されている。一九世紀に所有していた人物の名前からホープ・ダイヤモンドとも呼ばれている。所有者の変転を経て、最後にスミソニアン博物館に寄贈された。ロスチャイルド家が特別の許可を得て科学調査を行い、この金の暗号箱に象嵌されているダイヤモンドと確かに原石が同じだとわかった」

「〈呪いの〉と呼ばれる理由は?」

森本は興味を覚えて質問した。

「所有者が次々と不幸に襲われたという伝説に由るものだが、必ずしも事実とは言えない。今回の件に関係が無いので説明は省こう。われわれにとって重要なのは、一六六八年にフランスのルイ一四世がそれを購入したことだ。購入前に一〇〇カラット以上あったものがハート型にカットされて約半分になった。それは『フランスの青』と呼ばれて王の儀典用のスカーフにつけられた。それがさらにカットされて小さくなったものが現在スミソニアン博物館にあるものだ。問題はルイ一四世がカットした時の残りの半分だが、盗難にあって長い間行方が不明だった。それがこの金の暗号箱に象嵌されている青いダイヤモンドというわけだ」

そんなことをしたのは当然普通の人物ではないだろう、と森本は想像した。

「初代当主のマイヤーは、実際に箱を制作したアントワープのユダヤ商人の工房を突き止めた。制作されたのは一六六九年、誰が注文したかも判明した」

「一体誰なのだろう？」

森本は興味津々たる思いになった。

「ヤン・デ・ウィットだ」

「ヤン・デ・ウィット？」

森本には聞いたことのない名前だ。エマニュエルがめずらしく苦笑を洩らした。

「君が知らないのも無理はない。しかしオランダ人でその名前を知らない者はいないだろう。ヤン・デ・ウィットはオランダが最も繁栄した一七世紀後半に約二〇年間にわたって国を指導した政治家だ。スピノザとフェルメールが生きた時代にちょうど重なる」

「オランダの国王だろうか？」

森本が質問した。

「いや、国王ではない。当時のオランダは王制ではなく共和制を採っていた。現在のオランダ王家につながるオラニエ（オレンジ）家があったが、その当主は総督という地位で、正確には王ではなかった。ヤン・デ・ウィットが実質的な宰相として指導した二〇年間は、オラニエ家との対立から総督になることも認めず、無総督時代と呼ばれている」

「ヤン・デ・ウィットが金の暗号箱を制作させた理由は？」

「おそらくフランスとの対立が関係していたのだろう。ルイ一四世から盗まれた青ダイヤの半分が象嵌されているところを見ると、王に贈って懐柔することを意図したと考えられる。二個制作させたのも、密約の誓紙のようなものを箱に収めてたがいに保管するためだろう」

「懐柔のために？」

「共和国だった当時のオランダにとって、最大の脅威がルイ一四世のフランスだったからだ。ルイ一四世は生涯にわたって侵略戦争を繰り返したが、その最たる狙いが、経済的に繁栄を極めていたオランダを支配下に置くことだった。実際に王は、一六七二年にオランダへの侵略戦争を開始して全土を蹂躙した。そのためヤン・デ・ウィットは政治的、外交的な責任を取らされて、その年にハーグで民衆に虐殺されている」

「しかし、そんな政治的なことに、スピノザやフェルメールが本当に関係していたのだろうか？」

　森本は半信半疑だった。

「ここからはバルフ、スピノザを研究している君が説明するといい」

　エマニュエルが話を向けた。それを受けて、次にバルフが語り始めた。若々しいが落ち着いた声だ。

「スピノザとヤン・デ・ウィットは盟友のような関係だったのです。ヤン・デ・ウィットはスピノザを政治的に庇護し、スピノザはヤン・デ・ウィットが進めた自由共和政治を思想的に擁護しました。当時のオランダは、ヤン・デ・ウィットを代表とする共和派と、オラニエ家を首領と仰ぐ総督派の二派に分かれて、激しい政治的対立が続いていたのです。さらにキリスト教のカルヴァン派を主とする宗教勢力が総督派と結んでいました。彼らにとってスピノザは無神論者として最大の敵でもあったのです。スピノザは象牙の塔にこもった哲学者ではありませんでした。生涯をかけて追求したのは人間の真の幸福とは何かです。その前提となるのが思想と言論の自由でした。それを保障する自由共和国オランダは、彼にとってかけがえのないものだったのです。スピノザは決して政治に無関心ではなかった」

　バルフの口調はあくまでも穏やかだった。

「スピノザが生涯をかけて完成させた著作が『エチカ（ETHICA）』です。タイトルのエチカはラテン語で倫理学という意味です。人間の真の幸福を追求したスピノザの思想が良く表れています。スピノザは『エチカ（倫理学）』の執筆を一時中断してまで、ヤン・デ・ウィットの政治を思想的に擁護する書物を書きました」

そうだったのだ、と森本は理解した。

「ですから何か理由があって、ヤン・デ・ウィットが金の暗号箱をスピノザに託したということは考えられます。しかし、スピノザとフェルメールとの関係まではわかりません」

バルフが話を終えた。

「そうした事情がきっと、『Cの手記』に書いてあるに違いない。だからヒトラーはフェルメールの墓に金の暗号箱が収められていることを知ったのだ」

エマニュエルが話を再び受けて言い、森本はようやく、時代を超えてつながる話の全貌がつかめてきた。

「ところで、もうひとつ推測できることがある」

エマニュエルがさらに話を続けた。

「初代当主マイヤーによる調査の中で、金の暗号箱の設計図がアントワープのユダヤ人工房で見つかったのだ。マイヤーはすぐに入手させ、フランクフルトの彼の商会へ送らせた。金の暗号箱と一緒にこの城に保管されている。それを見せよう」

エマニュエルはそう言って、部屋の奥にある整理棚の一段を引き出すと、中からスケッチブックのように大きな保存帳を取り出してきた。そこから透明なビニールの袋に入っている設計図を広げた。古いものに違いないが、驚くほど克明で、目の前の金の暗号箱の設計図であるのは明らかだった。全体の外見と、中が二重になっている箱の構造が描かれている。外箱も内箱も、内にびっしりと大小の歯車が密集して並び、その間に紙一枚が挟めるようになっている。現代のスイスや日本で作られる精巧な時計の内部を覗いたような感じだった。内と外の箱の扉に横並びに九個の文字盤があり、それぞれの背後にAからZまでのアルファベットと0から9までの数字、そして一つの空白を持つ回転式のダイヤルが備わっている。それらが何か複雑な連結器のようなものを通して内部の歯車と連動するようだった。左右の扉は九個の文字盤を残して開く仕組みだ。

「さっき暗号箱の構造について説明できたのは、この設計図があったからだ。図に青いダイヤが描かれていないのは、後から箱の一方に象嵌したのだろう」

「設計図では外箱の文字盤の最初に『A』の文字がセットされていない。内箱の文字盤もみな空白だ」

森本が気づいて口にした。

「鍵言葉となる九個の文字か数字の組み合わせを、箱の所有者が決められるのだ。歯車の隙間に紙片を挟んで扉を閉め、あらかじめ決めた鍵言葉に従い左から順に文字盤をセットしていく。最後の九番目の文字盤がセットされたところで、後ろの連結器が働いて機械的な仕組みで鍵言葉を記憶し、内部の歯車と連動するようになっている。その後で文字盤をまた空白に戻すのだ。次からは、記憶された鍵言葉と同じであれば扉を開いても中の歯車は動かない。そうでなければすべての歯車が一斉に動いて、挟まれた紙片を一瞬にして細かく裁断してしまう。外箱の最初の文字盤が『A』にセットされているのは、ヒントとして教えているのだろう。スピノザ自身がそうしたのかもしれない」

「収められた紙片の保存は大丈夫なのかしら?」

由紀が質問した。

「扉を閉めれば密閉状態になる。金で出来ているので腐食もない。多少の空気が内部に残っても保存に問題はないだろう」

エマニュエルが答えて、さらに言葉を続けた。

「推測できることがあると言ったのは、金の暗号箱の設計者に関してだ。設計図の下の隅に名前が書かれている」

指摘されて、森本も由紀も眼をやった。確かに人の名前がある。

「Franciscus（フランシスクス）とある。ファーストネームのようだが、これだけで誰かわかるのだろうか？」

　森本が名前を声に出して読み、尋ねた。

「ええ。おそらくフランシスクス・ファン・デン・エンデン（Franciscus van den Enden）という人物です」

　今度はバルフが答えた。

「一体どういう人物だろう？」

「ファン・デン・エンデンは、スピノザが学生時代のラテン語の教師でした。学生時代と言ってもすべて独学でしたから、エンデンがアムステルダムで私的に開いていたラテン語の学校です。当時の学者や知識人の共通の言葉はラテン語で、スピノザはそれを学ぶために入ったのです。エンデン本人は、スピノザより三〇歳ほど年上でした」

　ラテン語についてクララ・ブリンクマンが話していたことだった。

「ラテン語の教師に、このような設計図が描けるのだろうか？」

　森本が疑問を呈した。

「エンデンはラテン語教師として優れていただけでなく、科学や医学や工学にも傑出していたようです。レオナルド・ダ・ヴィンチのような万能型だったのでしょう」

「この設計図を見ると、確かに天才と言ってもいい才能だ。それが理由でヤン・デ・

ウィットから設計を依頼されたのだろう。スピノザが両者の間に入ったのかもしれない」

エマニュエルが付け加えた。

「エンデンは自由思想家だったとも言われ、若いスピノザに少なからぬ影響を与えたとする説もあります。スピノザはエンデンを通してデカルトなど、当時の最新の哲学や科学を知ったのです」

バルフが最後に言った。

森本の頭にひとつのことが閃いた。由紀の先祖であるオランダ通詞の今村藤八郎にラテン語を教えたのは、このフランシスクス・ファン・デン・エンデンではないだろうか？　Cの手紙に出てくるFというイニシャルの人物は、エンデンかもしれない。スピノザを表すB（バルフ）と同じく、Fはファーストネームだと考えれば辻褄が合う。

テーブルの上のCの手紙に眼をやろうとして、森本は由紀と視線が合った。二人とも同じことを考えたのだ。

「ちょうど昼食の時間になりましたわ。一緒に召し上がってから、ハーグに戻られるとよろしいわ。エマニュエルがまたヘリコプターでお送りします」

マダム・エレーヌが親切に申し出た。

「その前に、ひとつお聞きしてもいいでしょうか？」

由紀がそう口に出した。

「金の暗号箱を持ってロスチャイルド家を頼ってきた婦人と少年は、その後どうしたのでしょう？　少年は本当にスピノザの子孫だったのでしょうか？」

そうだ、その大事な話があった、と森本も思い出した。

エマニュエルがめずらしく、少し困った様子を見せた。

「それは、私がお答えしましょう」

車椅子のマダム・エレーヌが引き取って言った。

「初代当主のマイヤーは、婦人の依頼を受けて少年を保護することにしました。スピノザの子孫だという話の信憑性はともかく、いかにも利発そうな様子に強い印象を受けたからです。マイヤーは婦人にも庇護を申し出ましたが、彼女は断り、一人で去っていきました。その後すぐに病死したそうです。少年は子供とは思えない落ち着いた態度で、そうした運命を甘受したと伝えられています」

マダム・エレーヌの話し方はゆっくりでも、不明瞭さは微塵もなかった。

「少年の名前はバルフ、つまりスピノザと同じです。婦人の話では、結婚もしていないスピノザが子を遺したことは、直系の子孫とその家族だけの厳重な秘密にされてきたということでした。生前のスピノザに対する非難を考えれば、子を持った事実が発覚すれば大変な事態になるからです。相手の女性が誰かも不明です。唯一、血統を暗に示すために、生まれてくる男子は必ずバルフと命名されました。同時に、金の暗号箱を遺品として代々伝えてきたというのです」

森本も由紀も、マダム・エレーヌの横に控えているバルフに自然に眼がいった。由紀も心の中で森本と同じ問いを発しているのだろう。バルフはしかし、少しも表情を変えなかった。

「あなた方の当然の疑問には、少し後でお答えしましょう」

マダム・エレーヌが二人の心中を察して言った。

「婦人が託した少年バルフはロスチャイルド家の館で暮らすようになり、マイヤーの庇護の下で十分な教育を与えられました。学問の才能が抜きん出ていたと伝えられています。成人しても一緒に暮らし続け、マイヤーの末の男子であるジェームズの家庭教師になり、そのかたわらで哲学の研究をしました。そのジェームズ・ロスチャイルドが後に、パリで商会を興してフランス・ロスチャイルド家の創始者になるのです。つまり私の先祖に当たるわけです。マイヤーはバルフの血統を絶やさないように計らい、相手を見つけて結婚させました。無事に男子が生まれて、次代のバルフとなります。家族はその後もロスチャイルド家と一緒に暮らし続け、やがてジェームズに求められてフランス・ロスチャイルド家へと移りました。それからも子孫は代々ロスチャイルド家と暮らし、家庭教師を務めるかたわらで学問の研究をするのが慣わしとなって続いてきたのです」

「後の代になっても、スピノザの子孫であることを世間に公表しなかったのですか？」

森本は疑問に思って聞いた。

「そうです。第一に、本当にスピノザの子孫であるという確証がありませんでした。それに哲学者スピノザは、その自由な思想ゆえにユダヤ教会を破門された人物です。厳しいユダヤ教の掟が依然として続いている中で、確たる事実の裏づけも無しにロスチャイルド家がそんなことを公表すれば、大きな混乱を引き起こしたでしょう。何よりも、代々のバルフの一族が公表を望みませんでした。世間の注目よりも平和な生活を欲したのです」

森本はまたバルフに眼を向けたが、穏やかな視線が返されただけだった。

「そんなふうに平和に暮らしてきたバルフの一族の運命を狂わせたのは、またしてもヒトラーとナチス・ドイツでした」

マダム・エレーヌの穏やかな表情が一転して厳しいものになった。エマニュエルがまた心配な様子を見せた。

「一九四〇年にナチス・ドイツ軍がフランスに攻め入ると、フランス・ロスチャイルド家の一族は国外への脱出を決意しました。創始者のジェームズには三人の男子があり、それぞれ分家してパリに住んでいましたが、アメリカとカナダに避難することにしたのです。バルフの一族も行動をともにしました。初代当主のマイヤーに庇護された少年から五代目のバルフです。まだ二〇歳の青年で、結婚したばかりの妻は身重の身体でした。それでもフランスに残る危険のほうがはるかに大きかったのです。ロスチャイルド家の手配で南部に逃れ、スペインとの国境に近い大西洋岸の港からまずイギリス行きの船に乗りました。しかし航海の途中でドイツのUボートの攻撃を受け、バルフは犠牲となって海に沈みました。女と子供がまず先に救命ボートで海に降ろされていたので、身重の若い妻は一晩中漂流を続け、翌日に運良く近くを通ったアメリカの商船に救助されたのです。これらはみな戦争が終わった後に、ロスチャイルド家が調査してわかったことです」

マダム・エレーヌが少し休むように言葉を置いた。

「その商船がアメリカに着くと、バルフの妻はメーン州のポートランドにある施設に収容されて、無事に六代目となる男子を産みました。しかし苦労と無理がたたって、産後間もなく死んでしまったのです。残された遺児は孤児院を転々として行方がわからなくなりました。戦争が終わって五年も経ってようやく、それらしい子供が発見されたのです。それらしいと言うのは、年齢と名前の一致しか確かめようがなかったからです。ニューハンプシャー州のポーツマスに住む子供の無い労働者夫婦の養子となって育てられていました。それをロスチャイルド家の代理人が大金を払ってどうにか引き取ったのです。戦後パリに戻ったロスチャイルド家には、幼い頃の私をいたく可愛がってくれた祖母がまだ存命でしたが、戦争で寡婦となり流産して子供もいなかった私に、バルフを預かって庇護するように言ったのです。それがここにいるバルフの祖父になりますのよ」

「…………」

森本は圧倒される思いで言葉が出なかった。由紀も同じなのだろう。マダム・エレーヌの横に控える青年が、哲学者スピノザの血統を脈々と伝えているかもしれないのだ。

「でも、このバルフの身内はみな短命で死んでしまいましたの。庇護者の私だけがこうして生き永らえていますのよ。どうせなら長生きのついでに、バルフが結婚して次の世代が誕生するのを見届けたいと、そう願っていますわ」

マダム・エレーヌはそう言って微笑を浮かべた。

「ハーグに戻ったら安全のために、君たち二人はこれからもロスチャイルド家の秘密の邸に滞在したほうがいい。Zがいつまた襲ってこないとも限らない」

マダム・エレーヌが話を終えると、エマニュエルがそう忠告し、森本も由紀も従うことにした。

「この絵は、フェルメールの『天文学者』ですね」

部屋を出る途中で、由紀が壁に掛けられた絵の前で立ち止まり、マダム・エレーヌに聞いた。

「ええ。でも複製画ですのよ。本物はパリのルーヴル美術館に展示されていますの。もともとはフランス・ロスチャイルド家が所有していたものでしたが、戦争中にやはりナチス・ドイツに略奪されたのです。戦後に返されて、その後ルーヴルに寄贈したのです。私を可愛がってくれた祖母が、当時パリのロスチャイルド家に飾られていたその絵をとても気に入っていました。ユダヤ人贔屓《びいき》もあるのでしょうけれど、祖母は絵のモデルが哲学者スピノザだと固く信じていました」

スピノザの家でクララ・ブリンクマンが述べた感想と同じだった。

話を一緒に聞きながら、森本はクララに連絡をしなければと気づいた。昨夜はホテルに戻っていないので、きっと心配しているに違いない。クララが無事でいるのも確かめたかった。

10

「ユタカ、心配していたのよ。さっきホテルに連絡したら、いつの間にかチェックアウトがされているので、とても驚いたわ」

携帯電話の先で、クララ・ブリンクマンが少し強い調子で声を上げた。どうやら怒っているらしい。

「許してくれ。昨日スピノザの家で君と別れてから、実はいろいろと予想外の事が起きてね。簡単に説明できないので、後でゆっくり話すことにするよ」

森本はひとまずそう釈明した。

「夜にも何度も電話をしたのよ。昨夜はホテルに戻らなかったのね？　一体、あなたは今どこにいるの？」

「ユトレヒトという町だ。ユキも一緒にいる」

「ユトレヒトですって？」

クララが驚いて、さらに声を上げた。

「そうなんだ。ユトレヒト郊外にある城の中にいる。ここに連れて来たのはスピノザの家で会ったエマニュエル・デ・マンだよ」

そこまで話して森本は、秘密の内容を電話で伝えるのは避けたほうがいいと考えた。

「これからハーグに戻る。到着したらすぐにマウリッツハイス美術館に行くよ」

「今日は朝から、ウィーンから来た科学分析の専門家が調査をしているの。終えたところで一緒に結果が聞けるわ。午後の三時か四時くらいかしら」

「わかった。たぶん時間に間に合うように行けるだろう。それと、クララ――」

「何？」

「身の回りに注意してくれ」

「急にどうしたの？　面白い人ね。身の回りにはいつも注意しているつもりよ」

森本がどんなつもりで言ったか、クララには当然わからない。しかしそれ以上話すのは止めにした。

エマニュエル・デ・マンが同乗し、森本と由紀の二人はヘリコプターでハーグに戻った。郊外の農場にあるヘリポートに着陸すると、待機していた黒いリムジンに乗り、運河に面したロスチャイルド家の邸に到着した。地下トンネルを使ってスピノザの家に行き、そこからタクシーを呼んでマウリッツハイス美術館へ向かった。

受付でクララ・ブリンクマンとの面会を伝えると、すぐに建物の地階にある広い研究室に案内された。中に入ると、資料と一緒に見慣れない精巧な器具が並び、内部の気温と湿度が人工的にコントロールされているのが肌でわかる。それらに囲まれて、クララともう一人の男がいた。二人の目の前に、日本で発見された絵が専用の検査台に固定されている。

「こちらはウィーンの美術史美術館から来た科学分析専門家のヨアヒム・リッチェルよ」

クララが紹介した。森本より少し年上だろうか、背が高く引き締まった身体で、美術の専門家というより技術者に見える。短いあいさつを交わしたが、お世辞にも愛想がいいとは言えない。

まだ分析がすべて終わっていないようだった。森本は部屋の隅にクララを連れて行き、由紀と一緒に昨日からのいきさつを説明した。

クララも、最初は信じられないという顔を見せた。しかし、ロスチャイルド家に金の暗号箱が保管され、スピノザの短信で触れられている秘密の鍵言葉がそれを開けるためのものだと聞いて、強い興味を示した。ヨアヒム・リッチェルの作業が終わったところで、その謎解きに挑んでみることにした。

予定していた科学分析が終わると、ヨアヒム・リッチェルが説明した。

「この絵に使われた絵の具と溶剤だが、成分が『絵画芸術』のそれと極めて似ている。同一のものと断定して間違いないだろう。それと、カンヴァス地も一枚の同じ布から切り取られたと考えられる。織り模様が一致している」

クララの日本での直感を裏付ける結果だった。森本も今では真作だと確信している。

「最後に調べることは、画中画の『絵画芸術』と実作品との比較だ。実物は日本で出展中だが、高精細の画像データがここに入っている」

ヨアヒム・リッチェルが一枚のＤＶＤを手に取って見せると、横のデスク上のワークステーション（高性能の小型コンピューター）に差し入れた。マウスを使って分析用の専用プログラムを起動し、スクリーンに『絵画芸術』のデジタル画像を映し出した。実物の絵で見るよりはるかに鮮明だ。その分析プログラムを使うと、絵の特定の部分を自由に拡大縮小したり、ほかとの間に補助線を引いたり、遠近法の消失点を探して示す、といったことが自在にできるという。日本で発見された絵は高性能のデジタルカメラで撮影してすでにワークステーションに取り込んであるので、両者の比較ができるのだ。

　ヨアヒム・リッチェルが画面を左右に分割し、二つの画像を並べて映した。左側が実作品の『絵画芸術』、右側が今回の絵の画中画を拡大したものだ。

「細部の微妙な色使いや絵筆のタッチまで、ほとんど同じだわ」

　クララが感嘆の声を上げた。確かに、見ていて区別がつかない。フェルメールの技量に驚くほかはない。

「同一の画家が描いたと結論して、もう間違いない」

　プログラムを操作してほかにも比較をした後で、ヨアヒム・リッチェルが断定した。

「実は、『絵画芸術』の中に、ある言葉への手がかりが描き込まれている、という説があるの。それを見つけたいのだけれど、手伝ってもらえるかしら?」

　クララが慎重にそう切り出した。事情をわざと曖昧にしている。突飛な依頼にもかかわらず、ヨアヒム・リッチェルは少しも迷惑な様子を見せなかった。

「Aで始まる九つの文字か数字の言葉らしいことはわかっているの。ヒントは〈女神クリオと王冠の小さな枝が指し示す〉よ」

　四人はスクリーン上の全体の画像をじっと眺めた。

「女神クリオは絵の中でモデルになっている青い服を着た女性よ。トランペットと書物を手に持ち頭に月桂冠を被っているのが、クリオの象徴なの。でも、何かを指し示しているようには見えないわね。それに、どこにも王冠など描かれていないわ」

フェルメールの専門家であるクララには、そのあたりはもう十分承知なのだろう。先に進めず、四人はたちまち途方に暮れてしまった。

「絵が一度完成した後に描き入れたのではないかしら？　だとすると、両方に何か違いがあるのかもしれないわ。もっと細かく調べてみてはどうかしら？」

由紀がそう提案した。森本もなるほどと思った。Cの手紙によれば、彼女は画中画を後になって見て、記憶の中の『絵画芸術』と照らし合わせることで鍵言葉に気づいたのだ。

「ユキ、いいところに目をつけたわ」

クララも同意して声を上げた。

「『絵画芸術』は一六六七年頃の制作なので、それを画中画にした右側の絵はその後で描かれたはずよ。同じ絵の具と溶剤が使われているとわかったので、おそらくすぐ後だと推定できるわね。一方で、フェルメールは『絵画芸術』をずっと手もとに置いていたから、一度完成した後で何かを描き入れることは可能だったはずよ。あのスピ

――」

言いかけて、クララが止めた。ヨアヒム・リッチェルがいるので、スピノザの名前を出さないようにしたのだ。短信の日付は一六七五年になっていた。その頃にフェルメールに依頼したのであれば、確かに一度完成された絵に後から描き加えたのだろう。

「女神クリオの部分を拡大してもらえるかしら？　頭部をもっと大きくしてもらえるといいわ。王冠でなくても、頭の月桂冠が何か関係あるのかもしれないわ」

ヨアヒム・リッチェルがマウスを操作すると、左右の絵の女神クリオの頭部がスーッと拡大した。それを眺めて、全員が思わず息を呑んだ。明らかな相違があったからだ。

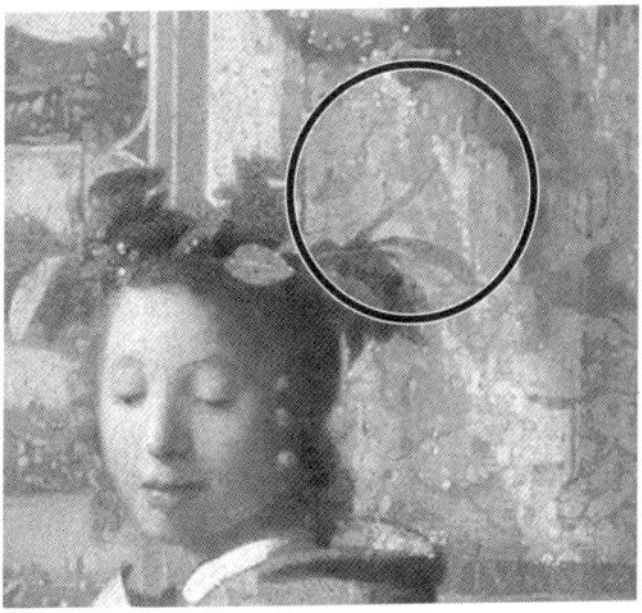

女神クリオが被る月桂冠から、細い葉とも枝とも見えるピン形のものが斜め右上方に向かって伸びている。それは左側の『絵画芸術』だけにあって、右側の画中画には無いのだった。

「どうやら、一つ手がかりが得られたわね」

クララの言葉に、森本と由紀も興奮してうなずいた。

「確かに、何かを指しているように見えるけれど、でも何かしら？」

由紀が疑問を口にした。

全員がまた絵を眺めた。当然のように気づいたのは、背後の壁に掛けられている大きなネーデルラント全体の地図だった。

「クリオの頭部が背後の地図のちょうど左下の隅に位

置しているので、斜め右上に伸びている細い葉か枝のようなものは、地図上のどこかを指しているように見えるわ。地図の同じ左下の隅の縁に、実はフェルメールの署名があるの。画家からの隠されたメッセージとして場所を合わせたとも取れるわ」

クララがそう指摘した。見ると確かに画家の署名があった。

ヨアヒム・リッチェルに頼んで、細い葉か枝の先が指す方向に赤く補助線を引いてもらった。それは背後の地図上を対角線に近い形で伸びて、上の縁に達した。しかし線上に特別なものがあるようには見えない。

「もう一つのヒントである〈王冠の小さな枝〉が何かわからないと、ダメなのね」

クララが思案する表情で言った。

「それは、必ずしも絵に描き込まれたとは限らないのじゃないか？　その言葉が意味するものを考えるべきかもしれない」

意外にも、ヨアヒム・リッチェルが意見を述べた。妙に自信のある様子だ。

「地図がネーデルラントの全図であることを考えると、〈王冠〉は当時ネーデルラントを支配していたスペイン王家を意味しているのだろう。中央に大きな縦じわが描かれているが、横が南北方向なので、その左側が南ネーデルラント、右側が北部ネーデルラントつまり現在のオランダだ。ヨーロッパ最強のスペイン帝国に比べればはるかに小さい国だが、北部七州は連合してスペインと戦い独立を果たした。枝分かれにたとえて、それを〈王冠の小さな小枝〉と表しているのだろう。だとするとAで始まる九文字は、オランダ共和国の中心都市だった『AMSTERDAM』(アムステルダム)に違いない」

見事な推理だった。ヨアヒム・リッチェルの豊富な歴史の知識に森本は驚いた。答えを承知していたような明晰な説明に、クララもすっかり感心した様子だ。

その瞬間、森本の心の中で小さく叫ぶ声がした――。

森本はとっさに耳を澄ませた。「いいえ違うわ。フェルメールは画家なのよ。言葉の比喩になど頼らないの」――恭子の声だ。過去の記憶ではなく、心の中で生きているように恭子がこの場で声を発している。

「――でも、フェルメールは画家なのに、言葉の比喩に頼るのは変だ」

気がつくと、森本はそう口に出していた。

クララが驚いたように振り返った。そして彼女も同じく腑《ふ》に落ちない表情になり、視線をまた画面の絵に戻した。

「確かにそうね。言葉の比喩に頼ったとは思えないわね。それに『AMSTERDAM』なら、なぜクリオの月桂冠の細い葉か小枝をそっちに向けなかったのかしら? 地図の上でずいぶんと方向がズレているわ」

確かに、アムステルダムは赤い線のずっと右寄りに位置している。

「しかし、王冠など『絵画芸術』のどこにも描かれていない」

ヨアヒム・リッチェルが自分の意見を否定されたことに気を悪くしたのか、少し感情的に反論した。それでもクララは考え続ける様子を見せた。その表情が突然輝いた。

「いいえ、あるわ。王冠は描かれているわ！」

クララが叫んだ。

「天井から吊り下がっているシャンデリアよ」

森本も由紀もその部分を見た。言われてみれば、豪華な金色のシャンデリアは王冠に似ていなくもない。丸い中心の部分から燭台を持つ枝が何本も出ていた。

「そうだったわ。当時のオランダで、こうした装飾的な枝付き燭台を持つシャンデリアは、まさしく〈王冠〉と呼ばれていたの。それに、シャンデリアの上部にある双頭の鷲はスペインのハプスブルク王家の象徴だわ。シャンデリアの部分を拡大してくれるかしら？」

ヨアヒム・リッチェルがマウスを操作した。

「あるわ！　小さな枝が確かにあるわ」

真っ先に気づいて叫んだのは、由紀だった。

森本もすぐに気づいた。左側の『絵画芸術』の拡大されたシャンデリアを注意して見ると、中央の丸い本体に隠れるようにして、ほかより小さい枝が一つ描かれている。

右側の画中画にはそれが無かった。

「これが〈王冠の小さな枝〉よ」

　クララが勝ち誇ったように言った。

「小枝全体の方向が下の地図に向かっているわ。少し不自然に左に傾いてもいる。小枝の一番下の湾曲点から枝の向きに沿って、補助線を引いてくれないかしら？」

　ヨアヒム・リッチェルが再びマウスを操作した。画面の上にもう一本の赤い線が下に伸びて、女神クリオの月桂冠から伸びた斜めの線と地図上で交わった。

「ベネルクス三国（オランダ、ベルギー、ルクセンブルク）のできれば大きな地図が無いだろうか？」

　森本が声に出して言った。

「ユタカ、その必要はないわ。地図が無くてもどこを指しているのかわかったわ」

　クララが確信に満ちた調子で言った。

「アントワープよ。アムステルダムではなく、アントワープなのよ」

　しかし、と森本は思った。

「クララ、アントワープ（ＡＮＴＷＥＲＰ）は七文字だ。見つけたい言葉の九文字にならない」

「いいえ、なるのよ」

　クララが再び振り返って、森本を見た。興奮を抑えられない様子だ。

「アントワープ（ＡＮＴＷＥＲＰ）は英語よ。オランダ語では『ＡＮＴＷＥＲＰＥＮ』（アントウェルペン）になるの！」

　クララが叫んだ。ヨアヒム・リッチェルがまだ何か言いたそうだったが、森本もクララも耳を貸さなかった。

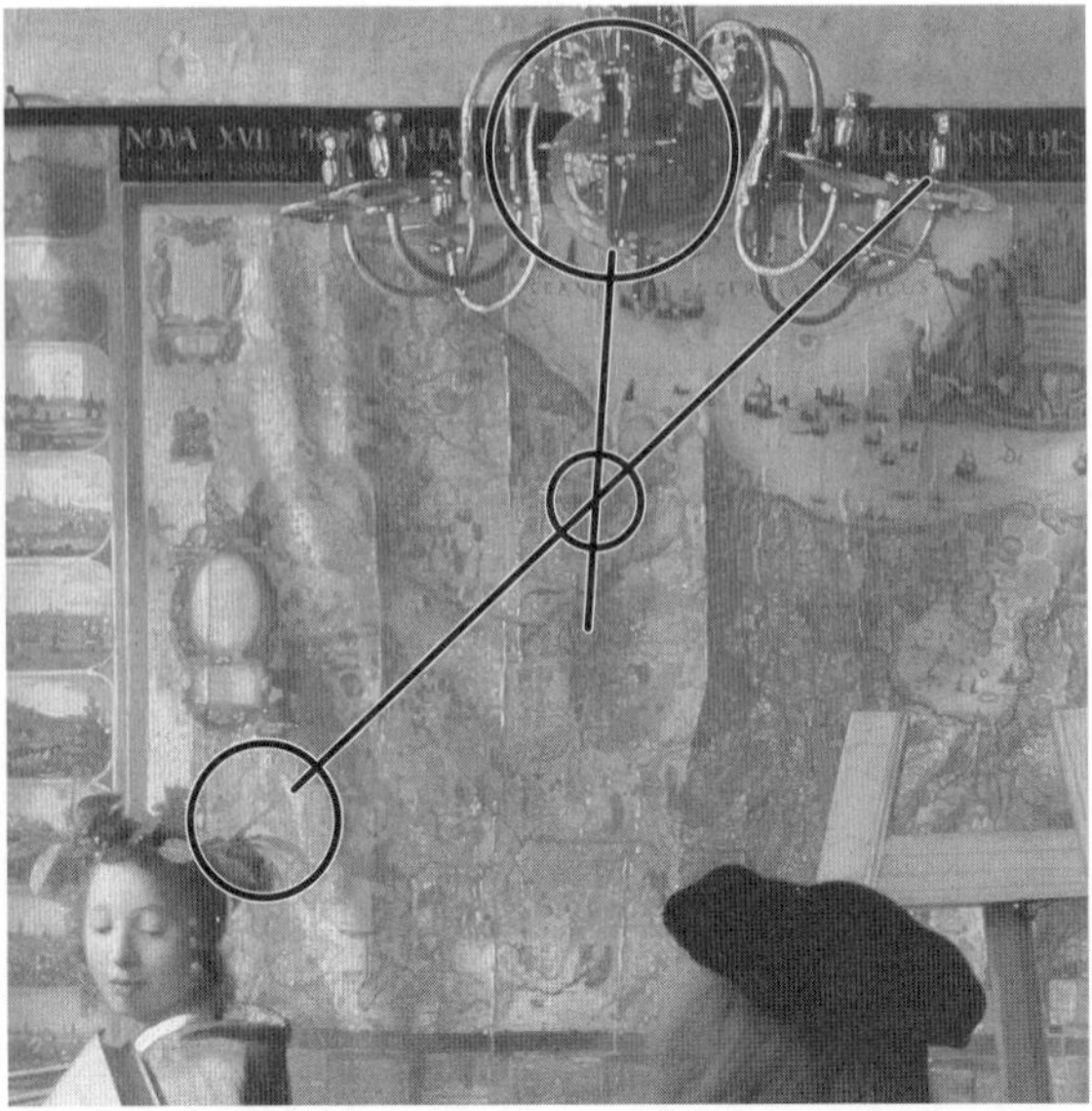

彼は知らないが、ロスチャイルド家が保管している金の暗号箱はアントワープで制作されたのだ。間違いなかった。

その瞬間、別の何かが森本の意識に引っかかった。『ANTWERPEN』という言葉に関係している気がしたが、うまく思い出せない。

場の興奮がようやく冷めて、森本はあらためて不思議な気持ちになった。恭子が助けてくれたのだ。あのまま『AMSTERDAM』だと思い込んでいたら、金の暗号箱に隠されている秘密が永久に失われてしまうところだった。自分は守ってやれなかったのに、心の中の恭子が逆に助けてくれている……。

11

ユトレヒト郊外のロスチャイルド家の城に、クララ・ブリンクマンも加えて再び全員が集まった。昨日と同じ広い応接間に続く会議室のテーブルの上に、金の暗号箱が置かれている。

「バルフ、あなたが開けるのよ」

車椅子のマダム・エレーヌが横に付き添うバルフに言った。二人は今日も黒衣装に身を包んでいる。帽子とジャケットの胸にそれぞれ一輪の赤いバラの花を挿しているのも同じだ。

バルフが前に進み出て、金の暗号箱に手を伸ばした。まず横に掛けられた小さな閂を外し、次に最初の『A』に続く文字盤を左から順にセットしていった。全員が息を殺して見つめている。文字盤が一つセットされる度にカチリと小さな金属音が響き、嫌でも緊張が高まっていく。

バルフの指の動きを眼で追っていた森本は、『ANTWERPEN』（アントウェルペン）の文字がしだいに現れるのを見て、昨日意識に引っかかっていたものが何か、不意に思い出した。しかし口に出さなかった。

九文字すべてをセットし終えたところで、バルフが振り返ってマダム・エレーヌを見た。無言の同意を与えるように、マダム・エレーヌがゆっくりとうなずいた。

対になった扉の小さな取っ手を左右の指がつかみ、三〇〇年以上も閉じていた箱の扉が音も立てず滑らかに開いた。純金製で錆びることがないのだろう。

箱の内部は連動する大小の歯車が所狭しと並んでいた。設計図で見た通りだ。しかしそれらは噛み合うことなく、きれいに整列したままになっている。隙間に一枚の紙片が挟まれているのを見て、全員の口から安堵の息が洩れた。

バルフがピンセットを使い細心の注意を込めて紙を引き出すと、テーブル上に用意された浅いガラスケースの中に置いた。全員が眼を凝らして一斉に覗く。

紙片には何か簡単な地図のようなものが手書きで書かれていた。教会らしい十字形の建物があり、横に〝J〟の文字が添えられている。建物内部の一ヶ所には特定の場所を示すように〝X〟の文字がある。建物から離れたところに道か河を示すのか、一本の太い線が引かれ、そこには〝S〟の文字が添えられていた。その太い線上の一点

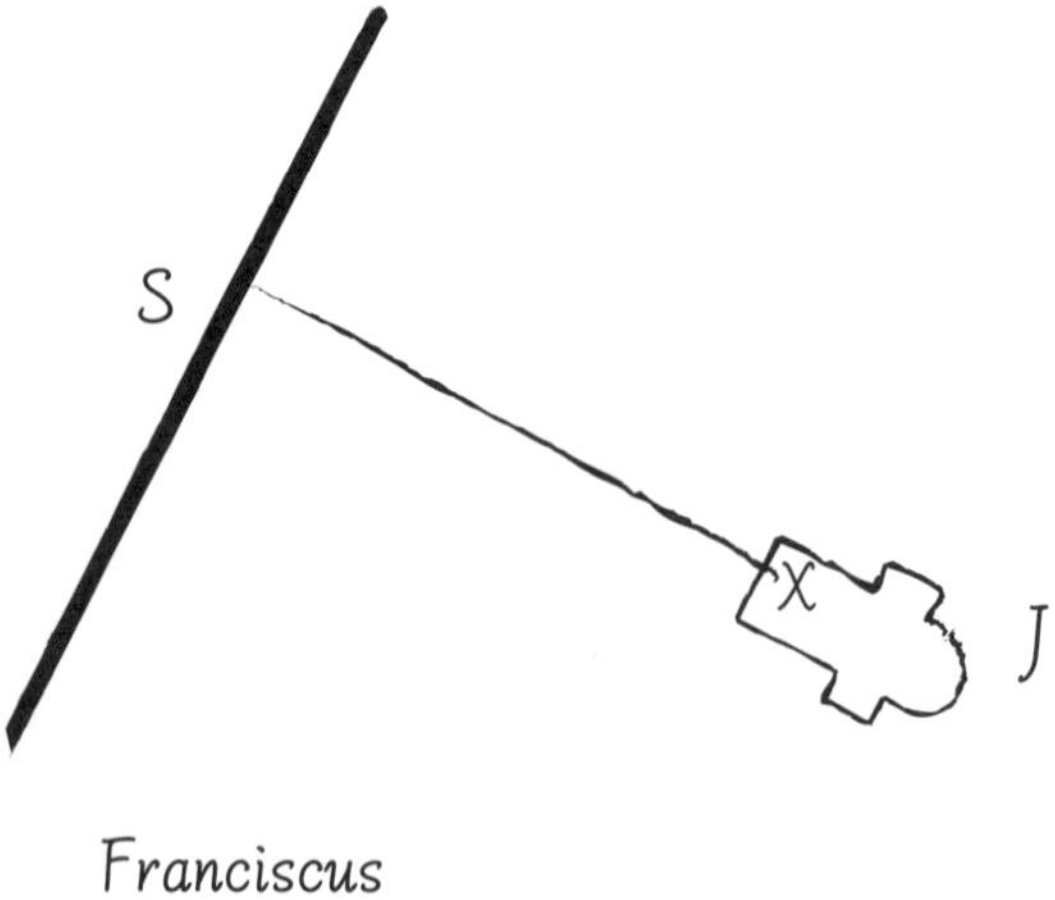

から別の細い線がほぼ直角に伸びて、さっきの建物内の〝X〟印まで結んでいる。紙片の一番下の隅にはFranciscus（フランシスクス）と署名があった。

「金の暗号箱の設計図にあった署名だ。同じ人物がこの地図も書いたと見える」

　エマニュエル・デ・マンがすぐに気づいて、口に出した。

「地図とすれば一体どこかしら？　建物が教会のように見えるので、〝J〟はイエスを表すのかしら？　太い線は河のようだわ。フェルメールの墓があるデルフトの旧教会なら、確かにスヒー河という〝S〟で始まる名前の河が町の外を流れているわ」

　クララが推理しながら言った。

「いや、それでは〝X〟の印は金の暗号

箱を埋めた場所を示すことになってしまう。その地図を当の箱に入れても意味がないだろう」

エマニュエルが意見を述べた。確かにその通りだ。

「外箱を開ける鍵言葉が『ANTWERPEN』、つまりアントワープであることを考えると、この地図はそこにある場所を示しているのではないでしょうか？　アントワープではルーベンスの祭壇画を持つ聖母大教会が名高いですが、もう一つ聖ヤコブ教会という大きな教会があります。添えられた〝J〟の文字は"Jacob"（ヤコブ）の頭文字だと考えられます。それにシュヘルド（"Schelde"）河という、〝S〟で始まる名前の大きな河もあります」

会話を聞いていたバルフが、自分の意見を口にした。

「アントワープには何か特別なことがあるのかもしれない。ヒトラーは戦争の末期に、報復兵器と呼ばれたロケット弾V2を本来の目標であるイギリス本土だけでなく、アントワープにも多数撃ち込んでいる。連合国軍の海軍基地を攻撃したと言われているが、ほかに理由があったのかもしれない」

エマニュエルも同意するように付け加えた。

「そうだ、内箱はどうなっているのだろう」

森本が気づいて注意を促した。

外箱の扉は紙片を取り出すところで一度止まるようになっている。バルフが扉をさらに開くと、下からもう一つの箱が姿を現した。閂は付いていないが外箱と同じ造りで、九つの文字盤が横に並び、左端の最初の文字盤に今度は『E』がセットされている。額の部分に宝石ではなく平たい銘版があり、何か言葉が彫られている。

「ラテン語です」

バルフが教えた。

「何と書いてあるのだ？」

エマニュエルが聞くと、バルフが一度読み上げた。

「〈見出すことは困難ではあるが、不可能ではない〉という意味です」

聞いた全員が一瞬、途方に暮れた表情を浮かべた。

「内箱の扉を開けるヒントなのかしら？　単なる揶揄《やゆ》のようにも聞こえるわ」

クララが自問するように言った。

「試そうとしているのか、何だか小馬鹿にされているような気もする」

森本も感じたままを口にした。

「森本さん。私の曽祖父が手帳に書き残したのが『E』に続く数字八つで、ちょうど九字分あるわ」

今村由紀が教えた。そうだ、忘れていた——森本は上着の内ポケットから手帳を出して、そのページを開いた。ライデン大学のゼークハルト教授も同じ可能性に触れていた。

「内箱の鍵言葉を見つけて手帳に書き残したのかしら？」

由紀が迷うように言った。しかし、これだけではまったく意味がわからない。

「判断できないな。もしヒトラーが内箱の鍵言葉を解明して、今村武郎がナチスの仕業で行方不明にされたのなら、それを知った可能性も否定できないだろうが――」

森本が考えられるのはそこまでだった。一〇〇パーセントの確信がない限り、試すわけにはいかない。

「中央の5と4の間にある赤いカンマは、どういう意味ですか？」

バルフが二人に質問した。

「それは最初からあったのではなく、彼女の父親が後から書き加えたものだ。何か意味があるのだろうが、それもわからない」

森本が事情を話した。

「父はいつ、これを書き加えたのかしら？　ハーグにいた間になのかしら？」

由紀が気になるのか、そうつぶやいた。

するとエマニュエルが背後に下がって、マダム・エレーヌと二人だけで小声で話を始めた。何かやっかいな事を相談している様子だ。

「マドモアゼル、あなたに話がある」

決心したように、エマニュエルが再び前に出て、由紀に声をかけた。

「あなたの父親に関することだ――」

とっさに、由紀の顔が緊張で固くなる。

エマニュエルは由紀の反応を見ながら、慎重に口を開いた。

「ハーグでスピノザの家を訪れたと知って、その後の調査をした。一〇年以上も前だが、正確な日付がわかっていたので比較的楽だった。あなたの父親はその翌日と翌々日にもハーグに滞在し、複数の人物と会ったようだ。祖父の行方不明について調査を続けていたのだろう」

由紀は全身を耳にして聞いている。彼女の父親が事故死した直前の事なのだ。

「翌々日の八月二六日の夜には、面会した人物と市内のレストランで食事をともにしている。その後で真夜中近くにホテルに戻ろうとして、近くの運河に転落して死亡した――そうだね？」

由紀が緊張した表情のまま黙ってうなずいた。

「ハーグの警察からは事故死だと聞かされたのだな？」

エマニュエルが念を押すように質問した。

「ええ。日本から連れて行ってくれた伯父と一緒に、警察の地階にある安置室で父の遺体と対面したのを覚えています。担当者から死因について伯父に説明があって、死亡の診断書も日本に持ち帰っているはずです」

「警察に記録として残されている事故の調書を見ると、死体を解剖した結果、胃に食事の残留物が多くあり、血液からかなりのアルコールが検出された、とある。それで酔って運河から転落して死んだと、そう結論されている」

「伯父からもそう聞きました。でも父はお酒をほとんど飲まない人でした。何か理由があって無理して飲み、ひどく酔ってしまったのだろうと伯父は言っていました」

そう話しながら、由紀自身が納得していないようだった。

「事故というのは偽りだ」

エマニュエルが直截《ちょくせつ》に言った。

「どういうことでしょう？」

由紀が驚いて聞き返す。

「事実をストレートに伝えるが、いいかな？」

エマニュエルに聞かれて、由紀が覚悟を決めたようにうなずいた。

「死後に取られた死体の写真を細かく見ると、手首と足首に紐のようなもので縛られた痕跡がある。おそらく酔った状態で複数の人物によって手足を縛られ、声も出せないようにされて運河に投げ込まれ溺死したのだ」

「ひどい、そんな――」

由紀が絶句した。顔面が震え、次の言葉が出るまでにひどく時間がかかった。

「私には信じられないわ。だって、安置室で見た父の顔はとても穏やかだったもの。私はまだ子供だったけれど、今でもはっきりと覚えているわ」

「その程度の細工なら難しくはない。溺死した後で一度死体を運河から引き上げ、手足を縛っていた紐を外して、顔面も直したのだ」

「誰が、父をそんなひどい目に――」

由紀の顔が引きつったようになり、最後まで言えなかった。

「Zだ。一〇年前というのは、やつらの活動が活発になった時期と重なっている」

「――一体何のために」

由紀の身体が震えている。

「マドモアゼル。ここからは推測だが、あなたの父親は第二次世界大戦当時の祖父の消息を追う中で、行方不明に関わるナチス・ドイツの犯罪に気づいたのだろう。しかし確とした証拠が無く、今さら政府や警察に言っても相手にされないので、自分で調べようとしたのだと思える。『Cの手記』がナチスに奪われたことも知って、それも一緒に捜し出そうとしたのだろう。それが逆にZの知るところとなり、情報提供者を装ってあなたの父親に会おうと呼び出した。日本から持参した祖父の手帳と古い二通の手紙をホテルのフロントに預けたのは、あなたの父親も多少は不審に感じて用心したのだろう。面会のあと事故死に見せかけて、運河に落とされたのだ」

「ひどい！　そんなこと許せない、絶対に許せないわ！」

抑えていた感情が爆発したように、由紀が立ち上がって激しく叫んだ。

眼にたちまち涙があふれ、全身をわなわなと大きく震わせた。引きつった顔でなおも何か口にしようとしたが、そのままドサッと音を立てて床に崩れ落ちてしまった。

バルフが急いで近づいて、由紀を膝に抱きかかえた。森本も慌てて手伝った。

「何て可哀相なのでしょう。手段を選ばないあの連中のすることだわ――」

マダム・エレーヌも眼に涙を浮かべた。

元気よくハキハキしているように見えて、由紀は父親の死への悲しみを心の奥深くに秘めていたのだ。森本はようやくそれに気づいた。ここ数日間の驚くような出来事の連続に、そうでなくても由紀は疲れていたのだ。無理に気を張っていたのが限界に達してしまったに違いない。外回りに慣れた新聞記者の森本でさえ疲労を感じていた。

「辛い話を聞かせてしまい――、申し訳ないことをした。このマドモアゼルはハーグの邸に戻らずに、しばらくこの城に滞在して休養したほうがいい。十分な看護をしよう」

エマニュエルの言葉に従い、森本とクララは由紀を城に残すことにした。

12

朝のまぶしい陽射しを顔に受けて、森本豊は目を覚ました。

まだ寝ぼけたような状態の頭で、自分がどこにいるのだろうと考えた。昨日ユトレヒトからクララ・ブリンクマンと一緒にハーグに戻り、運河に面したロスチャイルド家の邸に一人で宿泊したのだと、ぼんやり思い出した。

大きな窓に視線を向けると、ブラインドがいつの間にか上がっている。太陽がもう高く、どうやら、久しぶりの落ち着いた一夜ですっかり寝過ごしてしまったらしい。ベッドの脇にあるテーブルの小時計が一〇時過ぎを示していた。窓は昼夜閉じたままだが、ブラインドがこの時間になると自動で上がるのだろう。室内の空調も自動制御されているらしく、空気に重い感じが少しもしなかった。

森本は起き上がろうとはせず、そのまま横になっていた。オランダに来てからあまりにも予想外の展開が続き、頭の中で少し整理が必要だった。

ふと、ユトレヒトに残した今村由紀はどうしているだろうと考えた。あまりそのことに注意を向けなかったが、由紀はまだ二〇歳の若さで両親をすでに亡くしているのだ。幼い頃に病死したという母親はともかく、父親が実は殺されたのだと知って、ひどくショックを受けたのだろう。

森本はそれから死んだ恭子のことを考えた。一人でこんなふうに無為に過ごしていると、想いがどうしても恭子のことに向かってしまう。すると自分の無力を責める気持ちになり、投げやりな気分に落ちてしまうのだ。

いつもなら闘病していた時期をあれこれ考えてしまうのに、でも不思議と今は、恭子が元気だった頃のことが思い浮かんだ。

結婚してからの数年間、二人はアパート暮らしだった。ダイニングキッチンと寝室にあとは部屋一つだけのアパートで、その北向きの一部屋を恭子がアトリエ代わりに使っていた。昼も夜も外回りで忙しくしていた森本は、自分の部屋など無くても困らなかったからだ。恭子は日中のほとんどを絵を描いて過ごしたが、手作りの夕食だけはいつも用意してくれていた。絵の具や溶剤の臭いがダイニングにまで漂って恐縮して謝ったが、森本は少しも気にならなかった。

恭子にとって絵を描くことが生きることそのものだった。生活できるほどではなくても、恭子の絵が持つ独特の静謐さを愛して、繰り返し購入してくれるファンはいた。森本もいつの間にか恭子の絵が好きになり、心の中で誇らしくさえ感じていた。

森本はそこで、最近になってからの自分の変化に気づいた。

ふとした折に心の中で恭子の声がするようになった。あのマウリッツハイス美術館で鍵言葉の謎解きをしていた時もそうだった。

森本はようやく起き上がると、窓辺に近づいて明るい外の光景を前に思いを凝らした。

恭子が――心の中で生き続けてくれているのだろうか？　それならば強くなれる気がする。

森本は洗面を済まし、身支度を整えた。

ドアをノックする音がして、開けると給仕が朝食を手に立っていた。タイミングがいいのはこちらの動きがわかっているからなのだろう。

食事をしていると、今度はエマニュエル・デ・マンが現れた。

「食べながら聞いてくれ。さっきユトレヒトのバルフと連絡を取ったが、日本のマドモアゼルは元気だ。気持ちもすっかり落ち着いている」

そう聞いて、森本は安心した。

「今日は、これからどうするのだ？」

エマニュエルが予定を確かめた。

「マウリッツハイス美術館でクララ・ブリンクマンに会い、一緒にまたライデン大学を訪ねようと考えている。そこの歴史学教授にもう一度会って、金の暗号箱を設計したフランシスクス・ファン・デン・エンデンという人物について尋ねてみる」

森本は、それ以上は語らなかった。

「二人だけでは危険だ。Zにいつまた襲撃されるかわからない」

エマニュエルが危惧の色を浮かべた。

「――それでは、これを一個渡しておこう」

大きな腕時計のようなものを取り出すと、森本に渡した。

「腕時計だろうか？」

「そうだが、われわれ専用の携帯電話と高性能のトランシーバーが一体になっている。Zに対抗するために特別に作られたもので、われわれの間ではコールウォッチと呼んでいる。携帯電話はベネルクス三国とドイツ、フランス、そしてオーストリアなら自由に通話ができる。民間に開放されていない周波数域の一部が政府との特別契約で使えるのだ。通信が自動的に暗号化されるので盗聴の心配もない」

森本は感心して、あらためて手にした腕時計を眺めた。

「何かあればこれで連絡をしてくれ。短縮番号の1が私、2がマダム・エレーヌ、3

がバルフへのホットラインだ。4を君にセットしておく。相手から掛かると番号が点滅して、ピッ、ピッと着信音が鳴る。音を出したくない場合は微弱な振動に変えられる。それと、この小さなスイッチで切り替えればトランシーバーになる。数キロメートル程度の距離なら大深度の地下でも地上と連絡ができる。高性能のリチウム・イオン電池が使われているので長時間充電しなくても大丈夫だ」

エマニュエルが説明して、使い方を教えた。

「私はこれからまたユトレヒトに行く。その後でドイツとポーランドに向かう予定だ」

「ドイツとポーランドに?」

「ナチス・ドイツの秘密地下基地があったと思われる場所の調査をする」

「エマニュエル。ナチスに奪われた『Cの手記』はどこにあるのだろうか?」

森本が気になっていたことを聞いた。

「ヒトラーが最期まで潜伏していた南ドイツの秘密地下基地だろう。今は、そこを拠点にしているZが持っていると思える」

そう考えを述べると、エマニュエルは部屋を去った。

森本は、日本に記事を送らなければならないことを思い出した。しかし予想もしなかった事態で、絵の調査に関する取材がほとんどできていなかった。

マウリッツハイス美術館に到着すると、館内の雰囲気が異様だった。警備員の数がいやに多く、森本が受付で面会の約束を伝えると、露骨に探るような視線を向けられた。クララ本人が姿を見せる代わりに警備員が監視するように付き添って、一昨日と同じ地階の広い研究室へ連れて行かれた。研究室の扉も押し黙ったように閉じられ、警備員が入室用のカードを差し込んで開けた。中に入ると、そこにも鋭い目つきの私服姿の男がいて何かを調べている様子だった。

「ユタカ、大変な事が起きたのよ」

森本の姿を認めてクララが足早に近づき、血相を変えて話し始めた。

「日本から届いた絵が持ち去られてしまったの」

「何だって！　一体誰が？」

森本は驚いて聞き返した。

「ヨアヒム・リッチェルよ。今日も予定の時間に来るはずなのに姿が見えないので、変だと思ったの。ホテルに連絡したら滞在を切り上げて去った後だったわ。ここへの入室カードを許可されて持っていたので、調べることがあると言って誰よりも朝早く姿を現して、絵を奪いそのまま逃走したのよ」

クララが怒りと口惜しさを同時に顔に浮かべた。

「――何ていうことだ」

森本はそれ以上言葉が出なかった。日本で発見されたフェルメールの作品がこんなにも簡単に奪い去られてしまうとは。正式な鑑定の結果真作となれば、日本のみならず世界全体の至宝となるはずなのだ。

おそらくあの男もZの一味だったに違いない。まったくもって油断ならない相手だ。

「警察にはすぐに連絡したの。でも行方がつかめていないのよ」

クララは動揺を抑えきれない様子だ。

絵の盗難は国際警察へも通報され、当面は秘密のまま捜索が続けられることになったという。自分が何もできないことに森本は歯がゆさを感じたが、捜査の進展を待つしかなかった。

ゼークハルト教授との再度の面会に同行することを、森本はクララに頼んだ。絵の調査ができなくなり、彼女は問題なく受けてくれた。

クララがその場で電話をした。幸い教授は大学にいて、今日なら都合がつくとのことだった。二人は早速出発した。

前回と同じ研究室で、森本とクララはゼークハルト教授に面会した。

「フランシスクス・ファン・デン・エンデンという人物について詳しく教えてもらい

たいのです」

　森本が依頼を伝えた。

「エンデンなら哲学者スピノザのラテン語の教師だった人物だ。なぜかね？」

　さすがにゼークハルト教授は知っていた。

「Cの手紙にあるイニシャルがFという人物がエンデンだという可能性があるのです。Cやその父親にラテン語を教えたのはエンデンではないかと推測しています」

　森本はロスチャイルド家が保管する金の暗号箱のことは伏せた。

「なるほど。Fはファーストネームであるフランシスクスのイニシャルということだな」

「前回はそう考えられなかったのですか？」

　森本が念のために聞いた。

「そこまでは考えが及ばなかった。スピノザのB（バルフ）と同様だが、ということはCとその父親はエンデンともかなり親しかったことになる。私は特に研究してはいないが、ちょうど最近になって、ベルギーのゲント大学の教授がエンデンに関する詳細な調査結果を発表している。その資料にアクセスしてみよう」

　ゼークハルト教授が部屋中央のテーブルにあるPCに向かうと、森本はその背後に立った。前回と同じくシステムの画面がパスワードを入れるよう促すと、教授の太い指がまた一文字ずつキーを叩いていった。メニューの画面が現れ、検索フィールドに教授がフランシスクス・ファン・デン・エンデンと入力すると、資料のリストが表示された。その中から必要なものを選んでプリンターに印刷し、教授が少し時間をかけて読んだ。

「どうやらエンデンは、想像していたよりもずっと謎めいた人物だよ。実に波乱に満ちた生涯を送っている」

ゼークハルト教授が資料を置いて、顔を二人に向けた。

「生まれたのはベルギーのアントワープだ。そこにある聖ヤコブ教会で洗礼を受けた記録が残っている」

「アントワープの聖ヤコブ教会――」

森本が思わず声に出して、クララと顔を見合わせた。

「何か思い当たることがあるのかね？」

「いや、アントワープでは有名な教会なのですか？」

「有名なのは聖母大教会のほうだろう。ベルギー最大のゴシック建築で、画家ルーベンスの最高傑作であるキリストの降架を描いた祭壇画がある。だが聖ヤコブ教会も由緒ある教会だ。ルーベンスの墓もこちらの教会にある」

ゼークハルト教授が視線を一度資料に戻して、話を続けた。

「エンデンの若い頃に関しては良くわかっていないが、イエズス会の学校で教育を受けて神学や哲学を学んだ。ラテン語もそこで学んだのだ。大変優秀で、後に自ら教師になって各地で教えたようだ。しかし三一歳の時に突然イエズス会から追放されてしまう。正確な理由は不明だが、自由思想的な考えを持つようになり、会の教えに反したと言われている。それから数年間のエンデンの消息は不明だ」

「正確に何年のことかわかりますか？」

森本がさらに質問した。

「エンデンは一六〇二年の生まれだから、年齢に照らすと一六三三年頃だろう。再びアントワープに現れたのが一六三八年で、それまでの四、五年間の消息は不明だ」

オランダ通詞だった今村藤八郎が出奔したのがまさに、一六三七年だった――。

森本は心の中でそう声にした。

エンデンは消息不明の期間にオランダ船で日本にやって来て、今村藤八郎を知ったのではないか？　そして帰国する時に藤八郎の密出国を助け、一緒にオランダに連れて来たのではないだろうか？

クララも同じことを考えたらしく、二人はまた顔を見合わせた。

「エンデンはその後間もなくアントワープで結婚をした。一六四〇年の三月で、彼が三八歳の時だ。当時としてはかなりの晩婚だったことになる」

その年の六月に、今村藤八郎はこのライデン大学に入学したのだ。

「相手の女性はクララ・マリア・フェルメーレン（Clara Maria Vermeeren）という女性だ。エンデンよりずっと若く、実家は良家で資産家だった」

画家のフェルメール（Vermeer）と名前が似ているのは、単なる偶然だろうか？

「やがて一家はアムステルダムに移り、そこで最初は美術品や書物の販売業を営んでいたが、破産をして、新たにラテン語学校を開いた。そこにスピノザが入学をしたのだ。一六五二年、スピノザが二〇歳の時だとされている。この学校でエンデンはラテン語だけでなく、哲学や科学や自由思想的なことも教えたらしい。後になってエンデンは無神論者だという噂が広まり、それでラテン語学校も立ち行かなくなってしまう。スピノザも影響を受けて、ユダヤ教団から破門されてしまう」

そのあたりはロスチャイルド家の城で、バルフからも聞いた話だった。

「後年になってからのエンデンとスピノザの関係は良くわからない。エンデン自身はやがて過激な革命思想家へと変わっていく」

「革命思想家に？」

森本は思わず聞き返した。

「そうだ。アムステルダムでラテン語学校が立ち行かなくなったあと、エンデンはフランスのパリに移って、そこで新たにラテン語学校を始めた。だが、エンデンはもははや単なるラテン語教師ではなく、自由な共和制を熱烈に信奉する政治思想家になっていた。彼は絶対王政を敷いて民衆に悲惨な生活を強いていたルイ一四世への謀反を企て、それが発覚して死刑に処せられてしまう――」

「死刑だって？」

森本は驚いて声に出した。一緒に聞いていたクララも真剣な表情になっている。

「ルイ一四世に不満を持っていたフランスの反乱貴族と結んでノルマンディーで武装蜂起を起こし、その地に自由共和国を樹立しようとしたらしい。当時、ルイ一四世のフランス軍がオランダに侵攻して、オランダは滅亡の危機に瀕していた。エンデンは自由なオランダ共和国を守りたいとも考えたのだろう。しかし企みが発覚して、パリ近郊で官憲に捕縛され、死刑の宣告を受けてバスチーユ広場で絞首刑になった。一六七四年の一一月、エンデンが七二歳の時だ」

実に驚くような話だった。それに、ロスチャイルド家の城でエマニュエルから聞いたヤン・デ・ウィットの話と結びついてくるように思える。

「消息が不明だという一六三三年頃から一六三七年の間に、エンデンが日本に行っていた可能性が考えられるだろうか？」

森本が話を戻して質問した。

「手紙を書いたCという女性の父親との関係を考えているのかね？」

「そうです」

「考えられなくはない。当時のオランダ東インド会社は船員を集めるのに四苦八苦していた。危険な上に雇用条件が良くなかったからだ。船員の多くが下層階級の出身か孤児院育ちだったと言われている。外国から船員になるためにやって来た貧しい者も多かった。エンデンのように知識も技術もあれば大歓迎されただろう」

それならば、オランダ通詞の今村藤八郎が平戸のオランダ商館でエンデンに出会った可能性がある。藤八郎の密出国を助けたのはやはりエンデンではないだろうか？

「ところで、話を変えるが――」

今度は、ゼークハルト教授が話題を転じた。

「スピノザの短信にある秘密の鍵言葉が何か、君たちにはわかったのかね？」

教授が前回取った短信の写真を示した。

「いや、依然としてわかっていない」

森本がそう答えた。横でクララが不審な表情をしているのが見なくてもわかった。

「あの手帳にあった〈Ｅ１０７５４７５６〉の意味は？」

教授が急に冷ややかな表情になって聞いた。

「そちらもまったくわかっていない」

森本が今度は正直に言った。

話がそこで途切れて、どことなく気まずい雰囲気になった。

二人は最後に、エンデンに関する資料をマウリッツハイス美術館のクララ・ブリンクマン気付で送ってくれるよう頼んで、教授との面会を終えた。

「ユタカ。秘密の鍵言葉がわかったことをなぜ教授に告げなかったの？」

大学の門を出たところで、クララが早速質問をした。

「教授はもう知っている――」

「どういうこと？　意味がわからないわ」

「クララ、教授はもう知っているのだよ」

「どうしてそう考えるの？」

クララが半ば呆れた表情になった。

「教授の研究室にＰＣがあっただろう。大学のシステムを立ち上げる時に教授がパスワードを入れたのだよ。それが『ＡＮＴＷＥＲＰＥＮ』（アントウェルペン）だった」

「――」

クララが驚いて歩みを止めた。

「間違いない。今日は実はそれを確かめる目的もあった。最初にゼークハルト教授を訪ねた時に、偶然に後ろから見ていたんだ。スクリーン上は『＊』の文字が出るだけだが、教授は指が太いのでキーを打ち損ねないよう一本指で一文字ずつ入力していた。それを見ていたのさ。マウリッツハイス美術館で鍵言葉が『ＡＮＴＷＥＲＰＥＮ』だと君が発見した時に、記憶に引っかかるものがあった。その時は良く思い出せなかったが、その後で今度はロスチャイルド家の城で、バルフが金の暗号箱の文字盤に『ＡＮＴＷＥＲＰＥＮ』と一文字ずつセットしていった。それを見ていて記憶が蘇った。今日は教授の背後ではっきりと確かめた。間違いなく、『ＡＮＴＷＥＲＰＥＮ』と入力していた」

「偶然の一致――のはずがないわね。なぜ教授が知っているのかしら？」

クララもたちまち不審な表情に変わった。

「わからない。知っていながらなぜ隠しているかもだ」

二人はライデンの駅へとまた歩き始めた。

「クララ、今からアントワープに行こうと思う。君も一緒に来られるかい？」

森本が聞いた。さっきからそうしようと考えていたのだ。

「日本で発見された絵が持ち去られてしまったので、今は国際警察の捜査にまかせるしかないの。だから大丈夫よ。ハーグからなら国際列車のインターシティ（ＩＣ）が頻繁に出ているので、アントワープまで一時間半ほどで行けるわ。まだ正午前だから、これから行っても十分に帰ってこられるわね」

ベネルクス三国は地理的には一つの国のようなものだ。日本なら県と県をまたぐ感覚だった。

確たる見込みは無いが、森本は金の暗号箱に収められていたエンデンの地図に従い、聖ヤコブ教会を訪ねるつもりだった。新聞記者特有の勘が働いた。

「聖ヤコブ教会に行くのね？」

クララが森本の心中を言い当てた。

13

クララが話した通り、ハーグからベルギーのアントワープまで一時間半足らずで到着した。

パリのヨーロッパ総局時代、森本は取材で何度か来たことがある。だが、いつも半日ほどの短い滞在だった。かつてはヨーロッパ最大の貿易港を持ち、フランドル地方の商業の中心として殷賑《いんしん》を極めた都市だ。やがて北のアムステルダムに繁栄を奪われてしまう。アールヌーボー風の巨大なアーチ型の装飾を持つ壮麗な駅の建物に、スターとして一世を風靡しながら今は脇役に甘んじる老男優を想像してしまう。

駅前の通りにダイヤモンドの店が軒を連ねている。世界のダイヤモンド取引きの中心地だとエマニュエル・デ・マンが話していたのを思い出した。二人はタクシーで聖ヤコブ教会へ直行した。

ほんの数分の乗車だった。大通りから小さな通りを少し入った所で停車すると、運転手がここだと告げた。教会正面ではなく建物の横に見学者用の入口がある。運良く午後は一般に公開されていて、二人は見学料を払い中に入った。ほかには数名の見学客がいるだけだ。渡されたリーフレットの説明に一五世紀から一七世紀にかけて建てられたゴシック様式の建築とある。であれば確かに、エンデンやスピノザの時代と重なる。オランダと異なり、ベルギーはカトリックの国だった。内部は荘厳な雰囲気に満ち、主祭壇の裏側にルーベンスの遺体を埋葬した礼拝堂があった。

閉館まで一時間ほどあり、森本はさてどうしたものかと考えた。とりあえず一渡り堂内を回ってから、地図に〝X〟と印されている場所のあたりに行った。扉を閉じた正面入口に近い左側側廊の太い石柱の付近だ。黒光りする床石の下は墓になっているのか、良く見ると紋章や何かの文言と一緒に名前と年号がそこかしこに彫られている。しかしそれだけでは何もわからず、クララと二人で途方に暮れているうちに閉館時間になってしまった。ほかの見学客はとっくに姿を消している。

それでも二人が立ち去らずに残っていると、一人の若者が近づいてきて声をかけた。いかにも実直な印象を与える。話し方が妙にゆっくりしているが、どのみち森本にはわからない。クララが相手をして、それから森本に英語で説明した。言葉はオランダ語の方言のようなもので、正確にはフラマン語と呼ぶらしい。

「彼の名前はヨハンで、この教会の守衛だそうよ。代々この聖ヤコブ教会の守衛をしている家系らしいわ。話してもいい範囲で事情を説明したけれど、どうやら難しい話はダメなようなの。でもお祖父さんがまだ元気で、第二次世界大戦中のベルギーがドイツ軍に占領されていた時代に守衛をしていたらしいのよ。教会の敷地内に住んでいるというので、頼んだら話を聞かせてもらえることになったわ」

どんな些細な手がかりでも良かった。森本が笑顔を向けると、若者も倍にして笑みを返した。守衛にしては人が良過ぎないかと余計な心配をしてしまう。

交差廊の反対側の先にあるのが教会の関係者が使う出入口だった。ヨハンがそこから二人を建物の外へ連れ出した。中庭を挟んで奥に古びた石造りの離れ屋があり、そこが守衛の家だった。狭い階を重ねた造りで、背後は外部の別の建物の壁と背中合わせになっている。

厚い木製のドアの前に立って、ヨハンが大きな声で叫んだ。すると内から扉が開いて、一人の老人が姿を現した。第二次世界大戦中に現役で守衛をしていたとなると、かなりの高齢に違いない。年輪を刻んだ深いしわの中に両眼が半ば埋もれている。しかし眼光に鋭さがあり、まだ矍鑠《かくしゃく》とした様子だった。

ヨハンが老人に懸命に語り始めた。事情を説明しているのだろうが、老人は要領を得ない様子で、聞きながら値踏みをするように視線をこちらに向けた。森本を無言で見ていたが、クララが話しかけると納得したらしく、家に入るように言った。

家の中は広くはないが、整理されていた。電気も通りテレビや家具もあるが、壁や天井が裸の石や木のままで、まるで中世の住居に迷い込んだ気分になった。奥に上の階へつながる狭い階段がある。壁にじか造りの石積みの暖炉に白い灰が残っているので、五月の下旬でも寒い日には火を燃やすのだろう。その前に置かれた古びた揺り椅子に老人が身を沈めた。テーブルは木製の厚い板を台に張っただけだ。使い古した長ソファーに座るようにと、老人が森本とクララに勧めた。ヨハンは暖炉の縁の部分にそのまま腰を下ろした。

森本には言葉がわからないので、クララが会話の区切りで英語に訳してくれた。老人の名前はヤン・メステールだという。

「ヨハンから聖ヤコブ教会の守衛を代々なさっている家系と聞きましたが――」

「そうじゃ。わしで一〇代以上になる。兄弟や親戚の者が継いだこともあったが、メステール家に連なる誰かがずっと続けてきたのじゃ。だが、このヨハンで最後じゃよ。わしのたった一人の孫だが、幼い時に親の不注意で頭に損傷を負って、それで知恵遅れになってしまったのじゃ。両親はヨハンを置いてどこかに逃げてしまって、わしがここでずっと育ててきたのじゃよ」

高齢でも、メステール老人の言葉ははっきりとしていた。

「ヨハンは天使のような心を持っておる。それに五感が鋭敏で、動きがとても敏捷でしてな。夜の闇の中でも自由に動き回ることができるのじゃ。守衛にはもってこいじゃよ。神のご加護に違いない。わしの後を継いで立派に務めておるからのう」

メステール老人がそう言って、ヨハンへ視線を向けた。可愛くてたまらぬらしい。ヨハンも嬉しそうな笑顔を浮かべている。祖父を無条件に信頼しているのだとわかる。

「ドイツ軍がベルギーを占領していた時に、この教会の守衛をなさっていたのですね？」

クララが尋ねた。

「ああ、そうじゃよ。わしはこの聖ヤコブ教会を守って一日たりとも離れなかったわ」

その口調から、ナチス・ドイツに快くない感情を持っているのだと取れた。クララに促されて、森本が金の暗号箱に入っていたエンデンの地図の写しを出した。

「〝J〟の添え字のある建物が聖ヤコブ教会だと考えています。〝S〟の添え字がある線はアントワープを流れるシュヘルド河でしょう。ナチス・ドイツのヒトラーが戦争中にこれと同じ地図を手に入れて、何かの目的で使ったのです。この聖ヤコブ教会で、そうした動きがなかったでしょうか？」

メステール老人が記憶をゆっくりと探る様子を見せた。何かに思い当たったようだった。

「そういえば、正確にいつだったか覚えておらんが、ドイツの兵隊どもが大挙してここにやって来たことがある。それも深夜じゃったよ。軍用トラックが何台もやって来て、教会正面前の通りに列をなして停まると、わしに扉を開くように言ったのじゃ」

一度思い出すと、記憶がさらにはっきりしたようだった。

「正面の扉をすべて開けると、他言するなと言われて、この家に戻されたのじゃ。しかしわしは灯りを消したまま、実は屋根裏部屋の窓の隙間からずっと様子を窺っておったのじゃよ」

メステール老人はその時の光景を思い出そうと、深いしわに半ば埋もれた眼をいっそう細めた。

「兵隊どもの作業はほとんど夜を徹して行われたのを覚えておる。昼間だと人目につくので避けたのじゃろう。最初は何か、教会の内部で地下を掘っているような音が響いてきたのじゃ。かなりの時間それが続いて、わしがいい加減に眠ろうかと思った時じゃ、やつらが何かを運び出し始めた。そうじゃ、それは実に驚くような光景じゃったよ」

メステール老人の顔が急に生気を帯びた。昔の記憶が鮮明に蘇ったのだ。

「長いこと思い出さんでいたが、あんな光景は忘れようとしても忘れられんぞ。やつらが教会の中から運び出したのは何と、棺桶じゃった。それも半端な数ではないんじゃ、次から次へと大型の軍用トラックに載せていった。窓の隙間から月明かりの下で台車を押す兵隊どもの行列が見えたくらいじゃ」

「教会から遺体を運び出したのですか？」

さすがにクララが驚いて、老人に聞き返した。

「わしも最初はそう思ったのじゃ。何と神を恐れぬやつらじゃとな。守衛であるわしもとんだ罰当たりの手助けをしてしまったと、空恐ろしくなったものじゃよ。ところが棺桶に入っていたのは、実は遺体ではなかったのじゃ。棺桶が古く中の物が重かったせいじゃろう、運ばれている最中に一つが壊れて、台車から地面に落ちたのじゃ」

「何が入っていたのですか？」

クララの質問に、老人は急にギョロリと眼を開いた。しわの間に埋もれていた眼がこんなに大きくなるのかと、森本はびっくりした。

「一体何じゃと思うかね？　金塊じゃよ。棺桶の中に入っていたのはすべて金塊だったのじゃ。落ちた塊が最初は月明かりで鈍く光って見えた。兵隊が台車に戻すために照明を当てると、夜でも眼にまばゆく輝いて、それが金塊だとはっきりわかったのじゃ。あんな大量の金塊を見たことは一度もないぞ。大型の軍用トラックに何台分もじゃ」

メステール老人が放心した表情になった。

「金塊が隠されていたのがきっと、地図に〝X〟と印された場所の地下なのだわ」

クララが英語で告げ、森本もうなずいた。

「そうじゃ。その時の物がある。ヨハン、お前が座っているその場所じゃ」

メステール老人がまた何かを思い出したと見え、暖炉の縁に腰を下ろしていたヨハンに言った。

「そこの縁の石が一つ外れるじゃろう」

ヨハンが立ち上がると、縁石の一つが他の部分と異なり黒ずんだ色をしている。手をかけるとゴトリと音がして、四角い石の塊が外れた。

「ドイツ軍のやつらが去った朝に、すぐに教会の中を調べてみたのじゃ。確かにその〝X〟の印があるあたりじゃったよ。正面の扉に近い身廊《しんろう》の床一面に掘られた形跡が残っておった。すっかり元に埋め戻されて、床石も敷き直されておったが、その石だけが壁の隅に置き去りにされておったのじゃ。太い石柱の足元の床石の一部じゃったが、そこにはセメントが流し込まれておった。何かのためにと持ち帰って、暖炉の縁石に使っておったのじゃが、すっかり忘れておったわ」

メステール老人がそう話し、ヨハンが黒ずんだ四角い石を森本に差し出した。

手に取ると、石の一つの面に何か浮き彫りのようなものがある。

「クララ、ここに何か彫られているが、ひどく摩滅して良く判別できない」

クララが近づいて、一緒に確かめた。

「薄い紙があるかしら？　それから鉛筆か木炭があると助かるわ」

クララが頼むと、ヨハンが素早く動いて紙と鉛筆を持ってきた。クララが手にした紙を石の表面に当て、上から器用に鉛筆でなぞっていった。美術館の学芸員らしく手慣れたものだ。

浮き彫りの図柄の写しが紙の上に現われてきた。それを見て、二人は言葉を失った。

「――これは、スピノザの印章じゃないか」

「ええ。楕円の中にバラの花の小枝と〈CAUTE（用心せよ）〉の文字よ。イニシャルのB、D、Sの三文字が無いけれど、間違いないわ」

「名前をあからさまに出すことを避けたのだろう」

森本はそう推測した。

金の暗号箱に収められた地図の目的が、これではっきりとわかった。聖ヤコブ教会の地下に隠された大量の金塊の秘密の場所を示していたのだ。

メステール老人にていねいに礼を述べて、森本とクララは聖ヤコブ教会を去った。大通りに出て、ちょうどやって来た路面電車でアントワープ中央駅に戻り、ハーグに帰るインターシティ（IC）に乗った。午後の七時を過ぎていたが、外はまだ明るい。車窓を美しい田園風景が流れていき、やがてオランダとの国境を越えた。

「何の見込みも無くやって来たのに、驚くような収穫だったよ」

森本は満足して、クララに話しかけた。

「本当にそうね。ヒトラーは隠された大量の金塊を狙って、デルフトの旧教会にあるフェルメールの墓から金の暗号箱を奪ったのね。そして『絵画芸術』に描き込まれた秘密の鍵言葉への手がかりの謎も解くと、箱を開けてエンデンの地図を得たのだわ。それがアントワープの聖ヤコブ教会であることも見抜いて、地下に隠されていた金塊をまんまと手に入れたということね。でも、隠されていたのが大量の金塊だと最初から知っていたのかしら？」

「そうした内容が『Cの手記』に書かれているに違いない」

森本が答えた。

「戦争中にナチス・ドイツが持っていたという大量の金塊がそれだったのね。自殺を偽装して逃亡したヒトラーは原爆の開発に加えて、戦闘の継続に必要な潤沢な資金も持っていたのだわ」

「その大量の金塊が、今はZの手に渡っているのだ」

エマニュエルから聞いた話が、森本の頭の中で結びついた。

「だが、そんな大量の金塊を誰が何の目的で、聖ヤコブ教会の地下に隠したのだろう？」

森本は自分に問いかけるように言った。

「今日のライデン大学のゼークハルト教授の話によれば、エンデンはルイ一四世に対する反乱を企てていたということだったわ。それと関係しているのではないかしら？」

「軍資金ということかい？」

「ええ」

「しかし、一介のラテン語教師に過ぎないエンデンに、どうやってそんな大量の金塊が準備できたのだろう？」

「エンデンを助けた、あるいは彼にそうさせた人物がいたということね。金の暗号箱の設計をエンデンに依頼したヤン・デ・ウィットではないかしら？　当時、繁栄の絶頂にあったオランダ共和国の実質的な宰相だった彼なら、十分にできたことだわ」

なるほどと森本も納得した。

「だが、どうにも腑に落ちないのは、そんな国と国との戦争や陰謀のような話に、スピノザやフェルメールが本当に関係していたのだろうか？」

「ヤン・デ・ウィットの政治を思想的に擁護したスピノザなら、あり得ると思うの。バルフが言っていたように、ヤン・デ・ウィットは金の暗号箱を信頼するスピノザに託したのではないかしら。でも画家のフェルメールが関係していた事情は、まったく想像がつかないわ」

「明日またエマニュエルに会って、今日のことを話そう。彼はドイツとポーランドの国境地帯で戦争中のナチス・ドイツの秘密基地を調査するのだと言っていた。その結果も聞けるだろう」

ハーグに到着したらまずエマニュエルに連絡を取ろうと、森本は思った。

「クララ。金の暗号箱の外箱についてはわかってきたが、まだ内箱が残っている。一体どんな秘密が隠されているのだろう」

「何よりも、開けるための鍵言葉を知ることが先ね」

「『E』で始まる九つの文字か数字だが……」

森本はつぶやいた。今村武郎の手帳にある〈E10754756〉の解明もある。こちらもまったく謎のままだ。

森本は気分を変えようと窓外を眺めた。遅い午後の穏やかな田園風景が流れていく。視線を戻すと、クララのきれいな青い眼があった。さっきからそうして森本を見つめていたらしい。嬉しさと疑問が入り混じった眼をしている。

「どうしたのだい？」

森本は戸惑いを覚えた。

クララはすぐには答えなかった。一度小さく下を向いてから、また森本を見た。

「今日はまる一日、あなたは死んだワイフのことを考えずにいたわ」

森本がそうだったかと自分を振り返ると、クララが軽く笑みを浮かべた。

「愛した人を記憶に留めるのはいいの。でも、悲しみに浸り続けるのはよくないもの――」

森本は今日の朝のことを思い返した。恭子が心の中で生きているように感じられた。それが理由だろうか。

「クララ。マウリッツハイス美術館で鍵言葉の謎解きの最中に、フェルメールは言葉の比喩になど頼らないと、とっさに声に出しただろう?」

「ええ。私たちが『AMSTERDAM』(アムステルダム)だと誤りかけた時ね」

「あれは彼女が――、妻が心の中でそう叫んだからだよ。思わず声に出して繰り返していた」

クララが不思議そうに森本を見た。

「この頃そんなふうに、彼女の声が心の中に聞こえることがあるのさ。何かを教えようとするみたいに」

「…………」

森本はそこで気持ちを新たにした。

「――どうあっても、フェルメールの絵を必ず取り戻すよ。心の中の彼女がそうしてほしいと強く望んでいる気がする」

クララがゆっくりとうなずいた。

14

次の日、スピノザの家の応接室に森本豊とクララ・ブリンクマン、そしてエマニュエル・デ・マンと理事長のアレクサンデル・ヘイデンが集まった。昨日のうちに森本が連絡しておいたのだ。

エマニュエルはドイツとポーランド国境地帯での調査から帰ってきたばかりで、精悍な顔にさすがに疲労の色が浮かんでいた。

「マダム・エレーヌとバルフ、それに日本のマドモアゼルにも入ってもらおう」

エマニュエルが言って、部屋の中央の角テーブルにある操作盤のボタンを押すと、壁のテレビ会議用の大型スクリーンに映像が現れた。ユトレヒトのロスチャイルド家の城の中にある会議室だ。今村由紀とバルフ、そして車椅子に座ったマダム・エレーヌが並んで映っている。向こうのテーブル上にも大型の液晶スクリーンがあり、こちらの様子が映っているようだ。

「マダム・エレーヌ、お早うございます。ご気分はどうですか？」

「ありがとう、エマニュエル。素晴らしく良い気分よ。昨晩はマドモアゼルに日本の話をいろいろと聞かせてもらったの。とても興味深かったわ」

森本は由紀の元気な様子を確かめて安心した。父親の死の真相を知らされた時のショックからどうやら回復したらしい。

「森本さん、心配をかけてごめんなさい。もう大丈夫よ」

画面の中の由紀が口を開いた。ほんの二日しか経っていないのに、彼女が妙に大人びたように森本は感じた。横でバルフが見守るように見つめている。

「まず、君たち二人がアントワープで調べた結果を聞こう」

森本とクララに、エマニュエルが横から促した。

クララが、二人で聖ヤコブ教会を訪れたこと、第二次世界大戦中に教会の守衛をしていたメステール老人からドイツ軍の秘密行動について話を聞くことができたこと、その内容について詳しく話した。

「なるほど、われわれが推測した通りだ。ヒトラーはマドモアゼルの曽祖父から奪った『Cの手記』の内容から、大量の金塊が隠されたことや、その地図を収めた金の暗号箱がフェルメールの墓にあることを知ったのだ。それでオランダに侵攻するやいなや、真っ先に墓をあばいて箱を奪った。ナチスが大量の金塊を保有していた理由も、それで説明できる」

エマニュエルが了解したように言った。

「問題は、そんな大量の金塊を誰が何の目的で準備し、そこに隠したのかだが――」

今度は森本が口を開き、ライデン大学のゼークハルト教授から聞いた話の内容と、それに基づくクララの推理を話した。

「――隠し場所の地図を書いたフランシスクス、つまりファン・デン・エンデンは、単なるラテン語の教師ではなかったという。彼は自由な共和国を熱烈に信奉する政治思想家で、フランスに渡ってルイ一四世に反対する貴族たちと組んで反乱を企てようとしていたということだ。大量の金塊は、その軍資金だったと考えられる。ちょうどフランスとオランダの間に戦争が始まろうとする時で、反乱を援助するために軍資金を準備したのはオランダの政治指導者だったヤン・デ・ウィットではないかと考えられる」

「それならば、エンデンに金の暗号箱の設計を命じたのがヤン・デ・ウィットだったことと符合します。ルイ一四世から盗まれた青いダイヤモンドの半分が箱に象嵌されたのも説明がつきます。しかしその後で、フランスがオランダへの侵略を開始したまさにその年に、ヤン・デ・ウィットは暴民によって虐殺されてしまいました」

テレビ画面の中からバルフが言った。

「エンデンのほうは、武装蜂起の計画を実行に移す前に謀反の計画が発覚し、捕えられてパリのバスチーユ広場で絞首刑に処せられたということだ」

森本が付け加えた。

「それで軍資金として用意された大量の金塊が使われることなく、聖ヤコブ教会の地下に隠されたままになっていた、ということなのだな」

エマニュエルが納得した表情を見せた。

「その大量の金塊は、Cが父親に宛てた手紙の中でスピノザの遺訓として書いているように、オランダ国の所有に帰すべきものじゃないか。それをヒトラーが奪ったのだ」

森本の言葉に怒りの響きが加わった。

「その地図を金の暗号箱に収めたのも哲学者のスピノザということなのかしら?」

今度はクララが質問した。

「聖ヤコブ教会の床の敷石にスピノザの印章が彫られていたのですね?」

バルフが確かめ、少し考える様子を見せてから話を続けた。

「ひとつ奇妙な歴史上の事実があるのです。一六七三年、つまりヤン・デ・ウィットが暴民に虐殺された次の年に、当時オランダの大部分を占領していたフランス軍の総司令官である大コンデ公に面会するために、スピノザが敵軍のまっただ中を通ってハーグからユトレヒトへと赴いたのです」

「敵軍の総司令官に会いに行ったのだって？　一体何のために？」

森本が思わず声を上げた。

「学術にも造詣が深かった大コンデ公の招待だったと言われていますが、スピノザのほうに何か理由があったとも考えられます。それもよほどの事がなければ、そんな行動は取らないでしょう。金の暗号箱や軍資金として準備された大量の金塊に関係していたのかもしれません。聖ヤコブ教会の床に彫られた印章は、スピノザが少なくとも秘密を知っていたことを暗示しているように思えます。結局、大コンデ公が不在で会えなかったのですが」

何か交渉するつもりだったのか、哲学者にしては何とも不可解な行動だと森本は考えた。

「いろいろとわかってきたのに、画家のフェルメールがどう関係していたのか、それが依然として謎だわ」

クララが指摘した。

「その通りだ。もう一つの金の暗号箱がなぜフェルメールの墓に副葬されることになったのか、そこにもスピノザが関係していたのか――いずれにしても、『Cの手記』

にそうした事情が書かれているに違いない」

エマニュエルが応じた。

「エマニュエル。ドイツとポーランドの国境地帯に調査に行って、何かわかったのだろうか？」

森本が話をそちらに向けた。

「では、その事に移ろう。こちらも進展があった。行ってきたのはポーランド西部のドイツと国境を接した下シロンスク地方だ。以前からナチス・ドイツの地下基地があったことで知られていて、一部は発見され観光名所にもなっている。その地方に戦争中から伝わる噂があるのだ。一つは、ナチスの秘密の金塊が隠されているというもので、今の話と関連しているように思える。もう一つは、戦争中にデンマークやノルウェーから科学者や技術者が連れてこられて秘密兵器の研究をしていたというのだ。それは『ワンダフル・ウェポン』（素晴らしい兵器）と呼ばれていた」

「『ワンダフル・ウェポン』だって？」

「そう。実に意味深長な呼び名だよ」

エマニュエルが皮肉を込めて言った。

「第二次世界大戦が終わる数ヶ月前の深夜のことだが、町の住民は突如ものすごい轟音で目を覚まし、郊外の森の中で巨大な火柱が上がるのを見た。そして町に駐屯していたドイツ軍が一斉に退去していったのだ。翌日に住民がその場所を訪れると、地下で大爆発があったとわかった。退却に際してドイツ軍が秘密施設を破壊したのだ。直後にその地方にソ連軍が進駐し、爆破された一帯は完全に立ち入り禁止にされた。ソ連軍は徹底的な調査を行った後に、地下施設にセメントを注入して完全に埋め戻した。われわれは以前から、その場所にウランの濃縮施設があり、原爆の開発が行われていたと推測していたのだ」

「――――」

「しかし確証が無かった。それが最近、ひょんな偶然から新たな事実がわかったのだ」

「新たな事実が？」

「そう。近くの森の中で遊んでいた子供たちが、地中から盛り上がる大きな岩の陰に陥没している小さな穴を見つけた。自然の穴だと最初は考えられたが、調べてみると実はその下のかなり深い所に人工のトンネルがあり、そこから出ている換気口のようなものだとわかった。これまで未発見のもので、トンネルの一方は爆破された地下施設に通じていたが、もう一方は近くにあるクションシュ城という城の地下につながっていたのだ。ポーランドで最も壮麗な城の一つで、観光の名所になっている」

「城の地下だって？」

森本は驚くばかりだった。

「そうなのだ。その城を戦争中にドイツ軍が司令部として使っていた。地下に造られた防空シェルターがまだ残っている。ところが新しく見つかったトンネルは、その防空シェルターではなく、もっと大深度の地下へ通じるものだとわかった——」

エマニュエルが思い浮かべて確かめるように、一度言葉を切った。

「——地下シェルターのさらに一〇メートルほど下に、コンクリートで密閉された大型のエレベーターが隠されていた。森からのトンネルはその入口へ通じていたのだ。コンクリートを崩して地上に用意した電源につなぐと、驚いたことに立派に動いたよ。勇を鼓して乗り込んだが、あまりに地下深く降りていくので、戻れるか不安を覚えたくらいだ。城がある地上から真下に数百メートルはあるだろう。ようやくエレベーターが停止して扉が開くと、秘密の地下施設がほぼ完全な形で残っていた。ホールや廊下の壁には鷲と鉤十字の紋章があった」

「ヒトラーが密かに温存していたという精鋭部隊の秘密基地だろうか?」

森本が聞いた。

「その一つに間違いない。紋章は精鋭部隊特有のものだ。原子爆弾の開発施設を破壊して退却した時に、その地下基地も放棄したのだろう。地下の専用エレベーターをコンクリート壁で密閉しておけば発見されないと考えたに違いない。破壊せずに残したのは、後になって再び使用するつもりだったのだろう」

　森本は記者として興奮を覚えた。とんでもない特ダネが次々と出てくる。

「興味深い発見もあった。ヒトラーが使うことを想定した書斎付きの個室があったのだ。扉の金メッキのプレートに『総統』の文字が刻まれていた。そして、ここからがマドモアゼル、あなたの曽祖父に関係してくるのだが——」

　エマニュエルが画面の中の由紀に視線を向けた。

「まず、この写真を見てくれないか。現場で撮ったものだ」

　そう言って、エマニュエルが胸の内ポケットから一枚の写真を取り出すと、まず森本に見せた。使い捨てカメラで撮ったような安っぽい写真だが、写っている文字は判別できる。

「——これは」

　森本は驚いて見つめたまま、言葉が続かなかった。

　エマニュエルがテーブルの操作盤に付いている小型カメラの前に写真をセットして、ボタンを押した。するとテレビ会議用の画面の一部が分割されて、写真がそこに映し出された。向こうで由紀やバルフたちも同じように見ることができるようだ。

　写真の映像が拡大されると、今度は由紀が驚きの色を浮かべた。殺風景な部屋の壁に〈ＴＡＫＥＯ　ＩＭＡＭＵＲＡ〉と〈Ｅ１０７５４７５６〉の文字が刻まれていたからだ。

「地下施設は二階造りで、上の階に総統と幹部用の部屋や会議室、それに専用の食堂まであった。下の階が一般の隊員用で、一番奥に隔離されたようにこの部屋があり、その壁の隅に刻まれていたのだ。ほかにも名前があり、みな外国人だった。噂通りに、ドイツ国外から連れてこられた科学者や技術者だったと推測される」

画面の由紀を見つめるエマニュエルの表情が、少し厳しいものに変わった。

「マドモアゼル。あなたの曽祖父も一緒にそこに収容されていたのだろう。ドイツ軍が地下の原爆施設を破壊して退却した際に、当時の住民の目撃によるものだが、外国人の民間人捕虜全員が森の中で銃殺されたということだ。生かしておけば精鋭部隊や原爆開発の秘密が露見しかねない。退却の邪魔にもなるので殺されたのだろう。捕虜たちは命が奪われることをおそらく予期して、部屋の壁に名前を刻んで記録を残そうとしたのだ」

「――――」

全員が重苦しく押し黙った。由紀は口を真一文字に結んでいる。

森本は心底から怒りがこみ上げるのを感じた。今村武郎はドイツの同盟国である日本の外交官だったのだ。その人物を秘密裏に殺害するとは――。由紀の父親までが、その流れを汲むZの一味によって事故死を装い殺された。何というやつらだろうか。

「原爆に関係のない曽祖父までが一緒に囚われていたのは、なぜなのでしょう?」

由紀がようやく言葉を口にした。

「『Cの手記』の秘密を守るためと、ナチスに不都合な事実を知ったからだろう。あなたの曽祖父の行方不明の真相は、ナチスによる誘拐だったことになる。それが一九三八年の秋だとすると、このポーランドの事件は一九四五年が明けてからなので、実に六年以上も囚われたままでいたことになる」

「重要な原爆施設まで破壊して、一体どこに行ったのだろう?」

森本が疑問を口にした。

「南ドイツにあるもう一つの原爆施設と秘密基地だろう。ソ連軍が目前に迫ったので敵の手に落ちないよう破壊して、より安全なそちらへ移動したと考えられる。前にも話したように、ロスチャイルド家がドイツとオーストリアの両政府と協力して長年必死で探し続けているが、未だに発見されていない」

「エマニュエル。それについて僕に少し考えがある」

テレビ画面の中から、バルフがエマニュエルに告げた。

「これまでは廃鉱山の地下施設などに目をつけて探してきた。ナチスが強奪した美術品がオーストリアにある岩塩の廃坑に隠されていたりしたからね。でも今回の発見で、むしろそうした城の地下に造られたのだという気がする。数年前にライン河のローレライ近くの山中でドイツ軍の秘密施設が無傷で発見された時も、やはり古城の地下だった」

「そうなのか？」

「ヒトラーは古典的で壮大な西欧の建築様式が好みだった。ベルリンに築いた政府関連の建物を見ればそれが良くわかる。今回のポーランドと同じように、秘密の地下基地を造る場所にそうした城の地下を選んだ可能性が高いと思う」

「このユトレヒトのロスチャイルド家の城も、戦争中はドイツ軍の司令部として使われていたのよ」

車椅子のマダム・エレーヌが言い添えた。

「なるほど、確かに実際的な利点もある。巨大な城が邪魔になって空からの探索が困難だし、歴史的に貴重な建築であれば攻撃も躊躇する。ただし古城といっても、それこそいくらでもある。むしろ鉱山よりも数が多いくらいだ」

エマニュエルが言葉を返した。ヨーロッパに城が多いのはその通りだった。日本ならどの町や村にも必ずある神社や寺のようなものだろう。

「ヒトラーなら何か選択の理由があったのだと思う。それを僕が考えてみる」

バルフが答えた。

「曽祖父がそこにも〈Ｅ１０７５４７５６〉と名前と一緒に書き残したのは、よほど大切な意味があるのかしら？」

由紀がそのことに注意を向けた。

「死を予期して壁に刻んだからには、そうに違いない。何か重要なメッセージを伝えようとしているように思える」

森本も同感だった。やはり金の暗号箱の内箱を開ける鍵言葉なのだろうか？

「エマニュエル。実は一人、手がかりになる人物がいる」

エマニュエルが話を終えたところで、森本がそのことを口に出した。

「ライデン大学で面会したゼークハルト教授だが、金の暗号箱の外箱を開ける鍵言葉を知っている」

「本当か？　こちらが教えたわけでもないのにか？」

「面会中に教授がPCにパスワードを入力するのを背後から見ていたのだよ。それが『ANTWERPEN』（アントウェルペン）だった。最初はたまたま目にしたのだが、念のために昨日クララと二人で会った時にはっきりと確かめた。間違いない」

「金の暗号箱のことも、こちらから話していないのだな？」

「一言も口にしていない。フェルメールの絵に描き込まれた何かの鍵言葉として話しただけだ。偶然の一致とはとても思えない。しかも教授は知っていながら黙っていた」

「ライデン大学の教授や学生にも、少数だがネオナチの運動に共鳴している者たちがいる。だが『Cの手記』に書かれている金の暗号箱のことまで知っているとなると、教授はおそらくZの中心メンバーだ」

エマニュエルが断言した。

「そういえば最初にライデン大学を訪れた時に、面会をセットしていたのは教授のほうよ。私たちが調査に訪れることを大学事務所から聞いてそうしたのだわ。私がマウリッツハイス美術館の学芸員であることも最初からわかっていたわ」

クララが思い出して言った。

「今になって考えると、このスピノザの家を出た所でZの車に襲撃されたのも、ライデン大学に教授を訪ねた後だった。面会中に次の行き先を話したので、教授が前もって連絡したのだ」

森本もそう思い当たった。

相談の結果、森本とエマニュエル、そしてクララの三人で明日また教授の研究室を訪れることにした。危険は承知の上だが、まさか大学の構内でそうした行動には出ないだろう。面会の約束を取らずにいきなり訪問することにした。

「森本さん、私はどうすればいいかしら？」

テレビ画面の中から由紀が聞いた。

「君は無理せずにユトレヒトにいたほうがいい。そのほうが安全だし、ロスチャイルド家の調査が進めば曽祖父の今村武郎についてもっと事情がわかるだろう」

　由紀は素直に受け入れた。

「バルフ。君はそちらで、Zが拠点にしている南ドイツにあるはずの旧ナチスの秘密基地の場所を何とか突き止めてくれ。絵の科学分析専門家としてウィーンから来た人物といい、ライデン大学のゼークハルト教授といい、やつらの動きが迅速で、われわれも急がなければならない」

　エマニュエルの言葉に画面の中のバルフがうなずいた。

「強力で手強い相手よ。だからエマニュエル、それに日本のムッシューと美術館のマドモアゼルも、どうかくれぐれも用心をなさるのよ」

　最後に、車椅子のマダム・エレーヌが祈るように言った。

15

森本は、運河に面したロスチャイルド家の邸に滞在し続けた。

ホテルを引き払ってしまったので、クララに口裏を合わせてもらい、マウリッツハイス美術館が斡旋してくれた宿泊先にいることにしている。日本との連絡はすべて自分の携帯電話だ。

捜査をしている国際警察から厳重な口止めをされているので、日本で発見されたフェルメールの絵が盗難に遭ったことも含めて、オランダに来てからの一連の出来事は新日本新聞社に何も報告していない。マウリッツハイス美術館で絵を調査中だと一度短く知らせたのみで、文化部の中では森本を怠慢なやつだと呆れていることだろう。

部屋で朝食を終えようとすると、エマニュエル・デ・マンが正確に時間に合わせて姿を現す。二人で地下のトンネルを通ってスピノザの家に行き、森本の外出はすべてそこからにしている。

その日はエマニュエルが運転し、まずマウリッツハイス美術館へと向かった。Zの突然の襲撃から森本と今村由紀を守ったあの黒色のベンツだ。すっかり修復がされている。

マウリッツハイス美術館でクララを乗せ、三人でライデンに向かった。

大学の駐車場に車を置き、森本が先に立って進んだ。新しい校舎の建物を入った所にある事務所で聞くと、ゼークハルト教授は在室とのことだった。内線電話であらかじめ連絡するのを断り、そのまま教授の部屋へ向かった。

森本がドアをノックした。教授が出たらその場の勝負と決めていたのに、中から何の応答も無い。

ノブを回すと鍵は掛かっておらず、すんなりと内側に開いた。室内を見渡しても誰もいない。一時的に部屋を出ているというより、いるべき者がいないという感じだった。

「どうやら一足早く逃亡したようだな」

エマニュエルが口にした。

「でも、私たちが来ることを知らないはずよ。どうやって察知したのかしら？」

クララがキョトンとした表情を見せる。

「実は昨日、君たちの話を聞いた後でZの秘密捜査をしている当局と連絡を取った。ゼークハルト教授がZの中心メンバーらしいと、当局もうすうす察知していたよ。教授もそれに気づいて、いつでも逃亡できるよう前から準備していたに違いない。スピノザの家を出た時からわれわれを追跡して、ライデンに向かっているとわかって教授にあらかじめ連絡したのだろう。われわれの動きを捜査当局と一緒の行動だと考えて、急いで逃亡したのだ」

エマニュエルがそう説明した。

森本はそこで、気になっていたことを確かめようと思った。

壁の資料棚から教授の古いダイアリーを取り出した。最初にここで会った時に、由紀の父親の今村敏郎との面会日を教授が示したダイアリーだ。

そのページをもう一度開いた。さらに前のページを確認する。

「やはりそうだ」

森本は小さく声を上げた。

「ユタカ、どうしたの？」

「クララ。ゼークハルト教授は由紀の父親の今村敏郎と約束した日に会えなかったと、そう話していただろう？」

「ええ」

「教授は意図してそうしたのだ。これを見てくれ」

あの時に教授が示したのはダイアリーの八月二七日のページで、そこにローマ字で今村敏郎の名前がある。ところがその二日前の八月二五日にも同じ名前があり、その上に×印が付いていていた。

「今村敏郎はスピノザの家を訪れた翌日の二五日に教授と会おうとしたのだよ。それを教授が理由をつけて二日後にずらしたのだ」

「どうしてかしら？」

「敏郎は約束を取るために教授にまず電話で連絡したのだろう。ヒトラーが敏郎の祖父の今村武郎を誘拐したことも、武郎から『Cの手記』を奪ったことも、教授は当然ながら知っていた。孫の敏郎がその経緯を調査するためハーグに来たと知って、Zにとって邪魔な人物だとわかったのだよ。面会日をわざと二日先に変えて敏郎の滞在を延ばさせ、その間にZのメンバーと謀って情報提供者を装い接近させた。敏郎が持つスピノザの短信とCの手紙も奪おうとしたが、そちらは狙い通りにいかなかったのだ」

森本に政治記者の勘が戻っていた。エマニュエルが感心したように森本を見た。

突然、クララの携帯電話が鳴った。

「何ですって？　まさか、そんな――」

電話を取ったクララが悲鳴に近い声を上げた。たちまち泣きそうな顔になり、しばらく耳に当てて話を聞いていたが、電話を切ると強張った表情で顔を上げた。

「二人とも大変よ。Zからの要求の手紙がマウリッツハイス美術館に届いたということなの」

「要求だって?」

森本が聞き返した。

「ええ。盗まれた絵を取り戻したければ、オランダ政府に一億ユーロを準備させるようにと――。さもなければ盗難を世間に公表し、絵も破壊すると脅迫しているらしいのよ。それも二四時間以内に」

クララが絶望的な表情になって眼を閉じた。

「絵と金の受け渡しはどうするのだ?」

「お金についてはわからないわ。絵はすでに秘密の場所に隠してあるということなの。一億ユーロと引き換えにその場所を教えるのだと――」

「たとえ世間に公表されることになっても、オランダ政府は一億ユーロなど用意しないだろう。犯罪を助長するだけになる」

森本が怒りを覚えて言った。

「これほど世界的な注目を浴びてしまっている絵だ。闇のルートで売ることなどできないので、政府に要求したのだろう。やつらの目的は金だよ」

冷静なエマニュエルがめずらしく吐き捨てるように言った。

「クララ。絵の行方についてなにかわかっていないのか？」

森本が聞いた。

「ヨアヒム・リッチェルらしき人物をアントワープで目撃したという情報を国際警察がつかんだそうよ。複数の人物と一緒だったらしいわ」

「逃亡したゼークハルト教授も合流している可能性があるな」

エマニュエルがそう推測した。

またもアントワープか、と森本は思った。その瞬間、頭に閃くものがあった——。

「エマニュエル。これからまたアントワープに行くことにする」

あまりに唐突な言い方に、エマニュエルとクララが呆れたように森本を見た。

「盗まれた絵が隠されているのは、聖ヤコブ教会の地下じゃないかという気がする」

「ユタカ。でもメステール老人の話では、金塊のあった地下室への穴はヒトラーが埋め戻してしまったのよ」

「別の通路があるはずだ」

森本の言葉に、エマニュエルがハッとした顔を見せた。

「そうか。エンデンの地図にあった聖ヤコブ教会とシュヘルド河とを結ぶ、あの細い線だな」

「河のほうから教会の地下に通じるトンネルの入口がたぶんあるのだと思う。一味はそれを使って絵を教会の地下に隠したのだ」

エマニュエルが悩ましい表情になった。

「君が一人で行くのは危険だ。あと一日待てないか？　それなら私も一緒に行ける。今日はドイツの捜査当局者との重要な打ち合わせで、またユトレヒトに行かなければならない」

「時間が二四時間しかない。一刻の猶予も許されない」

森本はもう決めていた。自分一人でも行動して絵を取り戻さなければ失われてしまうかもしれないのだ。

「――わかった。少しでも危険を感じたら、腕にしているコールウォッチでいつでも連絡してくれ」

エマニュエルが森本の手首を指した。

「ユタカ。アントワープでどう行動するつもりなの？」

クララが尋ねる。

「メステール老人にまた会って話を聞こうと思う。まだ何か手がかりが得られるかもしれない」

「私もあなたと一緒にアントワープに行くわ。フェルメールの絵を取り戻そうというのに、私だって、じっとしてなどいられないもの」

「それはあまりに危険だ。君を連れて行くわけにはいかない」

するとクララのきれいな青い眼が森本をじっと見つめた。彼女がゆっくりと首を振る。

「メステール老人に会うのでしょう？　私がいなければ言葉が通じず会話ができないのよ」

クララが得意そうに笑みを浮かべ、森本は諦めて苦笑するしかなかった。

二人はエマニュエルが運転する車でハーグの中央駅まで行き、アントワープに向かうインターシティ（ＩＣ）に乗った。


森本とクララが聖ヤコブ教会に到着して中に入ると、ヨハンの姿があった。堂内にほかに人影は無い。ヨハンが二人を教会中庭の先にあるメステール老人の家まで連れて行ってくれた。

「またお邪魔してしまって――。実は、ハーグにある美術館から盗まれた大切な絵が、この教会の地下に隠されているかもしれないの。それを捜す手がかりが欲しくて、当時のお話をもう一度聞かせてもらえないかしら？」

　クララが伝えると、メステール老人がまた遠い記憶を手繰る顔になった。

「うむ、そうじゃな。実は、ひとつ気になっておったことがある。金塊が隠されていた地下の秘密の納棺室じゃが、ドイツ軍のやつらが埋め戻した教会の床下のほかに、外から別の通路があるような気がするのじゃ――」

　メステール老人の言葉に、やはりそうなのだと森本は思った。

「大量の金塊が運び出された夜から数日間のことじゃが、教会の見回りをしておると、やつらが掘り返したあたりの地下から機械の唸るような音がしていたのじゃよ。それもみな夜の間じゃった。聖ヤコブ教会のことなら、わしは壁や床の石の一つに至るまで知り抜いておる。敷地内のどこからも地下のその場所に行く通路など無いのじゃ。それで外からの別の通路だと考えたのじゃよ。やがてその音も消えたがのう」

　森本がまたエンデンの地図の写しを見せた。

「クララ。やはりこの細い線が、シュヘルド河と教会を結ぶ地下トンネルを示しているのだ。隠した金塊を人知れず港へ運び出すためだろう。ドイツ軍は最初その入口がどこかわからず、教会の床下を掘って地下の納棺室に達し、トンネルを逆にたどってその場所を知ったのだ。その後で納棺室を封印する作業をした。メステール老人が聞いたのはその音だろう」

　トンネルがシュヘルド河のどこにつながっているか、二人は探すことにした。ヨハ

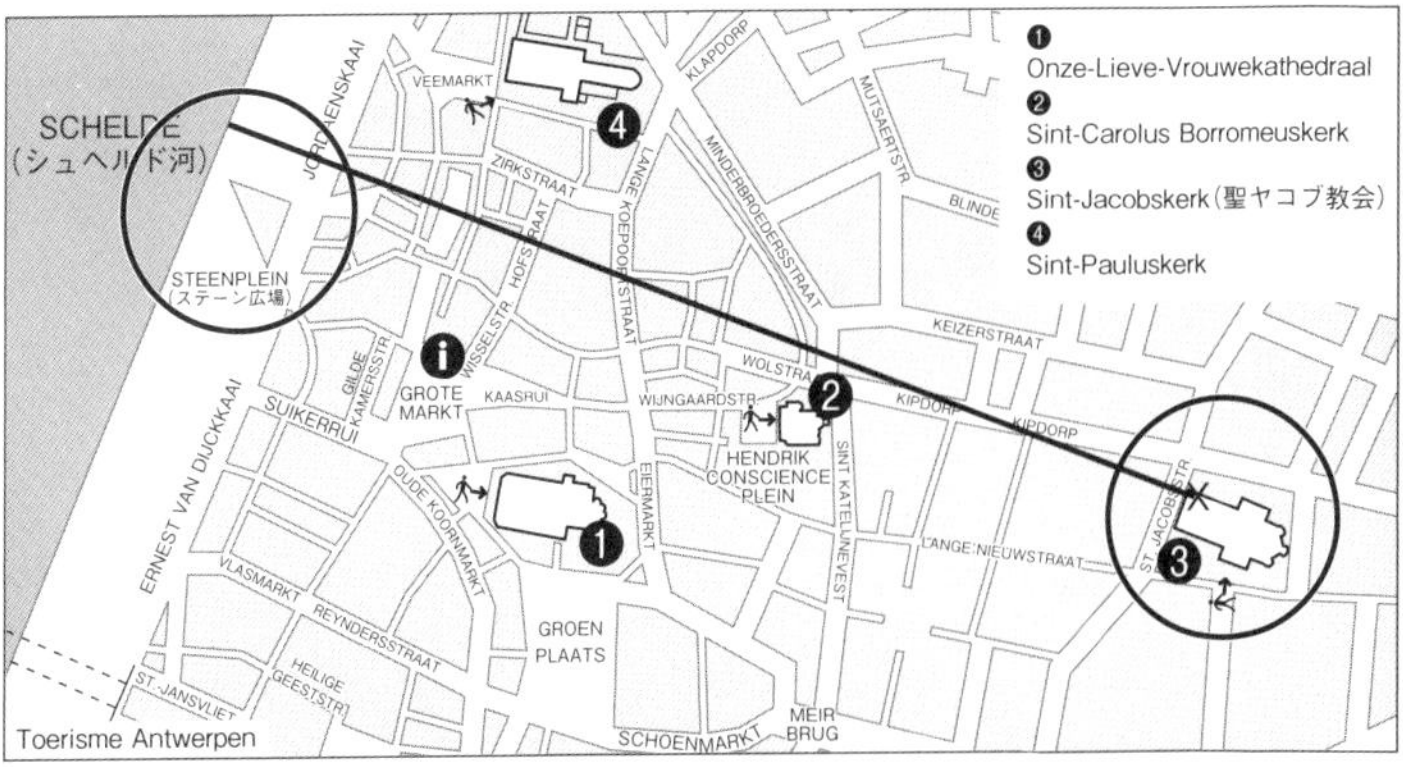

ンがアントワープの市街図を持って来てくれた。

「シュヘルド河に沿ったどこかに、一七世紀当時からの古い建物があるかしら？　この聖ヤコブ教会と地下トンネルで結ぶ始まりになるような建物よ」

　クララがメステール老人に尋ねた。

「古い建物ならステーン城がある。昔の要塞じゃよ。何百年間も牢獄や刑場として使われておったが、戦争中はドイツ軍も使っておった」

　森本は地図で確かめてみた。教会や聖堂の建物がみな十字の形に描かれ、長いほうが東西の線に沿って建てられている。聖ヤコブ教会の身廊の向きに沿って直線を西に引くと、シュヘルド河と垂直にぶつかった。距離にして一キロメートルと少しだろうか。

「そこじゃよ。すぐ下にステーン広場とあるじゃろう。ステーン城はその広場に面して建っている。今は確か、博物館になっているはずじゃ」

メステール老人が教えた。

そこだ——と森本は直感した。エンデンの地図の線とピタリと合う。

「そこに行ってみよう」

「そちらの入口も封じられていないかしら？」

「戦争中にドイツ軍がそうしただろうが、Zが絵を隠したのならまた開いたはずだ」

メステール老人に事情を説明すると、老人がヨハンを指差した。

「それならば、ヨハンを連れて行きなされ。ヨハンは暗闇でも眼が利いて、動物のように敏捷に動けるのじゃよ。きっとお前さんたちの役に立つはずじゃ」


ステーン城はシュヘルド河に面して中世に建てられた城塞だった。全体が灰色の石造りで、通りから短い坂を上がった城門に円筒形の監視塔が二つ聳え立ち、なるほど牢獄の趣をたたえている。見学者はごく少ない。森本とクララとヨハンの三人は入館者として中に入った。

館内には古代や中世からの帆船、大航海時代の海図や航海道具など、さまざまな物が展示されている。ヨーロッパ大陸を征服したナポレオンがアントワープを海軍基地とした当時の専用の戦艦の模型まであった。森本とクララは事務室で、第二次世界大戦中の事を調べていると館の担当者に事情を説明し、建物全体の見取り図を見せてもらった。それを眺めて秘密トンネルの入口がありそうな場所を探した。

「ここはどうかしら？　牢獄として使われていた当時は道具類を収めた地下倉庫だったとあるわ。戦争中はドイツ軍が武器の保管庫として使用して、今は一般に公開されていないわ」

クララが見取り図の一ヶ所を指で示した。オランダ語で森本には理解できないが、地下二階にあるのはわかる。森本が新日本新聞社の名刺を見せると、閉館までなら自由に調べてかまわないと、担当者がその場所に案内してくれることになった。

古い階段を下りて地下二階に達すると、あたり全体が薄暗かった。建築当時のものらしい石壁に旧式の白熱電球が無造作に取り付けられているだけで、切れたままの電球もある。館員もめったに来ない場所なのだろう。地下通路の一番奥が倉庫だった。入口は両開きの鉄の格子だが、半分開いた状態になっている。担当者が入口横の壁にあるスイッチを倒すと、中で電球が幾つか点灯した。

三人だけになって中に入ると、想像していたよりもずっと広く、少々寒気のする光景だった。

「広いし、それに薄暗くて、どこをどう探せばいいかしら」

クララが途方に暮れて言った。

「一刻も無駄にはできない。手分けしてとにかく探してみよう。地下トンネルへの入口があるとすれば、壁か床のどちらかだろう」

森本とクララが左右に分かれて、壁に沿って反対回りに調べることにした。部屋の奥のどこかでまた合流することになる。暗闇にも平気で笑顔を絶やさないヨハンを彼女に付けた。

森本は壁面に注意を凝らして進んだ。懐中電灯で床も照らしたが、それらしきものは見当たらない。部分的にしか照らせず、思ったよりも時間がかかる。

すると、暗がりの向こうでヨハンが声を上げた。クララが確かめたらしく、ユタカと声を上げて呼んだ。森本は暗い倉庫の中を突っ切って、急いで反対側の壁に向かった。

倉庫の四隅の一つに近い所に、壁に造り付けの大きな暖炉があった。造られた当時は兵士たちが集団で暖を取ったのだろう。人間が腰をかがめずに中に入ることができ、森本とヨハンの二人で入ってみた。

上を見上げても暗闇があるだけで、煙をどう外に排出しているのかわからない。懐中電灯の照明を頼りに奥の壁を調べていると、ヨハンが座り込む姿勢になり、森本の身体に触れて何かを教えようとした。床に近い壁のレンガ石の一つを手で示している。照らすと、その石だけが周りから少し出ていた。注意して見ると何か模様が彫られている。森本の頭に閃くものがあった。

指で触れてみると、やはりスピノザの印章だった。ドイツ軍が聖ヤコブ教会の床を掘った現場でメステール老人が見つけたものと同じだ。ということは、秘密の場所へ通じる要所要所でスピノザの印章が目印に使われているのだ。

「ヨハン、よくやった！」

森本は思わず声に出して叫んだ。
二人で石を引き出そうと試みた。最初は力が必要だったが、一度動くと後は一人でも十分だった。ちょうどレンガ一個分の穴が壁にでき、腹ばいになって懐中電灯の光を穴の内部に当てると、奥に円形の鉄の輪が埋め込まれている。

森本が手を差し入れて、鉄の輪を握り力を込めて手前に引いた。内部で何かが外れたようなゴトッという重い音がして、壁全体が斜めに少しずれるように動いた。扉になっていて横に回転するらしい。ヨハンと二人で力いっぱい押すと、ちょうど九〇度回転して止まり、その奥にトンネルが現れた。高さも幅も三メートルほどあり、人間二人が並んでも余裕がある。しかし照明が無いので、少し先はもう漆黒の闇だった。

三人でトンネルの中へ入った。ヨハンを先頭に森本とクララが並んで続いた。聖ヤコブ教会の地下までの距離は一キロメートルと少しで、懐中電灯の電池は十分に保《も》つはずだが、念のためクララの分を消して予備に残した。ヨハンは闇の中でも普通と変わらずに進んでいく。森本もクララもしだいに正常な空間感覚を失っていき、壁に手を触れながら進んだ。ヨハンがいなければずっと時間がかかっていただろう。

不意に、懐中電灯の光が目の前の壁を照らした。闇からいきなり現れた感じだった。壁の下を照らすと、石のブロックが一つころがっている。手で触れると、そこにもスピノザの印章が彫られていた。それを抜いた壁の部分に四角い穴があいている。ここまでは誰も来ないと油断して、Zの一味が石を戻さなかったのだ。

森本がさっきと同じ要領で穴の奥の鉄の輪を引き、ヨハンと二人で壁を回転させた。目の前に闇に包まれた広い空間が現れた。聖ヤコブ教会地下の秘密の納棺室だ。三人は注意して中に足を踏み入れた。懐中電灯が照らす狭い範囲の外は視界がほとんど利かない。壁と床を交互に照らして進んだ。懐中電灯を上に向けると、天井の石の面がようやく見える。部屋は長方形で、反対側の壁に沿って何かが並んでいる。クララの懐中電灯も使って照らしてみた。

並んでいるのは大きな棚だった。二段ベッドのように上下に分かれて、部屋の端から端まで占めている。そこに棺桶を並べていたのだと容易に想像できた。すべてドイツ軍に運び去られたと思っていると光の中に一つが浮かび上がり、森本とヨハンで近づいて蓋をずらした。内部に光を当てると、金塊ではなく人間の全身の白骨だった。クララが悲鳴を上げて森本につかまり、弾みで懐中電灯が床に落ちてころがった。何か理由があってここで殺されたのだろうか。

しかし周りをいくら確かめても、肝心のフェルメールの絵がどこにも見当たらない。

落ちた懐中電灯を拾おうとして、三人は思わず目を凝らした。その光が照らす壁の石が手前に出て、そこにスピノザの印章が彫られている。どうやら壁の先にもう一つの部屋があるらしい。再び森本とヨハンの二人で扉を回転させた。

今度の部屋は広くはなかった。何か大切な物を保管しておく付属の物置部屋のような感じだ。内部は暗くても、部屋の中央に大きな石の台があるのがわかった。その上に何か横になって置かれている。

森本が急いで近づいて、懐中電灯の光を当てた。

間違いない、マウリッツハイス美術館から持ち去られたフェルメールの絵だ。

「見つけたわね！」

クララが森本の背後から声を上げた。透明なビニールのようなもので包まれているだけだが、温度が安定したこの地下室なら絵は傷まないだろう。

「いつ、やつらが来るかわからない。早く立ち去ろう」

森本が絵を両手に持って、二人に声をかけた。

同じトンネルを通って戻るだけだが、暗闇の中を走ることはとてもできない。それでもヨハンがいてくれたおかげで、三人は無事にステーン城の地下倉庫にある暖炉の出口に達した。

森本が腕にしているコールウォッチでエマニュエルと連絡を取った。

「エマニュエル。盗まれた絵を無事に取り戻した。やはり聖ヤコブ教会地下の秘密の納棺室に置かれていた」

エマニュエルが電話の先で歓声のような声を上げた。

「このままハーグに持って帰るのは危険なので、絵を守れるよう国際警察に急ぎ連絡して車を手配してもらえないか？　聖ヤコブ教会の中庭の奥にあるメステール老人という守衛の家で待っている」

「わかった。すぐに手配しよう」

あたりはそろそろ暗くなり始めている。森本たち三人はステーン広場前のスタンドで客待ちをしていたタクシーを使い、聖ヤコブ教会に戻った。

メステール老人の家の前に立つと、屋内の照明が点いていなかった。ヨハンが声に出して呼んでも返事が無い。扉にも鍵が掛かっていなかった。

森本は嫌な予感を覚えた。ヨハンも動物的な本能で何かを察知したらしく、家の中に飛び込んだ。森本とクララが後から続く。

一階の暖炉のある部屋もドアが開いたままで暗かった。それでも眼が利くらしく、先に入ったヨハンが泣くような叫びを上げた。

森本が壁のスイッチで照明を点けると、暖炉の前の床にメステール老人が倒れているのが見えた。

その時だった。背後から不意に数人が襲ってきて、森本もクララも口と鼻を白い布で覆われた。床のメステール老人の横でひざまずいていたヨハンがダッと立ち上がったと思うと、素早く奥の階段を駆け上がった。

森本は必死にもがいて振り返ろうとしたが、強い麻酔の作用で急速に気が遠くなっていくのが自分でもわかった。意識を失う前の最後の瞬間に、部屋の入口に立って冷たくこちらを見ているヨアヒム・リッチェルの顔を見たように思った。

16

ユトレヒト郊外のロスチャイルド家の城で、エマニュエル・デ・マン、そして今村由紀とバルフが焦燥に駆られていた。

森本豊とクララ・ブリンクマンをハーグに戻そうと急いで車を手配したものの、肝心の二人が行方不明になってしまったのだ。聖ヤコブ教会に国際警察の捜査官が到着して守衛の家に行くと、メステール老人が床に倒れていた。鈍器のような物で頭を殴打され気を失っていたが、病院に運ばれて手当を受け、幸いに一命を取り留めた。森本が取り戻したと言っていたフェルメールの絵も見当たらず、老人と一緒に暮らしていたという孫の若者の姿も無かった。Zの仕業であるのは明らかだった。

「二人とも無事でいるかしら?」

由紀が不安な眼をバルフに向けた。

「二人を殺すつもりなら、その場でそうしていたはずだ。逃亡中の人質として一緒に連れ去ったのだろう。隠していたはずの絵が発見されたと気づいて、一味が二人を待ち伏せていたに違いない」

バルフに代わって、エマニュエルが答えた。

「コールウォッチで連絡してみてはどうかしら？」

「いや、それは逆に危険だ。着用している腕時計が通信用の特殊装置だとわかってしまうし、連絡が取れるならユタカのほうからしてくるはずだ。二人を襲った一味と一緒にいることを考えれば、こちらから連絡するのは最後まで避けるべきだろう」

エマニュエルはあくまでも冷静だ。

「どこに連れて行かれたのかしら？」

「Zが本拠地にしている旧ナチス・ドイツの秘密の地下基地だろう」

エマニュエルの言葉に、バルフが苦しそうに顔を曇らせた。その場所を何とか突き止めようと全力を尽くしているのだ。

三人がいるのはいつもの会議室だった。テーブルの上に金の暗号箱が置かれている。外箱の扉が開かれているが、内箱は依然として閉じられたままだ。

その横に、大きな地図帳が拡げられている。ドイツとその周辺国のもので、バルフがさっきからずっと地図を見ながら思案を続けている。ヒトラーが秘密の地下基地を造ったと思われる古城の場所を一つひとつ調べているのだ。

地図上で古城がある地点には城の絵文字が印されている。由紀は一緒に見ながら、その数の多いことにあらためて驚いていた。少し大きな町なら必ずと言っていいほど城や城塞、あるいはその遺跡があった。その中からヒトラーが選んだ場所を特定するなど、ほとんど不可能に思えた。

それでもバルフは諦めずに、ページごとに丹念に追いながら必死に考えをめぐらせている。由紀が感心したのは、地図が実に精密に出来ていることだった。地形がきれいに色分けされ、経度と緯度を示す細い線が三〇分刻みで碁盤の目のように引かれている。高校の地理の教師をしていた父が手にしたら飽きずに眺めたことだろう。

ふと、あるページでバルフの視線が釘付けになった。最初、不意打ちを食らったように呆然とした顔を見せていたが、次に食い入るようにそのページを見続けた。

「そうか、わかったぞ！」

バルフが叫んだ。いつもの落ち着いた態度を捨て、興奮した表情になっている。横のエマニュエルが本当か、という顔になった。

「ユキ、君の曽祖父の古い手帳をもう一度見せてくれないか？」

由紀が手帳を出して渡すと、バルフがそのページを開いた。

『Cの手記』は奪われた

E1075476

「ユキ、この手帳はスピノザの短信とCの手紙と一緒にドイツから日本に郵送されてきたと、そう話していたね？」

「ええ、そうよ。曽祖父が行方不明になってから何年も経って突然に届いて、まだ生きていると大騒ぎになったそうなの。でも戦争中で、結局は真相がわからなかったと聞いたわ」

　バルフの質問に由紀が答えた。

「ドイツのどこから出されたかわかるかい？」

　由紀は思い出そうとした。調査をしていた父から聞いた覚えがあった。

「正確な名前を覚えていないの。でも確か、消印がドイツ南部の町になっていたと、父が話していたわ」

「フュッセンか？」

「そうよ、確かにその名前だったわ！」

「やはりそうだ。間違いない！」

バルフが再び叫んだ。

「Zの本拠地になっている秘密の地下基地がある城の場所がわかったの？」

由紀の問いかけに、バルフが彼女とエマニュエルを見て大きくうなずいた。

「そうとも。ノイシュバンシュタイン城に違いない。フュッセンの町の近くにある」

「ノイシュバンシュタイン城だって？」

エマニュエルが驚いて繰り返した。

その名前は由紀も知っていた。確か南ドイツにある白鳥のような姿をした白亜の美しい城だ。

「私も写真で見た覚えがあるわ。観光客が多く訪れる美しいお城でしょう？　でもそんな場所に、本当に秘密基地があるのかしら？」

「ノイシュバンシュタイン城はバイエルン国王のルートヴィヒ二世が建てた城だよ。国王は音楽家ワーグナーに心酔して、その作品世界を地上に実現しようとノイシュバンシュタイン城を建てた。ワーグナーはゲルマン民族の騎士道をテーマにした数々のオペラの大作を作曲して、一説には反ユダヤ主義者だったとも言われている」

バルフが説明した。

「ルートヴィヒ二世と同じくヒトラーもワーグナーに心酔して、その音楽はナチスの象徴になった。ナチ親衛隊の精鋭部隊の本部となる秘密地下基地を造るのに、ノイシユバンシュタイン城は最高の場所だよ。人目につかない場所だろうと先入観にとらわれていた僕が馬鹿だった。最初からこの城に目をつけるべきだった」

「バルフ、なるほど君の言う通りだ。大規模な地下基地ならノイシュバンシュタイン城ほどの大きな城の地下でなければ、確かに無理だ」

エマニュエルも同意した。

エマニュエルがマダム・エレーヌに話して、早速ロスチャイルド家からオランダ政府、そしてドイツ政府とオーストリア政府に連絡をした。一味の規模が不明なので、ドイツ政府がフュッセンの町から警察の一隊を送ることを決めた。国際警察にも通報され、捜査官が急ぎ現地に派遣されることになった。

エマニュエルとバルフも現地に行くことを決めた。ユタカとクララの二人が危機に瀕しているのに、座して見ている気持ちになどなれない。由紀も無理に頼んで同行させてもらうことにした。

マダム・エレーヌが車椅子からバルフと由紀を強く抱いた。永遠の喪服のようにマダムは今日も黒い衣装に身を包んでいる。それからエマニュエルに言葉をかけた。

「エマニュエル、若い二人を守ってあげてね。三人とも気をつけるのよ。あなたたちにどうか神のご加護がありますように」

ロスチャイルド家の城から、三人はヘリコプターで出発した。

ノイシュバンシュタイン城への観光基地になっているフュッセンは、ドイツ・ロマンチック街道終点の町だ。オーストリアとの国境にすぐ近く、町を流れる河の南側に深い森が広がり、その先はアルプスの高い峰へとつながっている。

町郊外のドイツ軍基地に降り立った三人は、用意された小型トラックに乗ってノイシュバンシュタイン城へ向かった。途中、車はフュッセンの町の中を走った。

「あれは！」

駅前の交差点の信号で停車したところで、最初に気づいた由紀が声を上げた。目の前の交差する通りを走り抜けていく商用のバンに見覚えがあった。

「スピノザの家近くで森本さんと私を襲おうとした車だわ」

横のエマニュエルに教えた。彼が運転手に追跡を頼もうとしたが、相手のバンは一瞬にして走り去り、見えなくなった。

「これで間違いない。やはりZが本拠地にしている秘密基地があるのだ」

エマニュエルがそう口にした。

大した時間はかからずに、三人を乗せた小型トラックはノイシュバンシュタイン城がある岩山の麓《ふもと》に到着した。少し遠くに眺めることができる城は、テレビや雑誌の観光写真で見た通りの美しい姿をしている。

「君たち二人はここから城の中に向かってくれ」

エマニュエルが由紀とバルフに言った。

「観光客が大勢いる城の内部から地下の秘密基地に通じているとは思えない。きっと城の外からだ。ポーランドにあったナチスの地下基地から考えると、城の周囲を囲む谷の反対側のどこかと地下トンネルで通じているのだろう。私はこの小型トラックで警察隊と合流し周囲を探してみる」

城門へと続く坂道の下で由紀とバルフを降ろし、エマニュエルが助手席に乗り込んだ。

「バルフ。コールウォッチでいつでも通信できるようにしておいてくれ」

エマニュエルがそう言い残して去ると、由紀とバルフの二人は目の前にある城の観光事務所に向かった。

城内に入るには、通常なら麓からのツアーの一員としてでなければ許されない。坂道の上にある城門まで、電動のカートが二人を特別に運んでくれた。

広い城内に足を踏み入れると、世界中から来た観光客が見学をしている。ところどころ日本語も聞こえてくる。由紀はもちろん初めてだった。内部は一種独特な雰囲気に満ちていて、実用的な城とは思えなかった。

エマニュエルが言っていたように、地下の秘密基地への入口は城の外にあるのだろう。ただし城は高い岩山の上にあり、谷を挟んだ周りは鬱蒼《うっそう》とした森に囲まれている。地下トンネルで結ばれているなら、上空から発見するのはまったく不可能だろう。

由紀もバルフも城の中を見学する気持ちになどなれず、エマニュエルからの連絡を待つしかなかった。

エマニュエルのほうは、フュッセンの町から来た警察隊と連絡を取って合流した。二台のパトロールカーに分乗して制服姿の五名の警官と私服の刑事一人がやって来た。エマニュエルのいる小型トラックに警官一名が同乗し、三台の車で方向を分担してノイシュバンシュタイン城の周囲を当たることにした。

眼下に谷を望む森の中の道をエマニュエルが乗る小型トラックがゆるい速度で走り、一味のアジトとなりそうな建物を探した。しかし周囲は深い森ばかりで、ごくたまに建物が見えてもただの民家か森林管理の施設ばかりだった。

時間ばかりが過ぎていき、エマニュエルもさすがに焦りが募った。

その時だった。道が二手に分かれて一方が下りの急な坂になっている所で、いきなり一人の若者が飛び出してきた。

運転手が慌ててブレーキを踏み、急停車した。窓から首を出して若者に向かって怒鳴りつけようとしたが、相手は逆に必死で何かを訴えようとしている。良く見ると粗末な服のそこかしこが破れて、手足もいたるところ擦り傷だらけだった。

　エマニュエルが小型トラックから降りて近づいた。

　若者が懸命に訴える声に、エマニュエルはハッとした。ドイツ語ではなくベルギーのフラマン語だ。このあたりの人間ではないらしい。

「悪いやつら、こっち。悪いやつら、こっち」

　さかんにそう口にしている。

「君はどこから来たのだ？　名前は？」

「アントワープ。ヨハン」

　エマニュエルがオランダ語で質問すると、若者がそう答えた。多少の違いはあるが言葉はたがいに通じる。さらに尋ねてみたが、説明がうまくできないらしい。

「悪いやつら、こっち。悪いやつら、こっち」

　また同じ言葉を繰り返して、エマニュエルの腕をつかんで坂の先へと引っぱっていこうとする。

　待てよ、聖ヤコブ教会の守衛の若者ではないのか？　エマニュエルが思い当たった。守衛の老人が頭を殴打されて病院に運ばれ、同居していた孫の若者は行方不明だと、そう報告を受けていた。

　エマニュエルがわかったことを示すため大きくうなずき、小型トラックに若者を乗せた。

長い下り坂のカーブを注意してゆっくりと進んでいくと、もうほとんど谷底に近い地点に深々とした森に隠れるようにして、一軒の古い民家が見えた。

小型トラックを近づけて停め、少し離れた場所から観察した。一見すると普通の民家のようだが、家の周りの石塀が妙に高く、その上に鉄柵まであるのが異様だ。

庭に駐車している商用の大きなバンを見ると、さっきフュッセンの町の交差点で目撃した車だった。Zの一味のアジトに間違いない。ここから秘密のトンネルが谷の下を通ってノイシュバンシュタイン城の地下にある秘密基地へと通じているのだろう。

エマニュエルは、ほかの二台のパトロールカーに連絡を取った。

17

意識を取り戻した瞬間、防御本能が働き、森本豊はガバッと上半身を起こした。

薄暗い部屋の固いベッドの上に自分がいるのだとわかった。天井の古い照明が頼りなく室内を照らしている。聖ヤコブ教会の敷地にあるメステール老人の家でZの一味に襲われ、ここに連れてこられた――そこまで思い出したところで、そうだクララはどうしたと、慌てて周囲を見回した。

少し離れた壁際にもう一つベッドがあり、そこにクララ・ブリンクマンが横になっていた。まだ麻酔から覚めずに眠っている。無事を確認し、森本はとりあえず安堵を覚えた。

音を立てないよう近づいて、クララを起こした。目覚めた瞬間に彼女も怯えた反応を見せたが、森本の顔を見て安心し、すぐに上半身を起こした。

「ここはどこかしら?」

「Zの本拠地だろう。ヒトラーが連合国軍との報復戦用に造った秘密の地下基地に違いない」

部屋の壁やスチール製のドアが、第二次世界大戦を描いた映画のシーンのようにレトロな雰囲気だった。部屋には窓が無く、空気を重く感じるのは地下にいるからだろう。

「クララ、こんな事態になってすまない。やはり君を連れてくるべきではなかった……」

「ユタカ、何を言っているの? 私が無理についてきたのよ。後悔などしていないわ。あなたが謝ることなど少しもないのよ」

クララがそう慰めてくれた。

せっかく取り戻した大切な絵も奪い返されてしまった。だが、この基地の中にあるならまだ取り返せるチャンスがある。『Cの手記』もここにあるなら、むしろ探さずに来られたということだ。由紀のためにそれも取り戻せる可能性がある。

森本はそう考えて気持ちを取り直し、あらためて室内を観察した。すると天井の隅にテレビカメラがあることに気づいた。それだけが新しい。

「クララ、どうやら監視されている」

そう森本が囁いたのと、外から部屋のドアが開けられたのは同時だった。通路の明るい照明を受けて現れたのは、あのゼークハルト教授だった。肩に銃を掛けた制服姿の若い男を一人従えている。

「やはりお前なのだな。今村敏郎の死にも関係しているのだろう。調べたら事故死でないと判明した。ライデン大学の研究室にあるお前のダイアリーをもう一度見たら、本当は死亡した二日前に面会する予定になっていた。意図して滞在を引き延ばしたのだろう」

森本は怒りの声を上げずにいられなかった。

「うるさい黙れ！　そんな昔の事はどうでもいい」

ゼークハルト教授が冷たく言い放った。

「メステール老人はどうした？　殺したのか？」

「あの老いぼれのことか？　どうやら命は助かったようだ。われわれもやみくもに人を殺したりはしない。逆に活動がしにくくなるからな」

「ヨハンは？」

「ヨハン？　老いぼれと一緒にいた小僧のことか？　知らんな。あの場から飛び出すように逃げてそのままだ」

「絵をどうした？」

「心配なら後で見せてやろう」

ゼークハルト教授が今度は冷笑を浮かべた。

教授に命じられて、森本とクララは部屋から出た。

ゼークハルト教授を先頭に、少し間を空けて二人が続き、その後ろを制服姿の隊員が見張るようにして進んだ。

通路も同様に古びているが、大勢の隊員が一度に行動できるように造ったのだろう、天井は低くても幅は十分にある。壁の両側の照明と頭上を這うケーブルだけが新しい。

「ここが——、戦争中にヒトラーが造った秘密の地下基地なのか？」

森本が前を歩くゼークハルト教授に質問を投げた。

「その通りだ。言っておくが逃げることなど不可能だぞ。地上から何百メートルも地下深くにあるのだからな」
五、六〇メートルほど進んだ所で通路がT字になり、ゼークハルト教授が一方に曲がった。途中で誰にも会わず、ここにいる隊員の数は意外と少ないのかもしれない、と森本は考えた。
森本はあえて、ここにあるかもしれない原爆の施設のことは聞かなかった。もしあったとしても、この程度の人数なら利用しているとは思えない。

さらに一〇〇メートルほど進んだ所で、通路の両側に大きな両開きの扉があった。

どちらも広い部屋があるらしい。不思議なのは、左側の扉がほかと同じただのスチール製なのに対し、右側の扉に金色の豪華な装飾が施されていることだった。地下基地にまるで似つかわしくない。

　ゼークハルト教授が左側の扉を開き、森本とクララを中に入れた。隊員がそのまま入口に立って警備につく。

　部屋の内部は広かった。天井や床の造りが古いのは同じだが、壁に沿ってコンピューターや通信機器が置かれている。壁面に表示モニターが幾つか並び、別の二名の隊員が注意して画面を見ていた。外の地上の数ヶ所に監視カメラが据え付けられていて、そこからの映像らしい。ここが基地全体の司令室のようだった。

「見て！　ノイシュバンシュタイン城だわ」

　表示モニターの一つに映っている城を見て、クララが叫んだ。

　森本にも見覚えがあった。緑の森に包まれた断崖の上に建つ白亜の城の全景が、谷間を挟んで真横から映っている。背後に真っ青な空と、下方に低く広大な平原、そこに点在する湖を望むことができる。何とも美しい光景だった。

「そうだ。マリエン橋から眺めたノイシュバンシュタイン城の絶景だよ。ワーグナーに心酔したバイエルン国王ルートヴィヒ二世が夢を託して建設しただけのことはある。教えてやろう。われわれはこの城の地下深くにいる。ヒトラー総統がドイツ第三帝国とナチス党の地下本部を置くに最もふさわしい場所として選んだのだ」

森本は信じられない思いで聞いた。

三人が話していると、監視カメラの表示モニターとは別のテレビのスクリーンに男の顔が現れて、スピーカーから声が流れた。

「教授。作業は進んでいるのか?」

テレビに映っているのはヨアヒム・リッチェルだった。相手からもこちらが見えるのだろう、森本とクララに向かって憐れむような眼を見せた。

「ヨアヒム。これから隊員たちに金塊をそちらへ運ばせる」

「地下トンネルを通ってこちらに移動するだけでも一五分はかかる。急いでくれ」

「三〇分もあれば完了するだろう。最後に私もそちらに移る」

「わかった。一時間後に出発だ」

どうやら逃亡の準備をしている、と森本は気づいた。テレビに映るヨアヒム・リッチェルの背景はこの地下基地のようには見えない。地上のどこかにいるようだった。

「逃げるつもりなのか?」

森本の質問に、ゼークハルト教授が怒りを含んだ眼差しを返した。

「警察の一隊がノイシュバンシュタイン城に到着したという情報が入った。意外と動きが早いようだ。だが、われわれを捕まえることなどできん」

教授が答えた。

「隊員たちが作業をしているあいだ、最後の土産にお前たちが気にしている物を見せてやろう」

森本とクララを再び部屋から出すと、教授が通路の反対側の金色の装飾が施された扉に近づいた。

「ここが宝物庫になっている」

振り返って、二人に言った。

後から近づいた森本は、危うく声を出しそうになった。

良く見ると、両開きの扉の中央に九個の文字盤が並んでいる。しかも最初の文字盤にはAがセットされていた。あの金の暗号箱の外箱に合わせているのだ。

「この宝物庫もヒトラー総統が造らせたものだ。扉は文字盤に正しい鍵言葉をセットしなければ開かない。フェルメールが絵にヒントを描き込んだあの鍵言葉だよ」

ゼークハルト教授が誇らしげな表情で二人を見た。

「お前たちはもう知っているから教えてやろう。『ANTWERPEN』だ。ヨアヒム・リッチェルが間違った鍵言葉へ誘導しようとしたが、騙されなかったようだな。少しは褒めてやろう」

言いながら教授が、鍵言葉の残りを文字盤にセットして扉を開いた。

「ただし、こうして開き終えたところで、最初の『A』を残して文字盤は自動的に空白に戻るのだ。電気的な仕掛けでそうしている。宝物庫の鍵言葉を外から見られるままにしておくのはマズイからな。閉じればまた鍵が掛かった状態になる」

室内に一歩足を踏み入れると、まばゆいくらいの明るさだった。頭上から豪華なシャンデリアが下がり、天井も周囲の壁にも金の装飾が施されている。入口近くの床の上に金のインゴットが何十個も重ね置かれていた。聖ヤコブ教会の地下からヒトラーが奪った大量の金塊で造られたものなのだろう。

さっきの部屋で表示モニターの画面を見ていた二名の隊員が入ってきて、手押し車で金のインゴットを運び出し始めた。

森本が部屋の内部を見渡すと、奥の一段高くなった場所に金の縁取りがされた二つの黒い棺が並んで置かれている。その先の壁には黒い鉤十字と両翼を拡げた鷲が描かれていた。

「あの棺は？」

森本が指で示して尋ねると、ゼークハルト教授が厳しい表情になった。

「そこに近づくな。この地下基地の中で最も神聖な場所だからな」

「――――」

「それよりも、お前たちが興味があるのはこちらだろう」

ゼークハルト教授が森本とクララの注意を横の壁に向けた。

見ると、人の背丈ほどもある金属製の金庫のようなものが置いてあり、両開きの扉が大きく開けられている。

「中にある物を見てみるがいい」

正面に立って中を覗いた森本は言葉を失った。

金庫の奥に盗まれたフェルメールの絵が立てかけられていた。その手前にあるのは金の暗号箱だ。ロスチャイルド家の城で見たものと同じだが、正面に青いダイヤが象嵌されていない。その横には古い文書らしいものが見えた。

ゼークハルト教授が金の暗号箱を取り出して、両手に抱えた。

「この豪華な金の箱は精巧に作られた暗号箱なのだ。外と内の二重になっていて、それぞれ扉の文字盤に鍵言葉をセットして開くようになっている。間違ってセットして開けけば、中に挟まれた重要な紙片が裁断されて回復不可能になる。一七世紀にオランダの指導者だったヤン・デ・ウィットが命じて作らせたものだ。その盟友だった哲学者のスピノザが暗号をセットし、箱を密かに画家のフェルメールに託した。実際には同じ箱が二個作られたのだが、もう一つが現在どこにあるかは不明だ」

それが実はロスチャイルド家に保管されていることを知らないのだ——森本はクララと素早く眼を合わせた。

「お前たちも知っているように、鍵言葉への手がかりをフェルメールが『絵画芸術』という絵に描き込んだ。ヒトラー総統はその謎を見事に解明して鍵言葉を突き止め、箱の扉を開いたのだ」

教授が手に抱えた暗号箱の外箱の文字盤は、すでに『ANTWERPEN』とセットされている。

「違う、それだけではない。ヒトラーが暗号箱を手に入れたのも、絵に描き込まれた謎を解いたのも、当時ベルリンにいた日本人の外交官から『Cの手記』と呼ばれる古い文書を奪ったからだ」

こみ上げてくる怒りをどうにか抑えて、森本が言った。

「お前たちの前にある金庫の中の文書こそが、その『Cの手記』だぞ」

そう告げられて、森本とクララはあらためて注意を向けた。修復して綴じたらしい、古い草稿だ。

「言っておくが、手記の中に鍵言葉が何かは書かれていない。ヒトラー総統はあくまで自らの力で解明したのだ」

「『Cの手記』を日本から持参した外交官の今村武郎はどうなったのだ?」

森本は由紀のためにも確認しておきたかった。

「その日本人はヒトラー総統に反逆しようとしたのだ」

ゼークハルト教授が冷たい口調になる。

「記録によると、ドイツの同盟国の外交官として最初は総統に協力的だった。だが『Cの手記』が返らず、書かれている内容も知らされないとなると、自分で調査を始めたのだ。やがて温存されているナチ親衛隊の精鋭部隊という第三帝国の最高機密までうすうす気づき始めて、厄介な存在になった。それで総統の命令により拘禁され、このノイシュバンシュタイン城の地下本部に囚われたのだ。もちろん場所がどこか一切知らされなかった。戦争の途中でポーランドの別の秘密地下基地に移されたが、ドイツ軍がそこから撤退する時に死亡した」

「単なる死亡ではなく殺されたのだ。そこで秘密の原爆開発に関わっていた外国人の科学者や技術者たちと一緒に銃殺された」

森本が、エマニュエル・デ・マンから聞いた話を出した。

「おや、知っていたのか？　そうか、ロスチャイルド家が調べたのだな」

ゼークハルト教授が平然と言った。

「ヒトラーは金の暗号箱の内箱を開ける鍵言葉も見つけたのか？」

「もちろんだ。その金庫にすでにセットされている」

「――？」

森本は意味がわからなかった。

「まだわからんようだな。教えてやろう」

ゼークハルト教授が手にしている金の暗号箱を背後の隊員に渡し、フェルメールの絵と『Cの手記』を中に残したまま、大きく開かれていた金庫の両扉を閉めた。するとそこにも九個の文字盤があり、最初だけEの文字がセットされている。正面の額の部分に銘板があり、ラテン語で〈見出すことは困難ではあるが、不可能ではない〉と刻まれているのも同じだった。

「――これは」

森本が声を上げた。

「わかったようだな。この金庫もヒトラー総統が造らせたのだ。宝物庫全体が金の暗号箱の外箱、中にある金庫が内箱に相当するようにだ。入口の扉の鍵言葉が『ANTWERPEN』なのは、それが理由だ」

森本はようやく飲み込めたが、とたんに疑念が湧いた。

「金庫をなぜ閉めた？」

「われわれにはもはや、どうでもいい代物だ」

「何を言っているの？　どちらも世界全体の貴重な宝なのよ！」

横で聞いていたクララが、たまらずに叫んだ。

「必要がないなら返せばいいだろう！」

森本も怒りで声を上げた。恭子のためにも由紀のためにも、フェルメールの絵と『Cの手記』を失うことなど絶対に許せない。

「絵を取り戻したければ一億ユーロを用意するのだというわれわれの要求を、オランダ政府は拒絶した。与えた二四時間はもう過ぎている」

ゼークハルト教授が冷酷に告げた。

こいつらの目的はやはり金だけなのかと、森本は呆れ果てる思いになった。

「作業が終わるまでもう少しだけ教えてやろう。お前たち二人はこの宝物庫に残されるのだからな。宝物庫の扉を閉めれば、外から鍵言葉をセットしない限り、お前たちは出ることはできない」

ゼークハルト教授が残忍な笑みを浮かべた。

「この金庫の扉も、開き終えたところで最初の『E』を残して文字盤が空白に戻る。金の暗号箱の内部にあるような金の歯車はさすがに無いが、代わりに内部の壁全体に爆薬が埋め込まれている。正しい鍵言葉がセットされなければ爆発して、中の物を粉微塵に破壊するのだ」

森本は聞いていて絶望的な気分になった。

「それだけではない。この金庫にはタイマーが付いている。それもさっき一緒にセットした。扉を閉めてから二〇分間は文字盤に鍵言葉をセットできない。われわれにも逃げる時間が必要だからな。二〇分後からセットできるが、次の二〇分以内に正しい鍵言葉をセットして開かなければ、どちらにせよ、金庫の内部で爆薬が爆発する」

ゼークハルト教授が言い終えるのと同時に、隊員たちが金のインゴットを宝物庫から運び出し終えた。

「別れる最後に、これを見せてやろう」

ゼークハルト教授が森本とクララに告げた。表情になぶり楽しむような色がある。

「一度だけだぞ、良く見ておけ」

教授が再び手にした金の暗号箱の外箱を開いた。内箱が現れ、文字盤に『E107 54756』とセットされている。今村武郎が手帳に書き残したものだ。

ゼークハルト教授がすぐにまた外箱を閉じ、そのまま宝物庫から外に出た。

森本とクララを中に残したまま、両側の扉が重く閉じられた。

18

宝物庫が閉められた瞬間、森本は腕のコールウォッチを見て時間を確かめた。金庫が閉じられてから、すでに五分以上が経っている。

素早くトランシーバーに切り換えて、エマニュエル・デ・マンに連絡を試みた。ただの腕時計でないと一味に見破られなかったのは不幸中の幸いだった。さっきゼークハルト教授が警察の一隊がノイシュバンシュタイン城に到着したと話していた。そこにエマニュエルもいるかもしれない。

相手のトランシーバーへつながるのがわかった。

「ユタカ、君なのか？」

エマニュエルの声だ。

「エマニュエル、そうだ。良かった、近くにいるのだな？」

「ノイシュバンシュタイン城から谷を挟んだ森の中だ。連絡をしたかったが、やつらと一緒だと危険なので控えていた。どこにいるのだ？」

「城の地下にある秘密基地の宝物庫にクララと一緒に閉じ込められている。やつらはここにあった金塊を持ち去って基地から逃げようとしているところだ。おそらく城の周囲のどこかにアジトがある」

「そのアジトを近くの森の中から見張っている。様子がわかりしだい踏み込むつもりだ」

「アジトを突き止められたのか？」

「それがどういうわけか、ベルギー人の若者がいきなり現れて教えてくれたのだ。身体中擦り傷だらけだった」

「ヨハンか？」

「そうだ、そう名乗っていた。説明があまりうまくできないようだったが」

「無事で良かった。やつらの車のどこかに潜り込んだか、ずっとしがみついてきたのだろう」

森本は安堵し、横のクララにも伝えた。

「エマニュエル。やつらはおそらく七、八人だ。人数はそれほど多くないが銃を持っている。くれぐれも用心してくれ。指図をしているのはあのゼークハルト教授と、絵を盗み去ったヨアヒム・リッチェルだ」

「わかった。こちらにも銃を持った警察官がいるので大丈夫だ。やつらを取り押さえしだい、地下のトンネルを使ってそちらに助けに行く」

森本はまた時間を確かめた。さらに五分が過ぎている。さっきテレビ画面の中でヨアヒム・リッチェルが地下トンネルを使って移動するだけでも一五分はかかると言っていた。これから一味と闘って取り押さえてから来るとしたら、とても間に合わない。

「エマニュエル。相談したいが、ゆっくり説明している時間がない。バルフと今すぐ連絡が取れないだろうか？」

森本も必死だった。

「バルフなら日本のマドモアゼルと一緒にノイシュバンシュタイン城の中にいる。私からの連絡を待っているはずだ」

「本当か？　わかった。こちらから連絡する」

森本はトランシーバーを一度切り、通信先をバルフに変えた。

「バルフ。聞こえるか？」

「エマニュエル――いや、その声は？」

「ユタカだ。すぐ横にクララもいる」

トランシーバーの先で、今村由紀が森本の名前を呼んで声を上げたのがわかった。

「ユキと一緒に心配していたのです。二人とも無事で良かった。どこにいるのです？」

「ノイシュバンシュタイン城の地下にある秘密基地に閉じ込められている。エマニュエルにはさっき連絡ができた。彼はZの一味をこれから取り押さえるところだ」

「大丈夫なのですか？」

「一味の人数は思っていたよりも少ない。エマニュエルは警察隊と一緒なので大丈夫だと言っていた。敵を取り押さえしだい、ここに来てくれることになっている」

「わかりました」

「それよりも、バルフ。大事な相談がある」

「何でしょう？」

「やつらに盗まれたフェルメールの絵と『Cの手記』が、目の前の金庫の中に収められている。それを無事に取り出したい」

「金庫の中に？」

「そうなのだ。あの金の暗号箱の内箱に似せてヒトラーが造らせたそうだ。九個の文字盤に正しい鍵言葉をセットしないと開けることができない。最初の文字は『E』になっている」

「同じ鍵言葉ということですか？」

「そうだ。もし誤った鍵言葉をセットして開ければ、金庫の内側の壁に埋め込まれた爆薬が爆発して中にある物を破壊してしまう」

「金庫に入れたまま運べばよいのでは？」

「それが、金庫にタイマーがセットされているのだ。金庫を開かずにタイムアウトになれば、やはり中で爆発してしまう」

森本がそこまで話したところで、目の前の金庫の内部でカチリという音がした。最初の二〇分が経過したのだ。

「残された時間は今からちょうど二〇分だ」

「…………」

トランシーバーの先で、バルフがさすがに沈黙したのがわかった。

「実は、やつらがわれわれ二人をここに閉じ込めて去る時に、内箱の鍵言葉のようにして見せたものがある。ヒトラーが謎を解いたのだと言っていた。やつらが持ち去ったもう一つの金の暗号箱の内箱の文字盤に、確かにそうセットされていた」

森本は、それが正しいと確信が持てなかった。あの時のなぶり楽しむようなゼークハルト教授の表情は……。

「本当に正しい鍵言葉なのかどうか、バルフ、君の意見を聞きたい。時間が切れる寸前まで判断がつかなければ、止むを得ずそれをセットしようと思う」

「その鍵言葉というのは？」

「『E10754756』だ。今村武郎が手帳に書き残したものだよ」

「ユタカ、それは罠だ！」

バルフが叫んだ。

「罠だって？」

「それは内箱を開ける鍵言葉なんかじゃない。このノイシュバンシュタイン城の位置を示す経度と緯度です。東経（E）一〇度七五分、北緯四七度五六分の意味なのです」

「――――」

「秘密の地下基地がある城の場所を探そうと地図を見ていて、経度と緯度の表示から気づきました。ユキの曽祖父はその位置を教えようとしたのです」

「同時に内箱を開ける鍵言葉だという可能性は無いだろうか？」

「まったく無い。ノイシュバンシュタイン城が築かれたのは一九世紀です。スピノザやフェルメールが生きた一七世紀には存在していなかった。それに当時はまだ、経度や緯度の正確な測定などされていません」

森本は万事休すだと感じた。厳しい顔でクララを見た。

「まだ一五分あるわ」

彼女は諦めていない。

「バルフ、君に正しい鍵言葉がわかるか？　スピノザはどう考えて鍵言葉を決めたのだろう」

「………」

返事が無いのは、バルフが必死になって考えているからだとわかる。

「バルフ。ヒトラーにわかったのなら、あなたにだってわかるはずよ。でも時間があまりにも少ないから、間に合わなくても仕方ないのよ」

由紀の声だ。こんな状況でも優しさを失わず、バルフに重圧をかけまいとしている。

重い沈黙の中で、さらに一〇分が経過した。

ふと、森本は心の中にまた、恭子の声を聞いた――「目の前にあるものを良く見るのよ」そう囁いている。

森本は目の前の金庫を見た。文字盤の上の銘板に刻まれた文字――〈見出すことは困難ではあるが、不可能ではない〉。ラテン語だが、バルフに教えられて意味は知っている。小馬鹿にされているように感じるが、ヒトラーがなぜ金庫にまでわざわざこの言葉を刻んだのか。

時間はあと五分も残されていない。どんなわずかな可能性でも試すのだと決めた。

「バルフ。役に立つかわからないが、金庫にもあのラテン語の言葉が刻まれている。〈見出すことは困難ではあるが、不可能ではない〉だ」

意味を知っているので英語で伝えた。

一瞬の沈黙の後で、バルフがとっさに何か声を出したのが聞こえた。それからめまぐるしく頭を回転させているのが、トランシーバーのこちら側にも伝わってくる。

「そうか、わかった！　ユタカ、今から言う通りに文字盤にセットしてほしい」

バルフの声が響いた。

弾けたように森本が文字盤に向かい、トランシーバーをクララに渡した。

「いいですね、二文字目からです。『T』、『H』、『I』、『C』、『A』、『5』、『4』、『2』」

クララが声に出して伝える文字を、森本が順にセットしていく。最初の『E』と合わせて〈ETHICA542〉となった。

「バルフ、文字盤にセットした。〈ETHICA542〉でいいのだな？」

「そうです」

森本は時計を確かめた。まだ数分ある。クララに金庫から離れるように言った。

森本は覚悟を決めて顔を下に向け、左右の手でそれぞれ金庫の扉を開いた。

爆発しない！

金庫の奥から急いでフェルメールの絵を取り出し、クララに渡した。次に『Cの手記』を取り出した。

「バルフ、やったぞ！　絵と手記を無事に取り出した！」

そう叫んで伝えると、森本の全身から一瞬にして力が抜けた。クララも同じらしく、二人で床の上にへたへたと座り込んでしまった。

クララが絵を両手にしっかりと抱え、眼に涙を滲ませている。地上で由紀も嬉し泣きしているに違いない。


コールウォッチを切ると、宝物庫の中で、森本とクララの二人だけになった。

フェルメールの絵と『Cの手記』を無事に取り戻した安堵感に浸ったまま、二人はしばらく放心したように無言でいた。密閉された室内の空気だけが少し重く感じられる。

「本当に……取り戻すことができたのね」

緊張が去ったゆるやかな沈黙のあと、両手に抱えた絵をじっと眺めて、クララがしみじみと口にした。

「ああ」

森本も目の前の『Cの手記』に視線を落とした。由紀がこれを手にしたらどんなに喜ぶだろう。

「ユタカ。あんなギリギリの間際によく、ラテン語の言葉をバルフに伝えたわね」

気持ちが落ち着いたのか、クララがそう口にした。

「あのとき、彼女の声がまた心に聞こえたのだよ」

「そうだったの?」

「目の前にあるものを良く見るのよ――と心に囁くのが聞こえた。思わず視線を前に向けると、銘板に刻まれた言葉があった。ここにもわざわざ刻まれているのは何かわけがある――とっさにそう考えて、バルフに伝えたのさ」

森本が打ち明けると、クララがしばらく黙って彼を見つめた。

彼女が口にした。

「今なら、亡くなったあなたのワイフのことを聞いてもいいかしら?」

「ときどきね、あなたがとても苦しそうに見えるの。今でも忘れられないほど愛しているからね?」

森本はあらためて自分を振り返った。投げやりな状態に自分を放り出していただけで、実はあまり良く考えたことがなかった気がした。

「苦しそうに見えたのは、自分で納得ができなかったからだと思う」

それが、森本の正直な気持ちだった。あまりに若過ぎた恭子の死はもちろんだが、何より二人が過ごした最後の日々に、どうにも納得できなかった。それを今でも引きずっている。

「キョウコ――死んだワイフの名前だよ、キョウコは病の身になって申し訳ないという気持ちが自分の内にあったのだと思う。それが――、見ていてひどくもどかしかった」

　話すことで、森本はもう一度整理しようとした。

「絵が描けなくなってから、それでも身体の具合が良い日には、キョウコはベッドに上半身を起こして繰り返しフェルメールの画集を眺めていた。二人が初めて出会うきっかけになった画集で、そんな彼女の姿を見ているのが好きだった」

　それこそフェルメールの絵のように、光がひっそりと満ちた病室で恭子がじっと絵を眺めていた。その横顔を今でも思い出す。

「そうした時にこう感じていた。自分はこんながさつで無粋な人間なのに、絵に対するのと同じ純粋な気持ちで彼女は精いっぱい愛してくれている。それだけでも奇跡のようなことだとね」

「……………」

「――だから、彼女に何かをしてほしいと望んだことなど一度もなかった。一緒にいて、自分が何かをしてあげられるだけで無性に嬉しかった」

　森本はまた、苦しいものを感じた。

「なのに、ある日、彼女が画集から眼を離して視線をこちらに向けたかと思うと、あなたは間違った相手を選んでしまったのね、とポツリと口にしたのさ。急いで言葉を返そうとしても、受け入れないように視線をまた画集に落としてしまった。絵にはもう注意が向かず何かを考え続けているのだと、見ていてわかった」

森本は少し間を置いた。

「そのことがあってから、彼女はますます遠慮する態度を見せるようになった。何て言うか、むしろわがままに振る舞ってほしかった――」

私は苦しいの、病気でもうすぐ死んでしまうの、だから好きなことがしたいの、私の勝手を聞いてちょうだい――そんなふうに、遠慮も分別もなくぶつけてほしかったのだ。

最後の二年間、森本は新聞社を休職して恭子の闘病を助けた。今になって考えれば、それが逆に恭子にとって重荷だったのかもしれない。

「最期の日が近づくにつれて、彼女は一人で物思いに沈むことが多くなった。心を通わせたかったのに、逆に離れていくように感じたのだよ」

「病気を理由に――、あなたに甘えることを自分に許せなかったからよ。とても純粋で、中途半端に言葉にすることができない人だったのね」

クララが注意深く言葉を口にした。

「そのことがずっと、心に引っかかっていたのだと思う。彼女を少しも守ってやれなかったとね」

「ユタカ。それはあなたが心の優しい人だからよ。それに、愛する人を最後まで全力で守ろうとする人だわ。だから、自分を苦しめてはいけないわ」

クララがそう訴えた。

森本は肯定も否定もしなかった。恭子を守ってやれなかった自分を責める気持ちは変わらない。ただ、恭子の声を心に聞くようになってから、何かが変わっていた。

さっきも、恭子の声を聞いたのだ。

フェルメールの絵を金庫から無事に取り出して放心していた時に、心の中で声がした――「あなたは、約束を守ってくれたわ」と。

重い空気を破るように、宝物庫の扉がズシンと音を立てた。両開きの扉がゆっくりと開いて、エマニュエルが姿を見せた。

「エマニュエル！」

「ユタカ、無事だな。それにクララも」

通路に制服姿の警察官が何人か控えている。そこに交じって若者の姿があった。

「ヨハン！」

森本が声を上げた。

「ヨハン、よくやった！　みんなを助けてくれたのだよ」

そう呼びかけると、ヨハンが嬉しそうに大きな笑みを浮かべた。

「絵も無事だったのだな」

クララが両手に抱えているフェルメールの絵を確かめて、エマニュエルが言った。

「森の中のアジトで待ち伏せして一味を取り押さえると、大量の金のインゴットだけでなく、ゼークハルト教授が金の暗号箱を手にしていた。ヒトラーがここに保管していたのだな？」

森本が、金庫と扉にある文字盤を示した。

「この金庫は、その内箱に似せてヒトラーが造らせたものだ。盗まれた絵と『Cの手記』が中に入ったまま、やつらに扉を閉じられてしまった。城内のバルフと連絡がついて、金庫の内部が爆発する寸前の間一髪で、バルフが正しい鍵言葉を見つけてくれたのだよ。セットして扉を開けたので、最初の『E』だけを残してまた空白に戻っているが」

「そうだったのか、さすがバルフだ」

エマニュエルが言葉を返して安堵の色を見せた。

森本とクララはエマニュエルに連れられて地下基地から脱出した。警察の車に乗ってノイシュバンシュタイン城の城門前の広場に向かい、そこで待っていた由紀とバルフに合流した。

19

ノイシュバンシュタイン城での事件の二日後に、ユトレヒト郊外にあるロスチャイルド家の城の応接間に再び全員が集まった。大きな縦長の窓の向こうに水を張った濠と、その先に緑の樹木と花々の庭園が眺められる。一昨日までの事件の騒ぎがまるで嘘のような平和な光景だった。主人のマダム・エレーヌは今日も上品な黒衣装に身を包み、帽子を飾る一輪の赤いバラの花も変わらない。

全員が揃って会議室へと移動した。中央の大きなテーブルの上に青いダイヤモンドの嵌め込まれた金の暗号箱が置かれている。外箱の扉はすでに開かれ、中の内箱が現れている。文字盤には最初の『E』の文字があるだけだ。

バルフが説明をするために前に進み出た。ジャケットはいつもの黒色だが、今日の装いはずっと若者らしい。金庫の内部が爆発する寸前のギリギリの時間に、一体どうやって内箱の鍵言葉を思いつくことができたのだろうか？

「ヒントは内箱の文字盤の上に彫られている、このラテン語の言葉です。〈見出すことは困難ではあるが、不可能ではない〉。ユタカが金庫の扉にも同じ言葉が刻まれていると地下から伝えたので、それで頭に閃いたのです。やはり鍵言葉を見出す手がかりでした。実は記憶のどこかにある言葉だと思っていたのです。これを見た最初に気づくべきだった」

バルフが反省の色を浮かべた。

「これはスピノザの言葉なのです。彼が生涯をかけて完成させた畢生《ひっせい》の書である『エチカ（倫理学）』の最後の部分にある言葉です。僕は何度も繰り返し読んでいたのに――」

バルフがそこで、壁に造り付けの書棚から一冊の立派な装丁の本を取り出してきて、テーブルの上に置いた。表題に『ETHICA』とある。

「これが『エチカ（倫理学）』のラテン語版です。ここにあるのです」

バルフが本を開いて示した。ラテン語なので森本と由紀やクララには理解できないが、確かに最後の部分に暗号箱の内箱に刻まれた言葉が見て取れた。

「それに気づけば、最初が『E』なので初めの六文字は『ETHICA』だとわかります。問題は残りの三つの文字か数字ですが、字数から一つの単語というのは難しい。

であれば数字だと考えてわかったのです」

そう聞いても、森本には少しもわからなかった。

「『エチカ（倫理学）』が極めてユニークなのは、その構成にあるのです」

バルフがテーブルの上の本の表紙を再び示した。

「表題の下に書かれているこの言葉は、ラテン語で〈幾何学的秩序によって証明された〉という意味です。その通りに、スピノザは『エチカ（倫理学）』をユークリッドの幾何学のような構成で書いたのです。つまり、定義から公理へ、そして公理から定理へと、彼の思想を幾何学的な体系として証明していったのです」

ずいぶん番号が多く出てくる本だと森本は思っていたが、それが理由なのだった。

「なぜ、そんなことをしたのかしら？」

由紀が興味を持ったらしく、質問をした。

「スピノザは自らの思想を声高に主張しようとはしなかった。彼に固有の思想ではなく、普遍的な真理だと考えていたからです。そうである以上、それは誰にも納得できる形で示されなければならない。三角形の内角の和が一八〇度に等しいと誰にも納得がいくようにです。幾何学的に扱うことで、神や人間について述べていながら、事物そのものが語るようにしたのです。スピノザは著者として自分の名前を出すことさえ不要だと考えていました。誰が書いても普遍的な真理の結論は同じになるからという理由です」

「………」

「『エチカ（倫理学）』は五部に分かれています。第一部が神について、第二部が精神の本性と起源について、第三部が感情の起源と本性について、第四部が人間の隷属あるいは感情の力について、そして最終の第五部が知性の能力あるいは自由について、です。〈見出すことは困難ではあるが、不可能ではない〉という言葉は、最終第五部の最後の定理四二の注解の中に出てくるのです」

「そうか、それで542、鍵言葉が〈ETHICA542〉になるわけか」

森本は感嘆した。

「バルフ。あんな時間のない状況で思いつけるなんて、とてもすごいわ！」

由紀が率直に声を上げた。

「あの時は疑問を持つ余裕もありませんでした。今になってみれば、どうして一〇〇パーセントの確信が持てたのか、自分でも不思議です」

軽い羞恥と笑みを浮かべて、バルフが打ち明けた。

「では、その鍵言葉で金の暗号箱の内箱を開けてみましょう」

車椅子に座ったマダム・エレーヌが促した。

外箱を開けた時と同じように、バルフが文字盤を一つひとつ順にセットしていった。

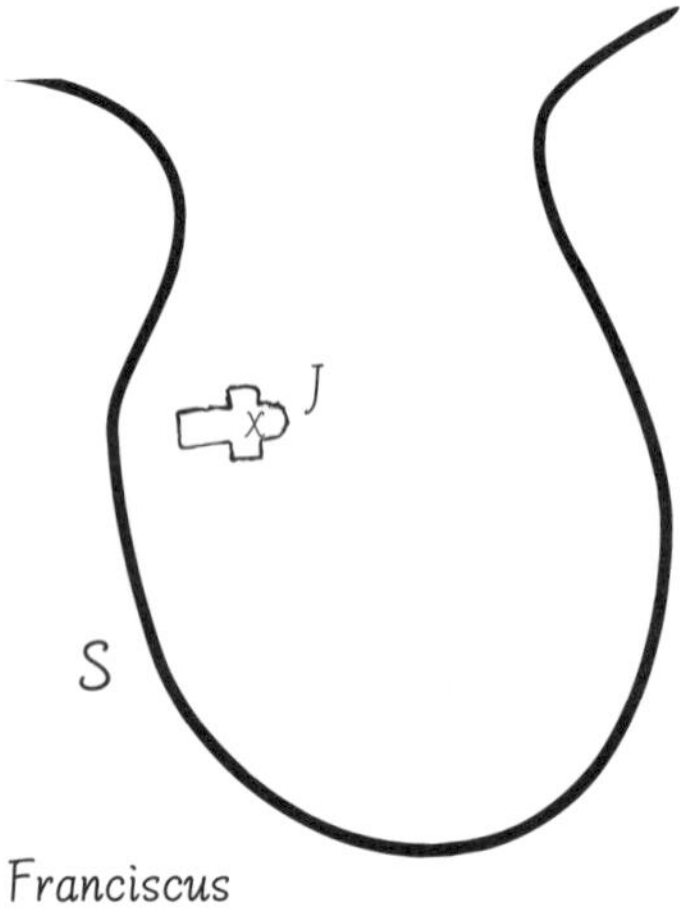

『ＥＴＨＩＣＡ５４２』と並び終えたところで、少し時間を置き、それから蓋の扉を開いた。大小無数の歯車は咬み合うことなくきれいに整列したままで、その間に紙片が一枚挟まれていた。バルフがピンセットで慎重に取り出すと、用意されたガラスケースの中に置いた。

　外箱に収められていたのと同じ、一枚の簡単な手書きの地図だった。

　やはり教会の建物らしい形が描かれ、横に〝Ｊ〟の文字が添えられて、内部の一ヶ所に〝Ｘ〟と印されていた。建物から少し離れて河か道のような線が描かれ、そこに〝Ｓ〟の文字が添えられているのも同じだった。外箱の地図と違うのは、線が曲線で建物を下から丸く袋形に囲むように描かれていることだった。建物は袋の中で左寄り、線のすぐ近くにある。紙片の一番下に今度も"Franciscus"と手書きで署名がされていた。

「外箱の地図と同じく、どこかの教会と河を示しているのね。今度もJで始まる名前の教会とSで始まる名前の河、一体どこかしら？」

クララが推測と疑問を同時に口にした。

「おそらく地図はどちらも金塊の秘密の保管場所を示したものです。外箱の地図が金塊を運び出す場所なので、内箱は運ぶ先の場所を示しているのではないでしょうか」

バルフが考えて言った。

「すると、アントワープのシュヘルド河から船で運ばれて行く先だ」

森本が続けた。

「フランシスクス・ファン・デン・エンデンはフランスのノルマンディー地方でルイ一四世に反抗する貴族たちと武装蜂起を企図していたのです。大量の金塊はその軍資金だった。ということは、Sはノルマンディーを流れるセーヌ（"Seine"）河でしょう」

「ノルマンディーのどこなのかしら？」

バルフの説明に、マダム・エレーヌが質問をした。

「反乱の拠点となるはずだったのはルーアンです」

バルフが答えると、マダム・エレーヌの表情が輝いた。

「ルーアンの近くでセーヌ河がこんなふうに大きく湾曲して、その近くにあるJで始まる名前の教会といえば、ジュミエージュ（"Jumièges"）の修道院よ。私は娘時代にフランスにいたから知っているわ。ルーアンは毎年の夏に避暑で訪れていたの。セーヌ河の河口から大型の船がルーアンまで頻繁に行き来していたわ。でもジュミエージュの修道院は今は廃墟になっているはずよ」

マダム・エレーヌがパリのロスチャイルド家に連絡して、すぐに調査させることにした。

「待って、中にまだ何かあるわ」

クララが気づいて注意をした。森本が覗くと、底に小さな丸い窪みが見える。バルフが内箱の扉をいっぱいに開いた。大小の歯車が左右に分かれて開き、窪みに何か詰められているのが見える。

バルフが取り出すと、小さな布の袋だった。口の紐を解いて中から出てきたのは、二つの小さな髪の毛の束に見えた。色褪せて濃さに違いはあるものの、どちらも黒髪で、一方は少し縮れている。バルフが別のガラスケースに大切に入れた。

「誰のものかしら？」

クララが興味津々の表情で言った。

一つは、その場の誰もが心の中で推測した。黒い縮れ毛は肖像画にある哲学者スピノザのものではないだろうか。しかしもう一つは――？

「科学的に調べさせましょう。それとユキ、あなたの髪を少し切らせてちょうだい。何だか素晴らしい結果が得られるような気がしますわ」

マダム・エレーヌがバルフと由紀の顔を見て言った。

「マドモアゼル、あなたに渡すものがある」

エマニュエルがそこで割って入り、由紀に言葉をかけた。

「あなたの曽祖父が最後の日々を送っていたポーランドのナチスの秘密地下基地から出てきた物だ。捕虜たちの共同洗面所の棚の奥の缶の中に隠すように残されていた。日本語なのであなたの曽祖父が書いたものに違いない」

エマニュエルはそう言って、テーブルの引き出しから古い数枚のメモ書きを取り出した。黒く汚れているが、文字は判読できる。

由紀は受け取ると、急いで眼を通した。読み終えると納得した表情を浮かべて、森本に手渡した。森本が読んでいる間に、ほかのみんなに英語で説明した。

今村武郎はやはりナチ親衛隊の精鋭部隊に捕えられ、ノイシュバンシュタイン城の地下にある秘密基地に収容されていた。しかし場所がどこかまったく知らされていなかった。何年かの収容生活の後で、ポーランドの別の地下基地に移されることになった。深夜に地上に出され、近くの町（おそらくフュッセンだろう）に運ばれた。そこでトイレで用を足している間に、窓の隙間から見えた向かいの建物の壁にある何かの案内板に、経度と緯度を示す数字があることに気づいた。それを急いで手帳に記すと、コートの布地の間に隠し持っていたスピノザの短信とCの手紙を入れた封筒に同封して、日本の長崎の今村家の住所を宛先に書くと、マルク紙幣を付けて隙間から外に落としたのだった。

由紀の説明が終わると、今度は読み終えた森本が補足をした。

「幸運としか言いようがないが、それを拾った人物がナチスや警察に届けることなく、フュッセンの町の郵便局から投函してくれたのだ。今村武郎は発覚した場合を恐れて経度や緯度という言葉を避けた。ただ経度はヨーロッパに東西があるので、東経を示すために単にE（East）を付け、緯度は北緯しかないので数字だけを書いた」

「私の父がその部分を後から赤で丸く囲み、中央の5と4の間にカンマを付けたのは、それが理由です。父は地理の教師だったので何を意味するのかわかったのです」

「結果として『E』で始まる九文字数字になったのは、まったくの偶然だった。ゼークハルト教授は最初からそうだと知っていたので、内箱を開ける鍵言葉に見せて騙そうとしたのだ」

森本はあらためて怒りがこみ上げてきた。

「一度広間に戻りましょう。薬草のお茶を飲んで少し休憩を取りましょうね。バルフ、その後で皆様に、もう一つの大切なことを説明するのよ」

マダム・エレーヌが気分を変えるために提案した。

「さて、次は『Cの手記』の内容です」

お茶の後で全員が会議室に戻り、バルフが話を再開した。

テーブル上の金の暗号箱の横に、『Cの手記』が置かれている。地下基地から森本とクララが無事に持ち帰ったものだ。それを手渡した時に由紀がどんなにか喜んだことか。ラテン語で書かれているので、まずバルフに読んでもらったのだ。

「読み始めると、ほかの事は何も手につきませんでした。最後まで一気に読み、それからもう一度読み返して、昨夜は眠ることも忘れました。驚くべき内容の手記です。一七世紀に書かれた個人の手記として、歴史的に最も価値の高いものの一つでしょう。日本で発見されたフェルメールの絵とともに、今世紀の大発見の一つです」

バルフは自らの興奮を静めるように、大きく一つ息をした。

「手記を書いたのはコルネリアという名前の女性です。Cはそのイニシャルです。一七世紀の前半に日本を密かに出国してオランダに渡ったピーテル・イマムラ（今村藤八郎）という人物――ピーテルはオランダ名で実際はユキの先祖ですが、彼がこちらで妻となったオランダ人女性との間にもうけた日蘭混血の女性です」

バルフがそこで、由紀を見つめた。

「今から手記の内容を話した後で、僕があらためて英語に訳します。ユキ、君がそれを日本語に訳せばいい。きっと驚きと興奮を抑えられないだろう――」

バルフが笑みを浮かべた。

それに続いて、バルフが語る手記の内容を全員が聞いた。

話の間中、誰も一言の言葉も洩らさなかった。最後まで一心に耳を傾け、ようやく長い物語を聞き終えたとき、全員が深い驚きと感嘆の声を洩らした。

次は、日本語に訳された『Cの手記』の内容である。これからは『コルネリアの手記』と呼ぶべきだが、書き手の意図を尊重して『Cの手記』としておく。ただ、手記の中で名前がイニシャルになっていたのを、わかりやすいようにすべて本来の名前に置き換えている。

『Cの手記』

この手記を書き始めたのは、一六九六年の八月二五日——ちょうど私の五〇歳の誕生日です。私の名前はコルネリアといい、ハーグのスポイにある新教会の近くに住んでいます。部屋の窓から眺めることができるその新教会の裏庭には、あの方が眠っています。

私の父は日本人です。名前はピーテル・イマムラ——ピーテルというオランダ名はこちらに来てからのもので、もとの日本名はトウハチローというそうです。それではオランダ人にあまりに呼びにくいので、父はずっとピーテルで通していました。

つまり、私は日本人の父と、父がこちらで結婚したオランダ人の母との間に生まれた日蘭混血の娘です。母の名前はアンナといいましたが、私を産んで間もなく病死しました。父は再婚せず、ずっと男手一つで私を育ててくれたのです。父と私は最初アムステルダムに暮らしていましたが、後に理由があってハーグへと移ってきました。

はるか東洋の日本からヨーロッパにやって来たというだけでも、父の人生は稀有なものでした。この手記はですから、まず父のことから書き始めることにします。

父は一六一五年の生まれです。実家の今村家は有力な商家で、早くから政府の許可を得てオランダとの貿易に携わっていました。当時は長崎の出島ではなく、平戸という町にオランダの商館があったそうです。今村家の血筋には言葉への特別な才能があり、父は家業を継ぐ長男でなかったこともあって、政府の役人を助ける形でオランダ通詞になる道を選びました。

父の人生の一大転機となったのが、平戸のオランダ商館で一人の人物と出会ったことでした。名前をフランシスクス・ファン・デン・エンデンといいました。父が一九歳の時です。義母のヤエとの婚約は決まっていましたが、父はまだ家庭を持っていませんでした。

フランシスクスは三〇代の前半で、やはり独身でした。アントワープの生まれで、最初はカトリックのイエズス会に属し、ラテン語の教師をしていたそうです。驚くほど博学多才の人物で、ラテン語はもちろん、ギリシャやローマの古典文学、それに科学や工学や医学まで、あらゆる分野に通じていました。理由があってイエズス会を追放になり、オランダに来て東インド会社に船の乗員として雇われ、最初はバタヴィアに、さらに日本へとやって来たのです。平戸のオランダ商館に二年ほど滞在していました。

　父はフランシスクスによって、巨大な知の世界の存在を知らされたのです。まずラテン語でした。自分が身につけたオランダ語が実はヨーロッパの一つの国の言葉にしか過ぎず、多くの国と言語から成るヨーロッパではラテン語こそが知の世界の共通の言葉であるという事実でした。父にとって世界が一変する事態でした。何があってもラテン語を学ぼうと決意した父は、フランシスクスに教えを懇願しました。当時のオランダ商館にはフランソワ・カロンという日本滞在の長い人物がいて、後に商館長にまでなるのですが、同じフランドルの生まれで年齢も近かったことから、フランシスクスの後ろ盾になって父にも便宜を図ってくれました。父は持ち前の語学の才能もあって驚くほどラテン語が上達したそうです。それにつれてヨーロッパの学問をさらに学びたいという渇望が抑え難いものになり、日本を出る決心をしました。日本政府の鎖国政策が厳しくなろうとしていた時で、今を逃せばもう永久に機会は来ないと強い焦りの気持ちもあったのです。

　一六三七年に、フランシスクスがヨーロッパに帰るのに合わせて、父は一緒に日本を脱出しました。国禁を犯す密出国です。商館の次席になっていたカロンがこの時も力になってくれました。実家の今村家とも密かに連絡を取り、結婚して間もない妻のヤエと分家住まいの形にして、密出国に合わせて父が突然に僧となって出奔したように偽装したのです。

実はその時に、義母のヤエは妊娠していました。でも父の決心を鈍らせまいと、それを自分だけの秘密にしたのです。父が密出国に成功した後で、無事に兄を産みました。

父も義母も何年か過ぎれば事情が変わり、父が帰国できると考えていたのです。ところが日本政府の鎖国政策が急激に厳しさを増していき、次の年に念願のヨーロッパに無事到着した父は、故国に戻る見込みがほぼ無くなったことを知りました。そうして父のヨーロッパ滞在は実に四〇年以上に及ぶことになったのです。

父は最初は、フランシスクスの故郷であるアントワープで暮らしました。そこでフランシスクスと一緒に仕事をしながら、引き続きラテン語とさらに哲学の教えを受けて、大学に進む準備と学資の蓄えをしたのです。

一六四〇年にフランシスクスが遅い結婚をしました。相手の女性はクララ・マリア・フェルメーレン（Vermeeren）という聡明で美しい女性です。アントワープの聖母大教会で執り行われた結婚式に父も出席をしました。その時の参列者の中に、オランダのデルフトからやって来たレイニール・ヤンスゾーンという人物がいました。フランシスクスとの最初の出会いは、フランシスクスが東インド会社の乗船員になろうとオランダにやって来た時だそうです。東洋への船を待つ間にレイニールが営む宿屋に隠れるようにして滞在し、親身に世話をしてもらったのでした。レイニールはクララ・マリアの美しさに感嘆して、二人の間に娘が生まれたら息子の嫁にしたいと頼んだそうです。レイニールにはヨハネス（Johannes）という名前の八歳になる息子がいました。そればかりか、当時フォスとしていた自分の姓をフェルメール（Vermeer）と改名までしてしまいました。

フランシスクスの結婚に合わせて、父も念願を果たしてオランダのライデン大学に哲学生として入学しました。父のラテン語はこちらの学生にも負けないレベルに達していて、講義でも少しも困らなかったそうです。

翌年に、フランシスクスとクララ・マリア夫妻の間に長女が生まれました。名前は母親と同じクララ・マリアと付けられました。

一六四五年にフランシスクスの一家がアムステルダムに移住して、書物と美術品の店を始めました。父もライデンでの学究生活に区切りをつけて、アムステルダムに移りました。いつか日本へ帰ることを頭に置いて、東インド会社の職員として働き始めたのです。日本語に加えてオランダ語とラテン語が自在に使え、何より日本の事情に精通していたので、東インド会社にとっては喉から手が出るほど欲しい人材でした。やがて生活が安定すると、フランシスクスの勧めもあって、父は結婚をしました。日本に残した妻を忘れることはありませんでしたが、帰国できる当てが無いので勧めに従ったのです。相手はレイニールの従妹筋の親戚の女性で、それが私の母のアンナです。翌年の夏に二人の間に生まれた娘が私で、名付け親であるレイニールが名前をコルネリアとしました。

母は私を産んですぐ亡くなりましたが、それからの五、六年間は平穏な期間が続きました。フランシスクスの店は繁盛とまでいかなくても何とか続いて、父は東インド会社でかなりの待遇を得ていました。

変転の始まりは、一六五二年にフランシスクスの店が破産をしたことです。この年にはまた、デルフトのレイニールが亡くなりました。そのためフェルメール家とはしだいに疎遠になりましたが、それでもレイニールの息子のヨハネスが翌年の春に結婚し画家として聖ルカ組合のメンバーになったと、未亡人になったレイニールの妻から知らせが届きました。フランシスクスの娘のクララ・マリアと結婚するようには実際はいかなかったわけです。

フランシスクスは新たにラテン語の学校を開き、妻クララ・マリアの働きもあって学校は大成功を収めました。アムステルダムの裕福な家庭の子弟が数多く入学してきたのです。フランシスクスは娘のクララ・マリアにも英才教育を施し、まだ六歳だった私も父の意向でラテン語を学び始めました。

その方と私が初めて出会ったのは、同じラテン語学校においてでした。今でもはっきりと思い出すことができます。少し縮れた黒い髪に、まるで世界全体を包み込むような大きな黒い眼をしていました。名前をバルフ・デ・スピノザといい、年齢は二〇歳で、アムステルダムのユダヤ人社会に属していました。生前そうであったように、この手記の中でもバルフ（Baruch）と呼ぶことにします。

フランシスクスはバルフの聡明さに感動し、ラテン語だけでなく、当時新科学と呼ばれていた学問や、宗教や政治に関する新しい思想も教えました。当時のオランダは総督のいない共和政治の時代が始まっていましたが、フランシスクスは自由思想家として共和制オランダの熱心な信奉者でした。

バルフはまた、私の父とも親交を持つようになりました。ヨーロッパの学問を学ぶために遠い日本から国禁を犯してまでやって来た父に、自然な尊敬を抱いたのです。父も、バルフの聡明さと謙虚な人柄に深く心を打たれました。

フランシスクスによる思想的な感化が影響したのか、一六五六年に大きな事件が起きました。バルフがユダヤ教団を破門になり、アムステルダムのユダヤ人社会から追放されてしまったのです。

しかしこの時期にバルフは、真理とりわけ人間の真の幸福とは何かを追求することに生涯を捧げる決心をしたのです。新しい哲学の研究にいっそう打ち込むようになり、それがフランシスクスや私の父との親交をさらに深めました。父は時間があると、私を一緒に連れてバルフの簡素な住居を訪れ、飽くことなく哲学の議論をしました。話が理解できなくても、書物や地球儀や地図を手に取って遊ぶのが私は大好きでした。バルフは一度たりとも注意したりせず、世界全体を包み込むようなあの大きな黒い眼で優しく私を見つめるのでした。

その翌年に、フランシスクスの妻クララ・マリアが死ぬという不幸が起きました。フランシスクスの落胆は激しく、学校の運営にも困難を来すようになりました。

一方でバルフには、何人かの熱心な信奉者が現れました。彼らは生涯にわたってバルフを助けることになります。特にアムステルダムの裕福な香料商人だったヤーリス・イエレスは、バルフのあまりに質素な生活を見かねて年金の提供まで申し出ました。後にバルフが生涯を終えた時に、ラテン語とオランダ語の『遺稿集』を出版したのはイエレスでした。

数年後に、バルフがアムステルダムを離れて、ライデンから北西に少し離れたレインスブルフに移り住みました。静かな場所で哲学の探求に没頭したかったのです。一四歳になっていた私にとっては、大きな失望でした。私は一人でもバルフの住居を訪ねて、ラテン語の書物を読むことが大きな楽しみになっていたのです。そうした時間が持てなくなると思うと心が悲しく憂鬱になり、一人で涙を流したものです。

　レインスブルフへ移ってからも、バルフはフランシスクスや父と手紙のやり取りを続けていました。この時期にフランシスクスが無神論者だという非難が広まり、ついにラテン語の学校が立ち行かなくなってしまいました。

　その間に、父と私にとって大きな出来事がありました。父は東インド会社を使って日本に残してきた妻の消息を調べ続けていたのですが、無事に生きていて、父の出国のすぐ後に男子が生まれたことを知ったのです。名前がジュンノシン（準之進）だということもわかりました。その時になって父は初めて、日本を出る時に妻のヤエが妊娠していたこと、夫の意志を挫《くじ》くまいとそれを黙っていたことを知ったのです。父が二度目の再婚を決してしなかった理由がそれでした。そのジュンノシン（準之進）様から何と、オランダ語で書かれた手紙が父のもとへ届いたのです。義母の将来への賢い計らいで、兄はオランダ通詞になっていました。手紙は長崎から出航した東インド会社の船の乗組員に密かに託されて届いたのです。それからも出島のオランダ商館長の内密の助けを得て、手紙のやり取りは続きました。

一六六三年に、バルフが今度はハーグ近郊のフォールブルフへと移り住みました。この転居がバルフと私を再び結びつけます。それだけでなく、父やフランシスクスの運命も大きく変えていく転機になったのです。

新しい住居からほんの数分の所に、高名なコンスタンティン・ホイヘンス閣下の別邸がありました。ホイヘンス様は、オラニエ家三代目当主でオランダ陸海軍の総指揮者であったフレデリック・ヘンドリック公に高官として長く仕えた方ですが、公務をすでに退かれて悠々自適の生活に入り、ハーグ近郊のその別邸に頻繁に滞在されていたのです。高官であった時から同時に詩人そして学者でもあり、七〇歳に近い高齢でしたが大変にお元気でした。高名でしたのに実に気さくなお人柄で、狭い思想や信条にとらわれない寛容な心をお持ちでした。そんなホイヘンス様が、すぐ近くに住むようになったバルフ・デ・スピノザを放っておくはずがありません。頻繁にお邸《やしき》に呼んで自由に談論するうちに、バルフの人並み外れて高い学識と謙虚な人柄を心から愛するようになったのです。

バルフは相変わらず質素な生活を送っていましたが、日常のさまざまな雑事や家事を自分でしなければならず、それが哲学研究の邪魔になっていました。それに身体がしだいに病気がちになり、そのことも不安でした。それで父が、私をバルフのもとに送ることを決めたのです。私がラテン語に不自由しないことから、バルフの哲学研究の手助けができると考えたのでした。私は飛び上がって喜びました。

ただ、私はもう年頃の娘になっていましたから、狭い家でバルフと一緒に住むわけにはいきません。それを助けてくださったのがホイヘンス様なのです。バルフの友人にアムステルダムの有力な政治家がいて、父がその人物を通して依頼し、ホイヘンス家の別邸にある離れの一部屋を借りられることになったのです。別邸の家事を手伝うことで私に給金を払い、生活の心配を無くしてもくださいました。仕事といっても、ホイヘンス様にラテン語で古典の朗読をするといったことが主で、実際の家事はほんの申し訳程度のものでした。

＊

こうして、私はバルフと再会をしました。フォールブルフに到着して、想像以上に質素な家の前に立ち、目の前の扉が内側からゆっくりと開きました。

その瞬間を、今でも鮮やかに覚えています。バルフは三二歳、私は一七歳になっていました。世界全体を包み込むようなあの大きな黒い眼は、少しも変わっていませんでした。

なぜか、その眼に驚きとためらうような光が一瞬、浮かびました。

フォールブルフでの日々がそうして始まりました。

早朝に目を覚まし、別邸で朝の務めを終えると、次にバルフの家へと歩いて向かいます。

バルフは深夜まで思索や著述に耽ることが多く、たいていまだベッドで休んでいます。その間に部屋の掃除や整頓と、一日の食事の準備をしておきます。やがてバルフが目を覚まして、朝食を取り、食後にいつもおいしそうに煙草をくゆらすのです。それから昨夜書き留めておいた草稿やメモを読み返します。思索が思い通りに進んでいるのか、顔の表情や眼の動きで私は知ることができました。

午後にホイヘンス家の別邸へ戻ります。夕方近く今度はよく、バルフがホイヘンス様に呼ばれてやって来ます。外国からも含めて文人や知識人の訪問者が多く、彼らはバルフ・デ・スピノザと面会することを強く望んだからです。

その同じ一六六三年の夏に、フランス人の旅行家で美術愛好家のバルタザール・ド・モンコニーという人物がオランダを訪れ、ホイヘンス様、そしてバルフとの面会を求めてきました。

美術愛好家だったモンコニーは、ハーグの直前にデルフトを訪れて、フェルメールという画家に会おうとして果たせなかったと話しました。そのフェルメールこそ、フランシスクスと私の父が親しくしていたレイニール・ヤンスゾーンの息子ヨハネスにほかなりませんでした。ヨハネス・フェルメールはデルフトでも有力な画家になっていたのです。私は父同士が親しかったことを話しました。絵画にも造詣が深いホイヘンス様もヨハネス・フェルメールの名前と才能を知っていました。強く勧められてモンコニーは再びデルフトを訪れ、今度は首尾良く面会を果たしました。

その事が契機となって、その夏の終わりに、ホイヘンス様に連れられてバルフと私もデルフトを訪れたのです。

デルフトはスペインからの独立戦争を指導したオランダ建国の父ウィレム一世（沈黙公）ゆかりの町です。町の中心のマルクト広場に面した新教会の中に、ウィレム一世の有名な墓所がありました。オラニエ家三代目当主のヘンドリック公に長く仕えたホイヘンス様はもちろん、到着して第一番に詣でました。それから新教会のすぐ近くにあるフェルメールの家を訪れたのです。

初めて会ったヨハネス・フェルメールは、少し波形の濃い茶色の髪を無造作に伸ばし、繊細そうな眼が印象的でした。高名なホイヘンス様の来訪とあってさすがに緊張した様子でした。家は彼の妻の母のものでしたが、ヨハネスには子供が多く、その日は面会の邪魔にならぬよう子供たちを連れて妻と母は外出していると話しました。父親同士が親しかった事情を私が話すと、会話が打ち解けたものになりました。偶然にも、ヨハネスはバルフと同年の生まれでした。バルフとは最初からたがいに好感を持ったようです。

ヨハネスの家には肝心の作品が一点も無く、私たちは彼のパトロンであるピーテル・ファン・ライフェンという人物の邸へ案内されました。そこなら彼の絵が多くあるというのです。

ファン・ライフェン夫妻もホイヘンス様の来訪をあらかじめ知らされていて、心のこもった歓迎をしてくれました。邸の内部のそこかしこに、ヨハネスが描いた絵が飾られていました。最も印象深かったのは、広い客間の壁に掛けられたデルフトの風景を描いた大きな絵です。手前の運河を挟んで街並みが描かれていました。見る者の心を捉えるのは、それが永遠のデルフトの光景だということです。街そのものが語りかけてくる永遠の姿なのです。バルフも私も、しばらく言葉を失ったままでした。

ほかにも、ひっそりとほの暗い部屋の窓辺で一人天秤を持つ婦人や、鏡に向かって真珠の首飾りをつけようとしている若い女性の絵が、夫妻や娘の部屋に飾られていました。若い女性を描くのが好きなのだと、ヨハネス・フェルメールは少しはにかむ様子で言い、それから私をじっと見つめました。

このデルフト訪問がきっかけとなって、バルフ・デ・スピノザとヨハネス・フェルメールの交流が始まりました。ヨハネスが哲学的な思索をすることはありませんでしたが、優れた直感力を持ち、バルフの哲学がどのようなものか、言わば感じ取ることができたのです。バルフのほうは、事物の一瞬に現れる本質を永遠の相の下に描くことができるヨハネスの真に天才的な力を、はっきりと認識していました。

実際に会う機会はごく少ないものでしたが、二人の間の手紙のやり取りは晩年まで続きました。ただ後に書く理由で、手紙はすべて処分されました。


翌年の一六六四年になると、バルフの周りに新しい動きが起きました。最も大きかったのは、オランダ共和国の政治上の最高指導者であったヤン・デ・ウィットの知遇をバルフ・デ・スピノザが得るようになったことです。

当時の状況は、ホイヘンス様が長く仕えたヘンドリック公の子ウィレム二世が一六五〇年に二四歳にして呆気なく病死すると、それを機にオラニエ家と長く抗争を続けていた共和派が実権を握り、オラニエ家の当主が総督になることを禁じました。そうした中でヤン・デ・ウィットが一六五三年に連邦で最大のホラント州の法律顧問に就任し、オランダ共和国の実質的な指導者になったのです。その指導の下でオランダは黄金時代と呼ばれる二〇年間を迎えることになります。ウィットはバルフ・デ・スピノザの学識と見識を深く尊敬し、政治上の助言を求めるようになったのです。バルフもウィットの自由なオランダ共和国を擁護しようとしました。そのことがやがて、オラニエ家と結んだカルヴァン派を中心とするキリスト教会や神学者たちから、バルフが思想上の最大の敵と見なされることへつながっていきます。オラニエ家に仕えたホイヘンス様にとっても決して望ましいことではありませんでしたが、バルフとの交際を止めることはありませんでした。

その後に続く激動の時代に比べれば、それでもまだこの年は穏やかなものでした。ホイヘンス様に連れられてデルフトを訪れてから一年が経った頃に、ヨハネスのパトロンであるファン・ライフェン夫妻から思わぬ招待状が届きました。夫妻が注文する形で私をモデルにした絵をヨハネス・フェルメールに描かせたいので、バルフと一緒に再びデルフトを訪れて、夫妻の邸に滞在するようにというのです。本当はヨハネスがそう夫妻に頼んだに違いないと、私は確信しました。バルフの健康は相変わらずで、時に熱に苦しむこともあったので、寒さが来る前に夫妻の招きを受けることにしました。

九月に入って間もない時期でした。そのデルフトでの一ヶ月以上に及んだ滞在こそが、私の半生の中で最も幸福に輝き、美しい思い出に満ちたものとなりました。

ヨハネスは通常なら、自宅の二階のアトリエで仕事をします。でも今回は特別に、ファン・ライフェン夫妻の邸の一室を使うことにしました。毎日、アウデ・デルフトの運河沿いにある夫妻の邸まで通ってきたのです。

天気の良い日には、絵に取りかかる前にバルフとヨハネスと私の三人で街を散策しました。通りに沿う運河の面に初秋の朝の透明な光がキラキラと反射し、両側の木々が夏の緑一色から秋の色調へと変わり始めていました。時間にすれば三〇分から一時間です。バルフとヨハネスは哲学と絵画について交互に語り聞くといったふうで、ほとんど話し続けていました。私は二人と一緒に歩きながら、意見を求められなければ黙って耳を傾けていました。本当に何という至福の時間だったことでしょう。

散歩から帰ると、アトリエ代わりに用意された一室で、ヨハネスが私をモデルに絵の制作を続けました。時間は正午までの二時間ほどです。ヨハネスは寝食を忘れて制作に没頭するタイプではなく、いつも一定の時間を決めて描きました。でも頭の中で常に絵のことを考えているのだとわかりました。絵筆を取って描いているより考えている時間のほうが多いと思ったほどです。私をモデルにした絵も、身に着ける衣装や飾りをどうするか随分と考えていました。結局ヨハネスが最後に私に身に着けさせたのは、白い服の上に黄色い上着でした。その黄色い服と対比させるために、ヨハネスが好んだ青色を頭の部分に使うことにし、帽子ではなく異国的なターバンを選びました。神秘的な感じを出すために背景は黒一色にされたのですが、私の髪が同じ黒色だったために青いターバンで全体を巻くようにしたのです。それから私に真珠の大きな耳飾りをつけるように言いました。もちろん本物の真珠ではなく模造品です。

私がヨハネスの真の天才をまざまざと見たのは、その真珠が描かれた瞬間です。ヨハネスは瞬時に、本当にほんの二筆か三筆で、それをカンヴァスの上に描いたのです。あっという間の出来事でした。私が姿勢を解いて画面を見ると、背景の黒と見事な対比を成して、それまで無かった大きな真珠が完璧に描かれていました。

ヨハネスの絵筆の使い方はそんなふうに変幻自在でした。丹念に壁や布の質感を描くかと思うと、あるものは瞬時に描いてしまうのです。寡作だったのは絵筆の動きが遅かったためではなく、時間を置いて何度も手を入れたからです。

私をモデルにした絵もそうでした。完成したのは一年も経ってからのことです。それを見た時に、ヨハネスが描いたのは私の肖像画というより神秘的な印象を与える永遠の少女なのだと、私は気づきました。

このデルフト滞在中に、バルフ・デ・スピノザがヨハネス・フェルメールに勧めたことがひとつありました。日常の風俗を描くだけでなく、絵画における理想を描いてはどうか、というものでした。バルフが生涯をかけて探求している真理を『エチカ(倫理学)』という作品に著そうとしているように、絵画で同じ試みをするようにと言うのです。絵画芸術そのものを主題に作品を描くという考えは、画家としてのヨハネスをいたく刺激したようでした。ヨハネスはしばらくじっと考え込んでいました。

＊

一六六五年に入ると、情勢が一挙に動き始めました。ヤン・デ・ウィットはオラニエ家を公職から排除し、宗教の政治介入を許さない政策を維持していましたが、オラニエ家を支持する勢力とキリスト教の正統カルヴァン派が結託して鋭く共和派に対立したのです。悪いことに、三月にイギリスとの戦争が始まりました。オランダの戦争への準備は万全でなく、開戦するとオラニエ家支持派がまだ一五歳のウィレム三世の総督への就任を要求し、対立がいっそう深まりました。ウィットは共和制の優位と宗教による政治介入排除の正当性を思想的に擁護するようにと、バルフ・デ・スピノザに依頼しました。バルフは『エチカ（倫理学）』の執筆を中断してまで、それに応えようとしたのです。自由オランダ共和国を守るために少しの躊躇もありませんでした。

こうした背景が、バルフとアムステルダムにいたフランシスクス・ファン・デン・エンデン、そして私の父との結びつきを、再び強めることになりました。バルフの紹介で二人もウィットの知遇を得たのです。

戦争は二年後の一六六七年にようやく終わりました。オランダが勝利したわけではなく、前年のロンドンの大火災や、それに続いてイギリス全土で疫病の大流行があり、相手が自ら戦争の終結を望んだのでした。

そんな不穏な中でも、ヨハネス・フェルメールとの交流は続きました。年に一度はファン・ライフェン夫妻の招きでデルフトに滞在するのが、バルフと私の慣わしになりました。

バルフの示唆を受けて、ヨハネスは絵画芸術そのものを主題とした絵を描き上げました。誰からの注文でもなく、自らの意図で描いたのです。ポーズを取るモデルの女性を前にアトリエで画家が絵筆を取っている絵でした。モデルは実は勝利を象徴する女神クリオです。画家もヨハネス本人の属性を消し去るために後ろ姿にされ、絵を描く行為自体の永遠性を語りかけています。完成した絵にバルフは賞賛を惜しみませんでした。後に書く理由もあって、ヨハネスはその絵を人に売ることはせず、ずっと自分のかたわらに置いていました。家族にも決して手放してはならないと言っていたのです。

それに続いてヨハネスは、今度はバルフをモデルにした絵を描きました。まず天文学者を、次に地理学者を主題にした二枚の絵です。もちろん、バルフ・デ・スピノザと特定できる個人的な特徴は注意深く除かれました。

この頃には、自由オランダ共和国にとって最大の脅威が何であるのか、はっきりとしてきました。それはフランスのルイ一四世です。先のオランダとイギリスの戦争は王にとって両国が疲弊する絶好の機会でした。これを機にフランスはオランダへの敵対と領土的野心をあからさまにしてくるのです。

経済的繁栄と平和外交を基本にしていたオランダに対してフランスの軍備増強は著しく、その強大な陸海軍にオランダの軍事力では対抗できないことは明白でした。ルイ一四世は外交面でもイギリスに接近し、オランダを快く思っていなかったチャールズ二世を籠絡《ろうらく》して味方としました。フランスの侵攻が不可避の情勢となってきたのです。

軍事的な対抗手段が無いと悟ったヤン・デ・ウィットは、外交による戦争の回避を試みるかたわらで、バルフとフランシスクス、そして東インド会社の高級職員になっていた私の父と相談し、秘密の対抗策を立てようとしました。

当時、フランスのノルマンディー地方にルイ一四世の王制に反対する貴族たちがいました。ヤン・デ・ウィットが立てた秘密計画は、その反王権派の貴族たちと結び、ルイ一四世がオランダに侵攻した場合にはただちにノルマンディーで武装蜂起を実行させ、それをオランダ海軍が海から援護して、王を背後から脅かすというものでした。ウィットはフランシスクスに反王権派の貴族たちと密かに通じて事を進めるよう指示し、東インド会社に命じて極秘に軍資金を準備させました。私の父がその任に当たったのです。軍資金は大量の金塊にしてアントワープから船でノルマンディーへ運ばれる予定でした。スペインも同じくフランスに対抗していたので、ウィットはスペイン領南ネーデルラント総督のモントレー伯爵とも密かに通じて、秘密計画を進めました。

ヤン・デ・ウィットはさらに、ルイ一四世の懐柔策も考えました。当時世間で王が購入した巨大なダイヤモンドが評判になっていました。神秘的な青色を帯びていたので『フランスの青』と呼ばれましたが、王はそれを二つに分けて一つをハート型にカットし、自らの儀典用のスカーフにつけました。問題はもう半分で、何者かに盗まれて行方不明になっていたのです。ウィットはそれが闇の市場を通してアントワープのユダヤ人宝石商の手にあることを知ると、大金を投じて入手しました。そしてフランシスクスに指示して、不思議な二重の金の箱を設計させました。高価な装飾箱であると同時に、重要な紙片を中に収める精密な暗号箱でもあるのです。アントワープの同じユダヤ人宝石商に注文して純金製で二個作らせ、その一つに手に入れた青いダイヤモンドの半分を象嵌させました。ルイ一四世がオランダ侵略の軍を収めれば、ノルマンディーの武装蜂起を止めさせ、軍資金に準備した大量の金塊と一緒にそれを与えて王の歓心を買おうと考えたのです。二個作ったのは密約の署名を収めてたがいに保管するためです。

バルフも秘密計画について知っていました。しかし直接関わってはいません。バルフ・デ・スピノザの役割は自由オランダ共和国とヤン・デ・ウィットの政治を思想的に擁護することだったからです。書き上げられた政治哲学の著作は一六七〇年に匿名で出版され、たちまち大変な反響を引き起こしました。匿名でも著者がバルフ・デ・スピノザであることは公然の事実でした。キリスト教のカルヴァン正統派とオラニエ家支持派から最も危険な思想家と見なされるようになったのです。その書は神への冒涜とされ、ありとあらゆる非難がバルフに投げかけられました。それでもホイヘンス様は少しも気にかけることなく、バルフとの交際を続け、私のことも変わらずに助けてくださったのです。

とはいっても、さすがに危険が身辺にも感じられるようになりました。ヤン・デ・ウィットの強い勧めで、バルフはフォールブルフを離れ、より安全なハーグ市内へ移り住むことにしました。パヴィリヨン運河の河岸に住む一家の屋根裏部屋を借りたのです。家の主人はスペイクといってあまり売れない画家ということになっていましたが、実はウィットの指示で選ばれた人物でした。バルフの身の安全を守るためです。やはりウィットの計らいで、父が東インド会社の高級職員の地位を保ったままアムステルダムからハーグに移ることになり、それに合わせて私もホイヘンス家の別邸を出ました。スポイの新教会近くに手ごろな家を見つけて、父と私は居を定めました。バルフの下宿からも歩いてすぐの距離です。

翌年に、フランシスクス・ファン・デン・エンデンもアムステルダムを離れました。私の姉のような存在だったクララ・マリアが結婚したのを機に、一家でパリに移り、そこで再びラテン語の学校を始めたのです。でも実は、それは表向きのことで、本当の目的はルイ一四世への謀反の計画をさらに進めるためでした。この頃には王のオランダ侵略に対抗するという当初の目的を超えて、ノルマンディーに自由共和国を打ち建て、新しい理想社会を建設する革命を考えていたということです。


さらに年が変わった一六七二年は、本当に激動の年でした。恐れていた事がついに現実となったのです。

四月にルイ一四世がオランダに宣戦布告をして、侵略を開始しました。しかもフランスの同盟国となったイギリスまでが一足早く、三月に宣戦布告をしていました。満を持して侵略の準備を進めていたフランス軍に対して、オランダ軍の劣勢は明らかでした。コンデ公率いるフランス軍の兵士の数は四倍、隣国のミュンスター司教やケルン選帝侯の軍までが混乱に乗じてオランダに攻め入り、各都市は次々と陥落するか、あるいは自らフランス軍の軍門に降って、目を覆いたくなる惨状でした。オランダはまさに滅亡の淵に追い込まれたのです。それでもヤン・デ・ウィットを支持する共和派と、それに対抗するオラニエ家やキリスト教カルヴァン正統派との抗争が、相も変わらず続いていました。ウィットはフランスとの外交交渉を続けましたが、ルイ一四世とその宰相コルベールの意図はむしろ、オランダを併呑《へいどん》し国家として消滅させることにあったのです。

ウィットはついに、かねてからの秘密計画を実行するようフランシスクス・ファン・デン・エンデンに命じました。父が東インド会社を使って集めた大量の金塊はすでにアントワープの秘密の場所に隠されていました。しかし英仏海峡にイギリス海軍の軍艦が待ち構えているために、フランスのノルマンディーへと運ぶことができなかったのです。

オランダ国内の状況はまさに一瞬即発の状態でした。ヤン・デ・ウィットへの民衆の不満が激しく高まり、各地で暴動が発生しました。人々はウィットの辞職を要求し、オラニエ家のウィレム三世を総督として迎え国軍の最高司令官とすることを要求しました。

八月に入って、ヤン・デ・ウィットがついに辞任をしました。それでも民衆の怒りは収まらず、死刑を要求するようになりました。そうした中でウィットの兄のコルネリスがウィレム三世の暗殺を図った罪で投獄されました。実はまったくの冤罪だったのです。

悲劇はその後にやって来ました。ヤン・デ・ウィットが監獄にいる兄を面会に訪れたのですが、それを聞きつけた群衆が大挙して押し寄せ、二人を絞首台に吊るして私刑にしたのです。私刑などという言葉では言い表せない、身の毛もよだつような虐殺でした。怒り狂った群衆は逆さ吊りになったウィット兄弟に殺到して内臓を抉《えぐ》り、われ先に四肢を切り刻んで、それらを戦利品として奪い合ったのです。

その知らせがスペイク一家の屋根裏部屋に届いたとき、不穏な街の空気を感じて父と私もバルフと一緒にいました。そして、生涯でただ一度の激情に駆られたバルフ・デ・スピノザの姿を、私は目の当たりにしました。

バルフはその場で暴民を糾弾する声明文を書き上げると、虐殺の現場に貼りに行こうとしたのです。父と私で必死に止めようとしました。バルフの顔がけいれんしてひきつり、いつもは世界全体を包み込むような黒く大きな眼に激しい怒りと涙が滲んでいました。私がスペイクに言って家の扉に錠を掛けさせ、屈強な父がいなければ、バルフは現場に出向いて間違いなく暴徒に殺されていたでしょう。

実は事件の数日前に、ヤン・デ・ウィットが密かにバルフ・デ・スピノザを訪ねてきたのでした。私はその場にいませんでしたが、父が呼ばれて話に加わりました。ウィットは身に迫る危険を十分に承知していて、二つの金の暗号箱をバルフに委ねようとしたのです。軍資金として準備した大量の金塊とともに、オランダが再び自由な共和国として再興する時のために使うようにと、バルフに託しました。でも質素な屋根裏部屋では隠しようがないので、実際は父が預かり、私たちの家で大切に保管することにしました。

戦争は、総督となったウィレム三世が伯父のブランデンブルク選帝侯の援助を得て、さらにオーストリア、スペインと同盟を結ぶことで、ようやく好転の兆しを見せ始めました。

その機を見て、バルフが驚くような行動に出ました。フランス軍総司令官のコンデ公と面会するために、公の本営があったユトレヒトへ単独で出向いたのです。敵軍のまっただ中を通ってです。私の父が心配して密かについていきました。バルフは大量の金塊と青いダイヤを象嵌した金の暗号箱と交換に、フランスとの講和を実現しようとしたのです。しかし肝心のコンデ公がユトレヒトを去っていて、会談は実現しませんでした。

一六七四年になると、戦況がしだいにオランダに有利になり、二月に戦争に倦《う》んだイギリスと平和条約が結ばれ、年末が近づく頃には、オーストリア、ブランデンブルク、スペインに包囲される形でフランス軍がユトレヒトを放棄しました。

逆に、バルフ・デ・スピノザの状況は厳しさを増すようになりました。ヤン・デ・ウィットという政治的庇護者を失うと、ウィレム三世支持派と結んだキリスト教カルヴァン派教会が公然とバルフを非難するようになったからです。先に匿名で出版した神学と政治に関する著書も禁書になり、完成間近の『エチカ（倫理学）』は、神が存在しないことを証明しようとする書物だという噂が広まり、出版前から禁止されてしまう始末でした。

デルフトのヨハネス・フェルメールにも厳しい状況が続いていました。絵がまったく売れなくなっていたのです。追い打ちをかけるように、無比の後援者であったファン・ライフェン様が八月に亡くなりました。ヨハネスの落胆は大変なものでした。

しかし、この年に起きた最も大きな出来事は、フランシスクス・ファン・デン・エンデンの悲劇的な結末でした。イギリスと平和条約が結ばれたことで、アントワープに密かに隠していた大量の金塊を英仏海峡を通ってノルマンディーへ運ぶことが可能になっていました。でもウィレム三世の支持派がオランダの国政を握ったので、オランダ海軍の支援を得ることができません。スペイン領南ネーデルラントのモントレー伯爵の協力を引き続き得るために、フランシスクスは密かに何度もパリとブリュッセルやアントワープの間を往復していました。武装蜂起の計画が依然として進められていることにバルフも父も危惧していましたが、もはやフランシスクスを止めることはできなくなっていました。

九月になって謀反の計画が発覚しました。首謀格のシュバリエ・ド・ローアンがパリ近郊で捕縛され、続いてもう一人の首謀格ラトレオーモンがルーアンで捕縛を逃れようとして深手を負い死亡しました。その一週間後に、フランシスクス本人もとうとう逮捕されたのです。パリに戻ったところで仲間の捕縛を聞き即座に逃れたのですが、近郊の隠れ家で見つかり、バスチーユの牢獄に投獄されてしまったのです。

ハーグでその知らせを聞いた私の父は、危険を犯してでもパリに行くことを決めました。生涯の恩人であるフランシスクスが牢獄にいるのを知りながら、遠くから座視することなど父にはできなかったのです。フランシスクスからフランス語も多少は教えてもらっていたので、父も日常会話程度には話せました。パリにはフランシスクスの長女クララ・マリアがいましたから、何かと情報を得ることもできました。

父はパリに二ヶ月間滞在していました。その間に警察の役人や牢獄の看守に賄賂をつかませるなどして、ついに獄中のフランシスクスと面会を果たしました。真夜中のごく短い時間だったそうです。フランシスクスは厳しい取り調べを受けてすっかり衰弱していましたが、高齢のため拷問だけはまぬがれることができました。危険を顧みず会いに来た父を見て、涙を流して喜んだそうです。そして小さな二枚の紙片に地図を描くと、署名をして父に渡しました。それが何を示すものか、父は一瞬で理解しました。別れ際にフランシスクスはひとつのことを打ち明けました。パリ近郊の隠れ家で呆気なく逮捕されたのは密告によるもので、その人物の名前を父に伝えたのです。

一一月の末に、バスチーユ広場で公開の処刑が行われました。最期を見届けるために父も群集に交じっていました。クララ・マリアも来ていましたが、処刑の瞬間を正視するに耐えず、すぐに離れました。執行の直前にフランシスクスは父の姿に気づいて、小さくうなずいたそうです。次の瞬間、絞首台の上で宙吊りになった身体が揺れました。フランシスクス・ファン・デン・エンデンが波乱の生涯を閉じたのです。父は涙を抑え切れず、不審に思われぬよう素早くその場を立ち去りました。年を越える前に無事にハーグに戻り、パリでの出来事をすべてバルフに伝えました。

バルフはフランシスクスが父に託した二枚の地図の精確な模写を作ると、二つの金の暗号箱にそれぞれ収めました。金塊の送り先の地図を内箱に入れ、鍵言葉を決めて装填すると、蓋の扉を閉めました。謎を解く助けに最初の文字盤にだけ『E』とセットして、蓋の表面の銘版に〈見出すことは困難ではあるが、不可能ではない〉とラテン語で刻みました。もう一枚の地図を外箱に入れて、同じく鍵言葉を決めて装填し、今度は最初の文字盤に『A』とセットしました。二つの箱に同じことをしたのです。

新しい年（一六七五年）が明けると、バルフは青いダイヤが無いほうの金の暗号箱をヨハネス・フェルメールに託すことにしました。二つ同時に失う危険を避けるためです。別の木箱に収めて外からわからないようにし、死を迎えた時に一緒に墓に副葬するよう依頼することにしたのです。それを密かにデルフトへ届けたのは父でした。

バルフは手紙を父に持たせ、外箱を開くAで始まる鍵言葉をヨハネスに伝えて、その手がかりを作品に描き込んで残すことを頼みました。ヨハネスは引き受けて、あの絵画芸術を主題にした絵に描き加えました。それを示唆する文言を短い手紙でバルフに送ってきましたが、そこには〈女神クリオと王冠の小さな枝が指し示す〉とありました。

まさかその同じ年に、ヨハネス・フェルメールが亡くなるとはまったく予想もしていませんでした。年の暮れも迫った一二月に、ヨハネスの妻から突然の訃報が届いたのです。人目につかぬ未明に、バルフと私はデルフトへ赴きました。死因はよくわからず、死の二日前から急激に悪化したと、残された妻はまだ呆然とした様子で語りました。ヨハネスの義母はカトリックの熱心な信者で、バルフ・デ・スピノザへの世間の非難を聞き及んでいたのでしょう、私たちを迎える態度は冷ややかなものでした。でも葬儀への参列を拒むことはしませんでした。一二月の一六日にカトリックの儀式に則って葬儀が執り行われ、遺体はアウデ・デルフトの運河に面した旧教会内の墓所に収められました。金の暗号箱を隠した木箱も一緒に収められました。バルフがそれを見届けたのです。遺族には何も知らされていません。無神論者として名高いバルフと私の参列は私的なものとして、もちろん記録には残されていません。

埋葬の後で、新教会があるマルクト広場近くの家で、ヨハネスの遺品の整理に立ち会いました。ヨハネスの義母は強い調子で、バルフとの関わりが後の記録に残らぬよう、手紙など一切を処分するように要求しました。二階のアトリエの奥の壁に、あの絵画芸術を主題にした絵が掲げられていました。決して手放してはならないと、ヨハネスが家族に強く言い残していたのです。

バルフが絵の前に立ち、視線をじっと凝らしました。そしてすぐに軽い笑みを浮かべました。〈女神クリオと王冠の小さな枝が指し示す〉の意味を理解したのです。私も何度も眼を凝らしましたが、謎を解くことはできませんでした。

バルフと私は長いこと絵を見続けていました。ヨハネス・フェルメールの絵画芸術の理想が描かれている作品です。絵の中で黒服を着て制作に励む画家の背中が無言で何かを語りかけてくるようでした。

ヨハネスの家を辞して通りに出ると、目の前に新教会の塔が天に向かって聳えていました。その先に、冬の澄み切った薄く青い空が無窮の天蓋のように広がっていました。ヨハネスが愛してやまなかった青です。

そのとき、塔の先から鐘の音が鳴り響いたのです。ヨハネス・フェルメールの魂が鐘の音とともに天に昇っていくのを、私は確かに見たように思いました。

＊

この手記の最後の部分は、バルフ・デ・スピノザの晩年について書かなければなりません。晩年とはいっても、バルフはまだこれからという年齢でした。

ヨハネス・フェルメールの死という予期せぬ不幸はありましたが、この年はバルフ・デ・スピノザにとって大きな意味を持つものとなりました。生涯をかけた畢生の書『エチカ（倫理学）』がついに完成したのです。しかしバルフを無神論者とする悪しき評判がますます広がり、出版を断念しなければなりませんでした。即座に発禁処分となるのが明らかだったからです。

一六七六年の秋に、一人の人物がバルフ・デ・スピノザを訪ねました。ゴットフリート・ライプニッツというドイツ人の若い哲学者で、数学の微積分学を打ち立てたことで後に高名になった人物です。私がそれをここに記すのは、そこで思わぬ展開があったからです。訪問を斡旋したのはバルフの若い弟子のゲオルグ・ヘルマン・シュラーでした。シュラーもドイツ人で医者でしたが、思慮に欠けて落ち着きがなく、私は好きではありませんでした。バルフもそれは承知していましたが、それでも誠意を持って接していたのです。ライプニッツは数年前からパリに滞在し、それを切り上げてドイツに帰る途中ハーグに寄って、バルフに面会を求めてきたのです。

訪問の第一の目的は、もちろん哲学に関するものでした。バルフは出版できずにいた『エチカ（倫理学）』の草稿まで見せて、議論に応じていました。そして何か考えがあったのか、私に同席するよう言ったのです。二人の会話はラテン語でしたが、部屋の隅に黙して控えているメイド風情の女がラテン語の会話を完全に理解しているなどと、ライプニッツは思ってもいなかったでしょう。

哲学に関する議論の後で、ライプニッツが思わぬことを語り始めました。フランシスクス・ファン・デン・エンデンのことです。パリでフランシスクスに会ったことがあり、バルフのラテン語の教師だったことも知っていました。それどころか、ルイ一四世に対するフランシスクスの謀反の計画を知って政府当局に通報したのは、ライプニッツ本人だと言ったのです。私は驚愕して、表情を見られまいととっさに下を向きました。バルフも驚いたに違いありません。ライプニッツはそもそもがマインツ選帝侯の外交官としてパリに赴いたので、謀反の計画を知った以上は通報せざるを得なかったのだと言いました。バルフが誰から聞いたのかと質問をしました。ライプニッツは名前を明かすことはできないと言いましたが、バルフにはもうわかっていたようでした。ともかく、ライプニッツの通報がもとでフランシスクスは絞首刑に処されたのです。訪問の終わりはぎこちないものとなりました。

その冬のことです。一一月二四日がバルフの四四歳の誕生日でした。毎年の誕生日に私たちの家に招待して、少し贅沢な夕食をともにするのが習慣でした。いつもは父も一緒なのですが、その日は東インド会社の仕事でアムステルダムに出向いて不在でした。でも後になって、私は父が意図してそうしたのだと思うようになりました。

日が暮れるのが早く、外はすっかり暗闇に包まれていました。食卓にバルフと二人向き合って座ると、私は少し緊張しながらも、幸福で胸がいっぱいになるのを感じました。

食事の後で、バルフがあの世界全体を包み込むような黒い眼で私を見ました。少女の頃から大好きだった眼です。夜のロウソクの明かりを受けていっそう大きく開かれていました。ほかの誰からもそんな印象を受けることはありません。苦しいほどの幸福感の中で、私はなぜか悲しい気持ちを覚えました。

「どうした？　悲しいのか？」

バルフが気づいて、声をかけました。

「いいえ、幸福なのです。とても幸福で、だからもの悲しい気持ちになってしまうのです」

怪訝そうな光が、バルフの眼に浮かびました。私の言葉が理解できなかったのです。

「私の幸福は、あなたとこのように近く生きてこられたからです」

「悲しい気持ちになるというのは？」

「――――」

私は答えずに、ただバルフを見つめました。

バルフの眼に驚きと、何かためらう色が浮かびました。それは一〇年以上も前に、私がフォールブルフを初めて訪れて二人が再会した時に、バルフの眼に浮かんだ光と同じものでした。

翌日の朝早く、バルフは歩いて下宿へと帰っていきました。

家の裏の戸口でその姿が消え去るまで見送ってから、私は部屋に戻りました。心と身体に喜びと恥じらいが、まだ余韻のように残っているのでした。

バルフ・デ・スピノザが永遠に帰らぬ人となったのは、翌一六七七年の二月二一日です。日曜日の午後のことでした。

その日まで、バルフの様子に特に変化があるようには見えませんでした。でも、バルフ自身は最期を予感していたようです。家主のスペイク一家が教会の礼拝に出ようとする時に声をかけて、父と私に下宿に来るように伝えることを依頼したというのです。家に寄ったスペイクから伝言を聞いた時に、私は胸に不安を覚えました。まだ用のあった父を置いて、一人で先にバルフの下宿へ向かったのです。

到着すると、部屋にもう一人の来訪者がいました。ライプニッツとの面会を斡旋したシュラーです。実はこれまでにも下宿に突然やって来ることが何度かありました。ある時などバルフが不在中に来ていて、部屋の中で勝手に何かを探していました。

バルフはベッドに横たわって、側の椅子に座るシュラーと何か話していました。

「では、やはり君なのか」

バルフがそう言って、悲しい表情を浮かべました。シュラーはひどく緊張した面持ちでした。その場にやって来た私に気づいて、二人は話を止めたのです。バルフがシュラーにしばらく退室するように言い、私と二人だけになりました。私は急いでベッドに近づき床にひざまずくと、バルフの手を握りました。

「どうしたのです？　急に具合が悪くなったのですか？」

私は尋ねながら、握ったバルフの手に力がないことに半ば気が動転していました。

「コルネリア、良く聞くのだ。私の最期の時が近づいている」

バルフが私をじっと見つめました。世界全体を包み込むような眼に無限の優しさが込められていました。私は何も言葉を返せず、両手でバルフの弱々しい手を包むだけです。眼から涙があふれてきました。

「泣いてはいけない。そなたには悲しいことかもしれないが、偶然でも不幸でもなく、これは唯一の神の必然なのだから」

私はうなずきながら、それでも涙を止めることができませんでした。

「コルネリア、良いか、机の中に『エチカ（倫理学）』の完成した草稿が入っている。書棚の横の箱には他の草稿や手紙が入っている。それらをアムステルダムの友人のイエレスに送るよう手配してほしい。ただし手紙の中で、ヤン・デ・ウィット、フランシスクス・ファン・デン・エンデン、そなたの父親、そしてヨハネス・フェルメールと交わしたものは、暗号を使ったものも含めてすべて処分をするのだ。あとはイエレスを始め、アムステルダムの友人たちがうまく取り計らってくれるだろう。そなたに預けた金の暗号箱は決して手放さず、何とか守り続けていくように。箱を開ける鍵言葉を知るのもそなたと父親だけに留めて、誰にも教えてはならない。最後に、下にいるシュラーには用心をするように――」

バルフがそこで、少し苦しそうに顔を歪めました。

「わかりました。父と一緒に必ずそのようにします。ですから、どうぞご心配をなさらないでください」

私が答えると、バルフはようやく笑みを浮かべました。

私は心の中で、ひとつのことを言うべきかどうか迷っていました。それを伝えることが最期の時を迎えようとしているバルフの心を乱すことを恐れたからです。

そんな心中を知っているかのように、バルフが確かめるような眼差しを私に向けたのです。無言で促しているのだとわかりました。

「バルフ、私の身体にあなたの子が宿っています――」

バルフがゆっくりとうなずきました。私を見つめる眼に、初めて自分以外の者に頼む光がありました。

「大丈夫です。無事に産みます。そしてこの子はきっと、あなたのような立派な人間になります。この子がいれば、私は何があっても生きていけます」

それを聞き届けるのが最後の仕事だったかのように、バルフがゆっくりと眼を閉じました。私が両手で包む手から力が失われていきました。

私は声を上げることはしませんでした。ただ、涙があとからあとからあふれてくるのを抑えることができませんでした。

父が遅れて到着し、下の階にいたシュラーと一緒に部屋に入ってきたのは、その少し後のことです。間に合わなかったことを父は強く後悔しましたが、私が看取ったことをせめてもの慰みとしました。

シュラーが離れている隙を見て私は父に、バルフが言い遺したことを伝えました。シュラーという名前を聞いて、父の表情が変わりました。

やがてスペイクの一家が教会の礼拝から戻ってきて、最初は驚いたものの、葬儀の手配を始めてくれました。私はバルフの頭髪の一部を切り取り、少し縮れた黒い髪の小さな一束を自分への形見としました。

父と私で遺品の整理をしました。大切な『エチカ（倫理学）』の草稿と、他の遺稿、そして手紙類を集めました。シュラーが一緒に確認しようとするので、私は注意を怠らないようにしました。バルフが言い遺したように、特定の人物との手紙をすべて取り除きました。シュラーが抗議しましたが、バルフの遺言だと断り、父と私で後に処分をしたのです。

葬儀は二月二五日に執り行われ、遺骸はスポイの新教会に埋葬されました。屋根裏部屋で生涯を閉じた哲学者の葬儀に、名士も含めて実に多くの人々が参列しました。

その年の一二月に、アムステルダムの友人や弟子たちによって、遺稿集がラテン語とオランダ語で出版されました。最も信頼されていたイエレスが序文を添えました。

どうにも腹立たしいのは、遺稿集の中にある手紙の一つに、ヨハネス・フェルメールの名前が出てしまったことです。正確にはヨハネス・ファン・デル・メール宛とされた、一六六六年一〇月一日付の手紙です。ヨハネスはバルフとの手紙でそう署名していました。実は別人への宛先不明の手紙でまったくの間違いなのですが、原因はシュラーです。一緒に遺稿を整理した際にその名前が記憶にあったので、勝手にそう決めつけてしまったのです。

シュラーは後に報いを受けることになります。私の父がそうしました。フランシスクス・ファン・デン・エンデンのルイ一四世に対する謀反計画をライプニッツに知らせたのは、実はシュラーだったのです。シュラーはバルフの下宿を何度か訪れるうちに、それに関する暗号文の手紙の存在に気づき、解読の仕方まで勝手に盗んで内容を知りました。自分がパリを訪れてライプニッツと面会した際に、歓心を買おうと謀反の計画を教えたのです。フランシスクスがパリ近郊の隠れ家で呆気なく官憲に逮捕されたのも、シュラーが場所を密告していたからです。父がバスチーユの牢獄でフランシスクス本人から聞いた名前が、シュラーでした。それをバルフにも伝えていたので、バルフは死の間際にシュラーに事実を問い質したのでした。

もうひとつ、どうしても記しておかなければならないことがあります。バルフの遺体は、一度は新教会に埋葬されました。墓の管理料を唯一の肉親であるバルフの腹違いの姉が払っているのだと、父も私も思っていました。ところがその姉は、ユダヤ教会からの破門を理由に父親の遺産を昔バルフに与えなかったばかりか、墓の管理料の支払いまで拒否していたのです。そのためバルフの遺体は墓から掘り起こされて、教会の裏庭の片隅に捨てられてしまったのです。それを聞いて、父と私はすぐに駆けつけました。その日は激しい雨で、すでに何日か経っていましたが、どうにか遺骸の一部を取り戻すことができました。それを同じ裏庭にある私たちの狭い墓所にあらためて埋葬したのです。ハーグに移住した際に母の遺骸を移すため父が買い求めたものでした。その事実は、私たちと教会の墓堀人のほかには誰も知りません。でもバルフ・

デ・スピノザは確かに、永遠の眠りの場所を得たのです。

その年の八月の末に、私は無事に出産しました。お腹の中にいる間も元気に動くので男の子に違いないと確信していました。名前を父親にならいバルフと名付けました。一歳にもなると、大きな黒い眼が父親にそっくりでした。しかしバルフ・デ・スピノザの遺児であることは固く秘密にして、誰にも明かすことはしませんでした。生涯独身を通したバルフ・デ・スピノザに子供がいたとなれば、どのような非難が巻き起こるか容易に想像ができたからです。そうでなくても生前、バルフは神を冒涜する者としてありとあらゆる非難を浴びたのです。秘密が発覚すれば、子のバルフと私もまた危険に曝されることになります。


父は六〇歳を過ぎてから、日本への望郷の思いが強くなりました。すくすくと成長する孫のバルフを見て、日本に残したままの妻と一度も眼にしていない息子のことが、頭から離れなくなりました。生涯の残りの時間を使って二人に報いたい気持ちが日増しに強まっていったのです。バルフが二歳になったのを機に、帰国を決意しました。

もちろん大変な危険を伴うものです。長い航海中の事故や病気の心配がありますし、何より、発覚すれば死罪は免れません。東インド会社から内密の助けを得て、出島のオランダ商館に通詞として出入りしているジュンノシン（準之進）様とも密かに連絡を取り、綿密な計画が練られました。

私は父との別離を受け入れる覚悟はできていました。なぜなら、かつて日本のお母様がそうされたからです。二人の初めての子を身体に宿しながら、それを隠して父をオランダへ送り出してくださったのです。その尊い犠牲のおかげで、私はこの世に生を受け、このような素晴らしい人生を生きることができたのです。父を日本のお母様にお返ししなければという気持ちで、私の心はいっぱいでした。

オランダに残る私と孫のバルフのために、父はできる限りのことをしてくれました。東インド会社からの終生年金を私が代わって受け取れるようにしてくれたおかげで、贅沢さえしなければ親子二人で生活するのに十分です。男性以上の教育を私に与えてもくれました。ラテン語を教えるだけで私は十分に生活の資を得ることができるのです。

帰国に先立って、父はあのシュラーにも決着をつけました。生涯の恩人であるフランシスクス・ファン・デン・エンデンの仇であることに加えて、私に男の子が生まれたことを伝え聞いたシュラーがバルフ・デ・スピノザの遺児ではないかと気づき始めて、世間に洩らしかねない兆候を見せたからです。父はアムステルダムに一人で出向いて、密かにシュラーと面会しました。シュラーが正直に告白し秘密を守ると約束すれば、まだ許すつもりでいたようです。しかしシュラーが逆に脅迫的なことを口にしたので、父は最後の手段を使いました。

デルフトの外港があるロッテルダムのデルフスハーフェンに出向いて、私は父の出発を見送りました。もちろん幼いバルフも一緒でした。

三年以上が経って、日本に無事到着し家族と再会を果したという父からのラテン語の手紙を受け取りました。私がどれほど嬉しかったか言葉には尽くせません。どこまでも平坦な土地が続くこのオランダに暮らしていると、父がよく話していた——海のすぐ近くまで山が迫り、その狭い間に家々が建ち並んで人々が暮らしているという長崎の町を、うまく想像することができません。でも、はるかな海を越えて父と繋がっている確かな実感が、私の心にあるのです。

＊

この手記に記すべきことは、どうやら書き終えたように思います。

窓の外に眼を向けると、スポイの新教会の裏庭をちょうど眺めることができます。そこに、私が心から尊敬し愛してやまなかった、あの方が眠っています。奇しくも今日はその方の誕生日に重なりました。自らの生涯を終える時には、私もそこで一緒に眠ることができるのです。そう思うと、深く落ち着いた気持ちで心が満たされます。

この先まだ、どのような困難が待ち受けていようとも、バルフと親子二人で生きていくことができます。人生の運不運に一喜一憂することも、孤独に打ちひしがれる必要も、少しもないのです。あの方がいつも言っていたように、世界のすべては唯一の実体の現れであり、それは必然に従って流れているのですから。どのようなことであれ、起きてしまえば必然となります。それを受け入れるしか道は無いのです。そうであれば永遠を想う心を失わずに、これからのことに意を尽くせば良いのです。神が世界そのものであり、自然を構成するすべてのものは唯一の実体である神の様態としてあるのですから、その間には何の差別もありません。貧富の差も、人種の違いも、それを理由に差別することにどのような根拠もないのです。そのような愚かしさは永遠の光に照射されるだけなのです。

眼をつぶればいつも、あの世界全体を包み込むような大きな黒い眼が、無限に優しい眼差しを私に注いでくれるのです。

その方の名前は、バルフ・デ・スピノザ――

エピローグ

『Cの手記』を全員が読んだ後に、さらに幾つかのことが確かめられた。

オランダ政府とフランス、ベルギー両政府との共同でノルマンディーにあるジュミエージュ修道院の廃墟の調査が行われ、そこでも秘密の地下の納棺室が発見された。場所を特定する手がかりになったのは、今回もスピノザの印章だった。内部に置かれた棺の中から金塊が発見されたが、量は多くなく、運び始めて間もなく謀反の計画が発覚して頓挫したためと考えられた。地図を手にしたはずのヒトラーの手に渡らなかったのは、連合国軍がノルマンディーへの上陸を果たして、手遅れになったためだと考えられた。発見された金塊はオランダ政府に返還された。

ノイシュバンシュタイン城近くのアジトで取り押さえられたZの一味は、オーストリア国内の別の拠点へ逃亡しようとしていた。一味の背後にいた黒幕がドイツとオーストリアの極右政治家だったことも判明し、合わせて逮捕された。地下基地から持ち去られようとしていた大量の金塊は金の暗号箱とともに、やはりオランダ政府に返還された。

ノイシュバンシュタイン城の地下基地内の宝物庫にあった二つの棺は、ドイツ政府の管理下に置かれ、今後詳しい科学的調査が行われることになった。長く使われずにいた原爆の施設も、ドイツ政府の管理下に置かれた。

取り戻された絵は無事にマウリッツハイス美術館に運ばれて、調査の結果、フェルメールの真作であると最終的に結論が下された。

『Cの手記』は所有者である今村由紀の手に戻ったが、彼女の意向で、ライデン大学の日本学科で資料として研究調査が行われることになった。

ロスチャイルド家に保管されていた金の暗号箱から出てきた小さな二束の黒髪は、一つは哲学者スピノザのもの、もう一つは『Cの手記』を書いたコルネリアという女性のものと推定された。何よりの根拠は、髪の毛の遺伝子を分析した結果、今村由紀そしてバルフと明らかな共通点が確認されたからである。髪の毛を箱に入れたのは、コルネリア本人だと推測される。スピノザの遺訓に従い、然るべき者が現れて箱を開ける日を予期してのことだろう。コルネリアは間違いなく、由紀の先祖の今村藤八郎がオランダ女性との間に持った娘だった。そしてバルフは、哲学者スピノザとコルネリアとの間に生まれた男子の、はるかに時代を下った子孫だった。

森本豊とクララ・ブリンクマン、今村由紀とバルフの四人は、マウリッツハイス美術館のフェルメールの展示室に集まっていた。

東京の展覧会から戻った『真珠の耳飾りの少女』が壁に掛けられようとしていた。由紀とバルフが並んで作業を見ている。森本とクララはその背後から様子を眺めていた。すぐ横の壁には、長崎で発見されたフェルメールの絵が掛けられている。日本に返される前に特別に展示されることになったのだ。

作業が終わると、部屋は四人だけになった。

由紀は東京の大学を休学してユトレヒトの大学に留学することを決めていた。天賦の語学の才能を活かしてラテン語の勉強をするのだという。バルフが助けるのはもちろんだった。

森本も自分のこれからのことを考えた。とりあえずは日本に帰国して、今回のことを記事に書かなければならない。

「ユタカ。これからどうするの？」

森本の心中を察したように、クララが尋ねた。

「日本の新聞社から一日も早く帰国しろとせっつかれているのだよ。事件の全貌が判明して社全体が大騒ぎになっている。特大スクープの連載を全社を挙げて企画しているらしい」

森本はさすがに荷が重く感じた。

「正直、気が重いよ。事件を追って行動しているほうが性に合っているからね。絵の知識もまったく心細いし、クララ、これからも君に助けてもらわなければならない」

「もちろんよ。喜んで助けるわ」

クララが嬉しそうに顔を輝かせた。

ふと、森本はまた、心の中に恭子の声を聞いた――「あなたの心の中でずっと生きているわ、だから、あなたは新しい世界に向かって生きてほしいの」

森本は途方に暮れたように感じた。そんなふうに考えたことがなかった。

「ユタカ。急にボンヤリとして、どうしたの?」

クララが怪訝の色を浮かべている。

「――いや、何でもない」

森本は慌てて答え、あらためて彼女を見た。

「『Cの手記』の最後にあった言葉にね、心を打たれたの」

クララが打ち明けるように口にした。

「――人生の運不運に一喜一憂することも、孤独に打ちひしがれる必要も少しもないのだと、そうあったでしょう?　起きたことを受け入れて、これからのことに意を尽くせば良いのだと――本当にそうだわ」

森本はクララと眼を合わせると、一緒に正面を向いた。

『真珠の耳飾りの少女』を眺めていた由紀がゆっくりと振り返って、こちらを見た。

森本はまた、絵の中の少女が抜け出たと思った。それは決して魔法にかけられたからではなかった。

〔完〕

参考文献

小林頼子『フェルメール論　神話解体の試み』八坂書房、二〇〇八年
小林頼子『フェルメールの世界　17世紀オランダ風俗画家の軌跡』ＮＨＫブックス、一九九九年
小林頼子『フェルメール　謎めいた生涯と全作品』角川文庫、二〇〇八年
アンソニー・ベイリー『フェルメール　デルフトの眺望』木下哲夫（訳）、白水社、二〇〇二年
雑誌『ユリイカ――特集フェルメール』青土社、二〇〇八年八月号
雑誌『芸術新潮――特集フェルメール　あるオランダ画家の真実』新潮社、二〇〇〇年五月号
アーサー・Ｋ・ウィロック Jr.他『フェルメールとその時代』成田睦子（訳）、河出書房新社、二〇〇〇年
図録『フェルメール展　光の天才画家とデルフトの巨匠たち』東京都美術館、二〇〇八年

図録『フェルメール「牛乳を注ぐ女」とオランダ風俗画展』国立新美術館、二〇〇七年
図録『レンブラント、フェルメールとその時代』国立西洋美術館、二〇〇〇年
図録『マウリッツハイス王立美術館展』国立西洋美術館、一九八四年
下村寅太郎（責任編集）『世界の名著25　スピノザ　ライプニッツ』中央公論社、一九六九年
リュカス、コレルス他『スピノザの生涯と精神』渡辺義雄（翻訳＋解題）、学樹書院、一九九六年
スピノザ『スピノザ往復書簡集』畠中尚志（訳）、岩波文庫、一九五八年
清水禮子『破門の哲学　スピノザの生涯と思想』みすず書房、一九七八年
上野修『スピノザの世界』講談社現代新書、二〇〇五年（※本文40・93ページのスピノザの印章の図は、この本から引用させていただいている）
ピエール＝フランソワ・モロー『スピノザ入門』松田克進・樋口善郎（訳）、白水社文庫クセジュ、二〇〇八年
雑誌『現代思想——総特集スピノザ』青土社、一九九六年十一月臨時増刊
岡崎久彦『繁栄と衰退と　オランダ史に日本が見える』文藝春秋、一九九一年
宮永孝『阿蘭陀商館物語』筑摩書房、一九八六年
永積洋子『平戸オランダ商館日記　近世外交の確立』講談社学術文庫、二〇〇〇年

司馬遼太郎『街道をゆく35　オランダ紀行』朝日文芸文庫、一九九四年

荒地出版社編『独裁者ヒトラーの全貌』二〇〇六年

エクトール・フェリシアーノ『ナチの絵画略奪作戦』宇京頼三（訳）、平凡社、一九九八年

ダン・カーズマン『ナチ原爆破壊工作』水野谷とおる（訳）、朝日新聞社、一九九八年

フランシスクス・ファン・デン・エンデンに関しては、ベルギーのゲント大学フランク・マーテンス教授がインターネット上で公開している資料を参考にした。

http://users.telenet.be/fvde/

(This site is created and updated by Frank Mertens, Ghent University)

その他、ベルギー・アントワープのガイド用小冊子（※本文２３３ページのアントワープの市内図は、この小冊子を参考にさせていただいている）、インターネット上の公開情報など。

あとがき

小説のタイトルである『フェルメール・コネクション』は、構想の時点で決まっていた。フェルメールの絵が時空を超えた結節点としてストーリー全体の展開を支えるからである。もう一つには、日本のミステリ小説世界にダン・ブラウンの『ダ・ヴィンチ・コード』のような作品を――という意図から、タイトルを合わせたのである。

書き終えてみると、しかし作者が構想したという以上に、それはフェルメールの絵画そのものが持つ力だと思えてくる。さりげない日常の一シーンを描いた静謐な作品が時を超え、国を越えて、人々の魂を強く魅了せずにはおかない――その力である。

そうしたフェルメールと、オランダが生んだ最大の哲学者スピノザが同じ年（一六三二年）に生まれたと知った時に、この作品の着想が生まれた。

まだ学生のころ、スピノザに初めて遭遇した鮮烈な印象は今でも記憶に生々しい。京都の一乗寺にあった六畳一間の下宿で冬の寒い中を『エチカ（倫理学）』に没頭し、数日間かけてようやく読了して眼を上げると、窓外に比叡の孤高の山容が迫るように眺められたのである。

しかし、フェルメールとスピノザの交流を裏付ける歴史的事実は何も確認されていない。示唆する証拠と呼べるようなものも見つかってはいない。西洋の歴史を題材にした知的ミステリ小説を意図する者にとって、これ以上に挑戦しがいのある、そして興奮させずにはおかないテーマは、他に無いように思えた。

二人が生きた一七世紀は、オランダが繁栄を極めた時代である。それはまた日蘭貿易が開始された時期とも重なり、江戸時代初期の日本につながっている。この小説のもう一つの重要な要素として、そのことを使った。結果、作者の他の小説と同じく、異国の人間との交流の中で日本人の魂がここでも試されている。

ミステリ小説として全体はフィクションだが、ベースはすべて歴史上の事実に依っている。参考文献や資料を丹念に調べることで、個々の断片的な事実を結び得る多くの新しい可能性に気づいた。小説としては副次的な話になるが、作品中に描いたフェルメールとスピノザの出会いと交流、フェルメールの人物画のモデル、スピノザのラテン語教師であった自由思想家ファン・デン・エンデンが果たした役割、急速に鎖国へと向かう当時の日本との結びつき——それらの可能性について、できればぜひ専門家の意見を伺いたいと思う。日蘭混血の女性によって書かれた『Cの手記』を小説中の小説として切り出して読める構成にして、そうした内容がまとめられてもいる。

フェルメールに関する小林頼子氏の一連の著作（＊参考文献）からとりわけ多くの助けを得た。フェルメールの研究者としてすでに著名な方であるが、詳細で体系的事実に基づく氏の知見豊かな著作が無ければ、この作品は完成できなかったに違いない。また、ファン・デン・エンデンに関して、ベルギー・ゲント大学のフランク・マーテンス教授がインターネットで公開している研究調査資料（＊参考文献）に出合えたことが大きい。まだ完成途上のようであるが、エンデンに関して日本で手に入る資料が他にほとんど無く、作品を完成させる上でやはり不可欠なものとなった。

最後に、前作『光の夢、花の輪舞』を担当してもらった文芸社編集部の秦順子さんが今回もまた熱意ある尽力をしてくれた。ここに感謝の気持ちを申し述べておきたい。

二〇一二年　秋

宇賀神　修

文庫版あとがき

文庫化にあたって、かなりの加筆・修正を行った。ただ、単行本と比べてむしろ短くなっている。作品から、過去の戦争当時の秘密兵器開発にまつわるエピソードや、現在のアクションシーンなど、意図して大胆に省いたことが大きい。

にもかかわらず、単行本の「あとがき」をそっくり、この文庫版にも載せてよいことに気づいた。この作品を通してどうしても創造したかったものがそのまま保たれているからなのだった。その意味で、文庫版を小説『フェルメール・コネクション』の純化版と呼ぶこともできる。アクション・エンターテインメントが加味されている単行本と読み比べていただくのも、読者にとって興味深いのではと思う。

その本分は、歴史上の事実とイマジネーションを相互に緻密に織り込み、両者が不可分となって現出する知的ミステリ小説の世界である。その題材として、黄金時代の十七世紀オランダに生きた画家フェルメールと、哲学者スピノザが選ばれている。

オランダは、狭い国土に歴史と文化がギッシリと詰まった玉手箱のような国である。

文庫版のために作品の加筆・修正を続けながら、その地を訪れた当時を懐かしく思い出していた。フェルメールゆかりの古都デルフトに数週間滞在し、そこを基点に、アムステルダムからライデンとその近郊のレインスブルフ、そしてフォールブルフからハーグへと、スピノザの生涯の足跡を丹念に追ったのである。作品に舞台として登場するベルギーのアントワープにも足を延ばした。文庫版の機会を与えられたことで、そうした楽しい回想の時間を持つこともできた。

それまで恋愛や芸術を主題にしていた作者にとって、『フェルメール・コネクション』は新たな領域を拓く画期的なものとなった。自らの本領がどこにあるかを知った感もある。そのぶん、想いは深い。この作品を文庫版という形で改めて読者のもとへ届けることができ、作者として大きな喜びを感じている。

最後に、新たに編集を担当してくださった桑原亜希子さんから、実に的確なアドバイスをいただいた。この場を借りて感謝を申し述べておきたい。

二〇一九年十一月

宇賀神　修

本書は、二〇一三年三月、弊社より刊行された単行本『フェルメール・コネクション』を大幅に加筆・修正し、文庫化したものです。

この物語は歴史上の題材や事件を取り入れていますが、フィクションであり、実在する人物、団体などとは一切関係ありません。

文芸社文庫

フェルメール・コネクション

二〇二〇年二月十五日　初版第一刷発行

著　者　宇賀神修
発行者　瓜谷綱延
発行所　株式会社　文芸社
〒一六〇－〇〇二二
東京都新宿区新宿一－一〇－一
電話　〇三－五三六九－三〇六〇（代表）
〇三－五三六九－二二九九（販売）

印刷所　図書印刷株式会社

装幀者　三村淳

ISBN978-4-286-21269-2